HARDE BYTE

MISHA BELL

♠ Mozaika Publications ♠

Copyright © 2022 Misha Bell
www.mishabell.com/nl/

Uitgegeven door Mozaika Publications, onderdeel van Mozaika LLC.
www.mozaikallc.com

Ontwerp cover: Najla Qamber Designs
www.najlaqamberdesigns.com

Fotografie: Wander Aguiar
www.wanderbookclub.com

Vertaling: Missy Veerhuis

ISBN: 978-1-63142-740-4
Print ISBN: 978-1-63142-765-7

Hoofdstuk Een

"*D*e duivel staat op het punt om van mijn levenswerk porno te maken." Ik kijk mijn tweelingzus smekend aan. "Je moet me leren hoe ik sloten open kan breken."

Gia knippert naar me met haar ogen. "In de naam van Houdini's ballen, waar heb je het over?"

"Sloten openbreken. Leer het me."

Ze schudt haar hoofd alsof ze het leeg wil maken en doet de deur verder open. "Kom binnen en leg het uit."

"Goed dan." De smetvrees van mijn zus respecterend, omzeil ik knuffels en kusjes terwijl ik behoedzaam de rijtjeswoning betreed die ze met haar miljoen kamergenoten deelt. Ze leidt me naar haar kamer en terwijl we lopen, weersta ik de verleiding om de talloze rotzooi die overal ligt op te ruimen.

"Ga zitten." Ze wijst naar een stoel in de hoek, naast een paspop.

Is ze gek? Die stoel heeft vier poten, de ergste. Ik

geef de voorkeur aan bureaustoelen, omdat ze meestal vijf poten hebben of barkrukken, omdat ze er meestal één of drie hebben. Hoe zou zij het vinden als ik haar zou vragen om aan de railing bij de metro te likken?

Een ondeugende grijns trekt haar lippen met donkere lippenstift omhoog. "Mijn fout. Geen priemgetal van poten. Wat dacht ik in vredesnaam? Je brein had kunnen smelten."

Ik verberg een rol met mijn ogen en loop langs een pak kaarten en andere goochelaarsaccessoires die over de nabijgelegen oppervlakken zijn uitgestrooid en stop niet totdat ik naast een zitzak zonder poten sta. "Mag ik?"

Gia haalt haar schouders op en haalt een pak kaarten uit haar zak en geeft het me met de toppen van haar vingers aan. "Zou je je meer op je gemak voelen als ik je dit kaartspel zou geven om te organiseren?"

Ik plof neer in de stoel en knijp mijn ogen tot spleetjes naar het dek. "Tweeënvijftig?"

Met een zucht gooit ze een van de kaarten op een bureau in de buurt - alsof het niet al een puinhoop is. "Nu eenenvijftig."

"Eenenvijftig is geen priemgetal."

Ze kijkt naar het dek. "Wat?"

"Drie keer zeventien is eenenvijftig. Hoe heb je groep zes gehaald?"

"We hebben jou waarschijnlijk laten doen alsof je mij was om voor de rekentest te slagen." Ze laat nog vier kaarten op het bureau vallen. "Is zevenenveertig beter?"

"Bedankt." Ik pak de kaarten voorzichtig op - God verhoede dat ik hare hygiënische majesteit met mijn beestjes aanraak. "Wat moest ik je uitleggen voordat je het me leert?"

"Begin met het deel van het levenswerk." Ze zit op de gruwel met het verkeerde aantal poten. "Ik wist niet dat je er een had. Gaat het om dat virtuele huisdierengedoe dat je me altijd laat zien?"

"Soort van." Ik begin de kaarten op de voor de hand liggende logische manier te sorteren: eerst de kaarten met nummers die priemgetallen zijn, gevolgd door de rest. "Ik heb niet eerder de kans gehad om het je te vertellen, maar ik heb met de kinderafdeling van het NYU Langone-ziekenhuis samengewerkt. Als ze horen dat ik bij porno betrokken ben-"

"Even terug. Hoe met hen samengewerkt?"

"Ik heb met mijn VR-huisdierenproject bètatesten gedaan als een soort therapie voor kinderen die in de langdurige zorg zitten." Ik kijk op van mijn sorteerwerk en in een gezicht dat identiek is aan het gezicht dat ik elke dag in de spiegel zie: ovaal van vorm met scherpe jukbeenderen, een sterke neus en grote blauwe ogen. Natuurlijk, in tegenstelling tot mijn zus, heeft mijn haar de natuurlijke roodblonde tint, terwijl zij het hare donkerder dan een zwart gat heeft gemaakt. Ik draag ook niet zoveel make-up. Haar rokerige ogen zouden een wasbeer in lust doen vallen en haar foundation is bleek genoeg voor een vampiergeisha. "Het idee is om de pijn en angst van de

3

kinderen te verminderen," ga ik verder terwijl ze goedkeurend knikt.

"Dat is niet slecht als levenswerk. Dus hoe past de porno van de duivel erin?"

Ik kijk naar de rotzooi om me heen. "Mag ik?"

Gia slaakt een zucht. "Als je daardoor sneller gaat praten, ga je gang."

Terwijl ik opsta en op begin te ruimen, kalmeer ik genoeg om mijn gedachten onder woorden te brengen. "Dit heb ik je ook nog niet verteld, maar mijn bedrijf is een tijdje geleden in de financiële problemen gekomen en toen heeft de Morpheus Group ons overgenomen."

Ze trekt haar neus op. "Nog nooit van hen gehoord."

Ik pak een hoge hoed op van het soort waar het konijn van een goochelaar uit zou kunnen springen - niet dat Gia ooit het risico zou lopen om iets vrolijks aan te raken wat zijn eigen uitwerpselen op zal eten. "Ik ook niet totdat ze ons overnamen. Ik denk dat het bedrijf vlak voor de overname tot stand is gekomen." Ik leg de hoed naast Gia's hoofdband en noem de plek in mijn hoofd *hoofddeksels*. "In eerste instantie vroegen ze om specificaties van onze VR-headset en handschoenen en toen verdwenen ze, zodat we ons ding konden doen alsof er niets veranderd was. Maar we hebben net vernomen dat ze van plan zijn om de headset en handschoenen met een speciaal pak te integreren dat ze hebben gemaakt. Een pak dat bedoeld is om je hele lichaam dingen in VR te laten voelen."

Ze ziet er geïntrigeerd uit. "Dingen voelen als in... seksdingen?"

"Dat zeggen de geruchten op kantoor." Ik pak wat er als een nep-duim uitziet en leg die op een plank naast haar handschoenen, waarbij ik de plek toewijs aan dingen die op *aanhangsels* betrekking hebben.

"Hmm." Ze krabt aan haar kin. "Seks in VR. Geen ziektekiemen. Geen aanrakingen. Geen complicaties. Kan ik een van die pakken krijgen?"

"Je zou een echte man moeten zoeken," zeg ik en ik heb er meteen spijt van - het laatste wat ik wil is als mama klinken.

Gia trekt haar donkere wenkbrauwen op en bootst het Britse accent na waar ik mezelf na mijn studie in het buitenland van heb moeten ontdoen. "Zoals ze in je geliefde Engeland zouden zeggen, dat is de pot verwijten dat de ketel zwart ziet."

Ze heeft gelijk. Ik ben als het om mannen of seks gaat geen expert - mijn enige echte relatie was met een man die later uit de kast kwam als homo.

Mijn gezicht moet veranderd zijn, want ze zegt, "Sorry, Holly. Het was niet de bedoeling om die kant op te gaan. Voordat je het weet ben ik net als Octomam en ga ik je vertellen hoe erg je naar 'een seksuele unie' zou moeten verlangen."

Ik krimp ineen. Ik haat de bijnaam die ze voor onze moeder gebruikt. Het respect voor je ouder vergeten, dat is gewoon niet juist. Mam heeft ons tweeën op de wereld gezet, gevolgd door onze zeslingzusjes. Een juiste naam zou Bimam zijn (of is het Dumam?) of

Sexamam - hoewel, toegegeven, deze klinken allemaal ook niet echt geweldig. Als ik eerlijk ben, dan is natuurlijk de belangrijkste reden waarom ik het *octo*-voorvoegsel niet leuk vind, dat het ons eraan herinnert dat we acht zussen zijn, in tegenstelling tot een normaal aantal, zoals zeven, vijf of elf.

"- 'je hebt wat ouderwetse liefde nodig'," zegt Gia in haar beste imitatie van mama's alt als ik weer op haar gebabbel afstem.

Grijnzend doe ik mijn eigen imitatie van onze beschamende oudereenheid. "Orgasmes verlichten stress, helpen bij slapeloosheid, verlichten pijn, laten je langer leven, stimuleren je hersenen, zorgen ervoor dat je er jonger uit blijft zien... Oh en het kan wereldvrede tot stand brengen."

Heeft ze gemerkt dat ik zeven items op die lijst heb gezet?

Gia huivert. "Vergeet niet hoe nuttig orgasmes zijn als iemand probeert om een varken zwanger te krijgen."

Ugh, ja. Ook al ben ik niet zo preuts als Gia, ik ben ook getraumatiseerd door mama's bescheiden opschepperige verhalen over haar vaardigheden in de veeteelt. Op een keer zei mama dat ze Petunia - een varkentje dat voor ons toen we opgroeiden als een huisdier was - tijdens een kunstmatige inseminatiesessie tot een orgasme had gebracht. Ja. Niet het beeld dat je in je hoofd wilt hebben als je spek ziet.

Ik realiseer me dat we van het onderwerp af zijn

geraakt en pin mijn zus met een vastbesloten blik vast. "Dus kun je me leren wat ik nodig heb of niet?"

Ze trommelt met haar zwartgeverfde nagels op haar dijbeen. "Je hebt nog steeds niet het hele duivelsgedeelte uitgelegd."

Ah. Dat. Ik pak een boek over het valsspelen met kaarten en zet het op een willekeurige lege plek op haar boekenplank - als ik haar bibliotheek op jaar van publicatie probeer te sorteren, dan zal ze weer overstuur raken en weigeren om me te helpen. "Volgens een aantal andere geruchten op kantoor," zeg ik, "zijn de nieuwe eigenaren broer en zus. Blijkbaar is hun achternaam Chortsky."

"Blijkbaar? Hebben ze zichzelf nog niet voorgesteld?"

Ik pak een glanzende goochelaarsbeker en zet die naast een lege koffiemok op het bureau. "Nee. Ik heb via e-mail met een man gewerkt die Robert Jellyheim heet. Hoe dan ook, toen ik online naar mensen die Chortsky heetten zocht, vond ik een Vlad Chortsky die de eigenaar van een softwarebedrijf is en een Alex Chortsky die een videogamestudio heeft. Geen vermelding van een zus, geen foto's van beide mannen, geen aanwezigheid op social media. Het enige nuttige dat ik heb geleerd, is dat het woord *chort*- de wortel van hun familienaam - *de duivel* of *demon* in het Russisch betekent."

"Ah," zegt Gia. "Dus 'de duivel' is gewoon je bijnaam voor degene die toevallig de ongrijpbare eigenaar van de Morpheus Group is. Wat heeft dat met het openbreken van sloten te maken? Wil je je kuisheidsgordel openbreken?"

Mijn hartslag versnelt zich bij de gedachte aan het openbreken van de sloten en ik ruim sneller op om mezelf te kalmeren. "Er is op mijn verdieping een kantoor waar de geïntegreerde VR-pakken gisteren zijn afgeleverd." Ik pak drie metalen aaneengeschakelde ringen en leg ze naast haar sleutelhanger op de salontafel. "Hij zit op slot. Ik wil in dat kantoor komen en kijken of de geruchten waar zijn."

Ze fronst. "Waarom?"

"Zodat ik er iets aan kan doen... als het moet."

Haar frons wordt dieper. "Wat doen?"

Ik haal een flashdrive uit mijn zak. "De geruchtenmolen beweert dat de eigenaren binnen een paar dagen een ontmoeting met een groot risicokapitaalbedrijf hebben om het werk dat ze hebben gedaan te demonstreren. Ze hebben waarschijnlijk een nieuwe financiering nodig. Ik hoop dat als een computervirus deze demo verpest, dit het pornoproject zal vertragen en ik mijn afspraak met het ziekenhuis af kan ronden voordat de duivel een andere bron van geld vindt."

"Dus je gaat inbreken om bedrijfssabotage te plegen?"

Ik knijp in de USB-stick in mijn handpalm. "Niet bepaald. Ik werk daar."

"Maar je bent van plan om een virus vrij te laten. Is dat geen misdaad?"

Ik steek de USB in mijn zak. "Ik heb wat tools van papa geleend. Als ik betrapt word, dan kan ik zeggen dat ik onze beveiliging aan het testen was."

Onze vader is een penetratietester - wat niet is zoals het klinkt. Hij simuleert cyberaanvallen op bedrijven die bereid zijn om de zwakheden en sterke punten van hun systemen te identificeren.

Gia kijkt me bezorgd aan. "Je bent een slechte leugenaar."

"Ik ben van plan om de camera's op kantoor uit te schakelen. Niemand zal ooit weten wat er is gebeurd."

Ze springt overeind. "Ik weet het niet. Misschien zou ik deze waanzin niet aan moeten moedigen."

"Als je niet helpt, dan ga ik met een koevoet naar binnen."

Ze kijkt me onderzoekend aan. "Dat is bluf. Je haat geweld."

Ik trek een vastberaden uitdrukking. "Ik kan een verdomde deur pijn doen als het moet."

Ze kauwt op haar lip en zucht dan. "Dit zal je wat kosten."

Ja! Als ze aan het onderhandelen is, dan gaat dit gebeuren.

"Wat wil je?" vraag ik, terwijl ik mijn oh zo gemakkelijk uit te buiten enthousiasme in bedwang probeer te houden.

Ze gaat weer zitten. "Je houdt op met Marie Kondo op mijn spullen te doen."

"Prima." Met tegenzin laat ik haar toverstaf die de vorm van een fallus heeft terug op de puinhoop van voorwerpen op het bureau vallen. Het is niet alsof ik had geweten hoe ik het had moeten categoriseren - afgezien van het naast een dildo te plaatsen.

"En je bent me in de toekomst twee gunsten verschuldigd, zonder vragen te stellen."

Ik reik bijna weer naar de toverstok, maar stop mezelf net op tijd. "Wil je ook de sleutels van mijn huis? Of misschien een blanco cheque?"

Ze haalt haar schouders op. "Als onze rollen omgedraaid waren, dan zou jij om nog meer vragen."

Dat is dus niet waar, maar in discussie gaan zou geen nut hebben. "Kun je me vertellen wat de gunsten zijn, zodat ik kan bepalen of het het waard is?"

"Geen deal. Zullen we het verschil verdelen? Ik zal nu om een gunst vragen en op een later tijdstip om een andere."

Verdomme, ze is goed in het opzetten van een pokerface. "Wat is de gunst voor nu?"

"Heb je al met onze ouders geluncht?"

Ik knars met mijn tanden. "Ja." Het is duidelijk wat ze wil. Onze ouders zijn in de stad en ze gaan natuurlijk niet weg voordat ze hun beide oudste dochters een pijnlijke preek over de gevaren van het vrijgezel zijn hebben gegeven.

"Je kleedt je als ik en neemt mijn plaats bij de lunch in," zegt Gia, die mijn vermoedens bevestigt. "En je zult *geen* sekstips doorgeven die je waarschijnlijk zult krijgen."

Klote. Ik had gehoopt dat ze me in een goocheltruc zou gebruiken - het is erg handig om een tweeling te hebben als je teleportatiekrachten en dergelijke wilt laten zien.

"Wanneer is de lunch?" vraag ik.

Ze ziet er naar mijn smaak te vrolijk uit en geeft me de details.

Het tijdstip is midden in mijn middagflos, maar hoe erg ik ook onderbrekingen in mijn schema haat, ik maak geen bezwaar. Gia zal geen medelijden hebben.

"Wat is de andere gunst?" vraag ik, terwijl ik er nu al bang voor ben.

Ze grijnst. "Leuk geprobeerd. Dat zal ik je vertellen als ik het zelf weet."

"Goed dan. Je hebt een deal - ervan uitgaande dat je me echt kunt leren hoe ik een slot open moet breken."

Ze staat op. "Kunnen de zeslingen zelfs Gandhi tot geweld drijven?"

Oh ja, dat kunnen ze. Afkeer van geweld is de reden waarom ik mijn blootstelling aan het nest van het kwaad beperk. Ik hou natuurlijk heel veel van ze, maar gecombineerd zijn ze te veel voor mijn psyche. Ik ben deels jaloers en heb deels medelijden met Gia, omdat ze buiten de feestdagen met hen omgaat. Ik ben lang niet zo dapper.

Ze staat op, rommelt in een la en haalt er een paar handschoenen, een leren tas en een verzameling sloten uit.

"Doe deze aan." Ze geeft me de handschoenen.

Ik doe ze met een rol van mijn ogen aan. "Zo. Nu zal ik geen ziektekiemen op je kostbare apparatuur achterlaten."

Ze duwt de leren tas in mijn handen. "Ik geef je handschoenen zodat je leert hoe je een slot open kunt breken terwijl je ze draagt. Of wil je overal op de plaats delict je vingerafdrukken achterlaten?"

Ik rits de koffer open en staar naar het gereedschap dat erin zit.

Als ik voor de gevreesde cursus Advanced Artificial Intelligence in Cambridge kan slagen, dan kan ik dit ook.

Hopelijk.

"Laat me je eerst vertellen hoe een cilinderslot werkt," zegt Gia, naar een slot van glas gebarend waar de pinnen en andere stukjes zichtbaar zijn.

Ze gaat verder met het openen van het slot zowel met een sleutel als met haar gereedschap, waardoor het er gemakkelijk uitziet.

"Dit is nu een moersleutel." Ze geeft me een metalen dingetje en vertelt me wat ik ermee moet doen. Dan geeft ze me een pick en legt ze uit hoe je die moet gebruiken.

"Klinkt redelijk," zeg ik als de les gelukkig voorbij is. "Laat mij het eens proberen."

Haar grijns is kwaadaardig. "Ga je gang."

Ik ben beroemd om mijn nauwgezetheid als het om het opvolgen van alle soorten aanwijzingen gaat, dus als een robot voer ik Gia's instructies tot in de puntjes uit. Toch mislukt mijn poging, tot grote vreugde van mijn tweeling.

Grr. Het openbreken van een slot lijkt meer een kunst dan een wetenschap te zijn.

Twee uur en tientallen hatelijke opmerkingen van Gia later verbeter ik, hoewel ik nog niet genoeg vertrouwen heb om met de kraak door te gaan.

Eindelijk zegt Gia, "Ik denk dat je het doorhebt. Er is in ieder geval niet veel meer wat ik je nog kan leren. Ga naar huis en ga zelf met de sloten spelen."

"Oké." Ik verberg de instrumenten van mijn nieuw verworven vak. "Ik zal je bellen als ik vragen heb."

Tot mijn verbazing bergt ze de sloten die we hebben gebruikt op in plaats van ze op het nog steeds rommelige bureau te gooien. "Overweeg om het hele gebeuren te annuleren, wil je? Laat je niet door het minimalisme van het gevangenisleven verleiden."

"Dat zal ik doen," lieg ik terwijl we haar kamer uit gaan.

"En app me updates." Ze leidt me langs de rommelige woonkamer naar de voordeur. "Bel me ook als je me nodig hebt om je borgtocht te betalen."

"Cheers," zeg ik - en ik besef pas mijn fout als Gia's grijns zich tot Jokerniveaus uitstrekt.

"Het is mij een genoegen, gouv'neur," zegt ze met een zwaar Cockney-accent. "Vergeet de lunch met mama en papa niet."

"Dat zal ik niet vergeten," mopper ik.

"Heel goed." Ze zwaait op een koninklijke manier met haar hand. "Ta-dah."

"Bedankt en tot ziens," zeg ik met een perfect Amerikaans accent.

Ze doet de deur op slot en ik hoor haar erachter grinniken.

Ik kan niet geloven dat van al mijn zussen, *zij* het minst kwaadaardig is.

Als ik thuiskom, oefen ik tot diep in de nacht met het openbreken van sloten en als ik in slaap val, droom ik erover.

Tegen de tijd dat het maandagochtend is, voel ik me zo klaar als ik ooit zal zijn.

Het is tijd.

Ik ga aan het werk, wacht tot iedereen vertrekt en ga dan verder met Operatie Inbraak.

Hoofdstuk Twee

$\mathcal{N}$et als de verdomde pan waar je naar staat te kijken die nooit gaat koken, weigeren mijn collega's om vandaag naar huis te gaan.

Ik wed dat ze niet eens werken.

Achteraf gezien was dit een fout in mijn plan. Aangezien ik hier Hoofd technologie ben, willen veel mensen laten zien hoe hard ze werken door tot laat te blijven werken, vooral in het licht van de overname.

Alsof het door de gedachte aan de overname werd opgeroepen, komt er een e-mail van Robert Jellyheim, mijn equivalent van de Morpheus Group, in mijn inbox.

Shit. Hebben ze me op de een of andere manier door?

Maar nee. Hij laat me weten dat ze van plan zijn de integratie binnenkort op te voeren en dat ik hem en het hoger management binnenkort persoonlijk zal ontmoeten.

Dit moet de reden zijn waarom de pakken zijn afgeleverd. Ik moet zeggen dat de duivel er vrij zeker van is dat ze de financiering zullen krijgen.

Nou, dat zullen we nog weleens zien - ervan uitgaande dat mijn domme collega's ooit vertrekken.

Mijn maag rommelt, waardoor ik een idee krijg. Misschien gaan ze eindelijk weg als ze denken dat ik voor vandaag naar huis ben? En als iemand later naar de camera's kijkt, dan zien ze me met eten terugkomen - volkomen natuurlijk.

Ik pak mijn spullen en stamp naar de lift.

Wacht. Wat moet ik doen als mijn collega's het niet merken?

Oh, ik weet het. Ik stop bij een paar bureaus en maak ze overzichtelijker, waarbij ik twee vliegen in één klap sla. Tegen de tijd dat ik een extra pen aan een beker toevoeg die er maar vier bevat, weet ik zeker dat ik opgemerkt ben.

Uitstekend. Ik loop naar de lift en als ik binnenkom, druk ik op alle knoppen voor de verdiepingen met priemgetallen, een luxe die ik mezelf gun als ik alleen in de lift sta.

Mijn dagelijkse lunch bestaat uit de negentien stukjes ravioli die ik van thuis meeneem, maar wanneer ik op het werk moet eten, dan ga ik altijd naar dezelfde Japanse plek - Miso Hungry. Mijn bestelling bij hen is ook altijd hetzelfde: misosoep met zevenenveertig blokjes tofu en zeventien stukjes lente-ui en drie avocadorolletjes met één stuk achtergehouden om het totaal een goed priemgetal van drieëntwintig te maken.

Een van de dingen die mensen van dieren onderscheiden, is tenslotte ons verlangen naar orde en voorspelbaarheid, althans dat is wat ik tegen Gia zeg als ze me met mijn idyllische, stipte leven plaagt.

"Om mee te nemen?" vraagt de gastvrouw zodra ze me ziet.

Ik knik. "Ja, meenemen."

Terwijl ze naar de sushibar rent om de chef-kok mijn bestelling te geven, kijk ik naar het bijna lege restaurant - en tot mijn verbazing zie ik een man *mij* met zijn doordringende, hemelsblauwe ogen in zich opnemen.

En wat een man.

Perfect symmetrisch gezicht.

Zijdezacht gitzwart haar.

Brede, atletische schouders.

De jukbeenderen van een engel en de meest kusbare lippen die ik ooit heb gezien.

Het enige dat hem van perfectie weerhoudt, zijn de onverzorgde stoppels op zijn gezicht en de wanorde van zwarte lokken op zijn hoofd.

Ik vecht tegen de neiging om naar hem toe te sprinten, dat weerbarstige haar glad te strijken en een sushi-mes van de chef te stelen om dat prachtige gezicht te scheren.

Ja, oké. Ik moet toegeven dat ik een soort fetisj voor gladgeschoren mannen heb. Toen ik voor het eerst foto's van Henry Cavill als Superman zag, helemaal netjes en correct, wilde ik mezelf aanraken. Maar ik was *niet* zo blij toen hij zijn rol als de onverzorgde, besnorde schurk in *Mission: Impossible - Fallout*, op zich nam. De $ 25 miljoen die DC Films aan het verwijderen van zijn snor door CGI tijdens het filmen van *Justice League* heeft uitgegeven was als je het mij vraagt goed besteed. Ik kan niet wachten op de dag waarop de technologie me in staat zal stellen om de snorren van alle gezichten op mijn schermen te verwijderen.

Drommels. Ik sta nog steeds naar hem te staren - een situatie die nog veel erger wordt gemaakt door het feit dat hij niet alleen aan zijn tafel zit. Bij hem zit een vrouw die net zo mooi is als hij. En in tegenstelling tot haar sjofele, maar sexy man, is ze buitengewoon netjes, met onberispelijke make-up en perfect gestileerd zwart haar.

Terwijl ik mijn blik wegtrek, zie ik de smeerlap grijnzen.

Wat een ploert. Wat een hark.

De gastvrouw komt met mijn afhaalmaaltijd terug en ik zie de vreemdeling iets tegen zijn mooie date fluisteren.

De vrouw bekijkt me van top tot teen en begint op te staan.

Shit. Gaat ze me confronteren, omdat ik naar haar man keek?

Ik heb een hekel aan elk soort geweld, maar vooral aan geweld waarbij ik betrokken zou kunnen zijn. Ik gris verwoed mijn bestelling uit de handen van de gastvrouw, stop wat geld in haar handen en haast me uit Miso Hungry.

Mijn hartslag gaat nog steeds door het dak als ik op kantoor terugkom. Ik denk dat opgewonden raken door prachtige vreemden geen goede aanloop voor een goede kraak is.

Er is tenminste nog goed nieuws. Zoals ik had gehoopt, is de werkvloer eindelijk leeg. Ik wed dat de bedriegers zich als kwartels hebben verspreid zodra de liftdeuren achter me dicht gleden.

Terwijl ik het eten aan de kant zet - ik ben bij de gedachte aan wat ik ga doen mijn eetlust verloren - doe ik alsof ik wat code schrijf voordat ik het camera-vermoordende-script start dat ik heb voorbereid.

Gaat dit echt gebeuren?

Heb ik de eierstokken om dit te doen?

Ik recht mijn schouders.

Het *gaat* gebeuren. Ik weiger om terug te krabbelen.

Ik negeer de beklemming in mijn maag, sta op en haast me naar mijn bestemming.

Als ik bij de deur kom, kijk ik naar de hopelijk uitgeschakelde camera.

Het is nu of nooit.

Hoofdstuk Drie

Ik rammel met de deurklink voor het geval iemand de deur open heeft gemaakt.

Nee.

Ik pak mijn gereedschap en begin met het openbreken van het slot.

Verdorie. Het geeft niet toe.

Is dit slot anders dan dat waarop ik heb geoefend? Of komt het door mijn trillende handen?

Ik haal diep adem en tel tot zeven.

Met mijn handen stabieler, begin ik weer in het slot te peuteren tot er iets in het slot klikt.

Eindelijk.

Ik ga naar binnen en bekijk het grote kantoor. Op het bureau staan een high-end monitor en een ergonomisch toetsenbord, naast het bureau staat een top-of-the-line executive bureaustoel (vijfpoots, zoals het hoort) en in de hoek staat een kleine leren bank.

Is dit het toekomstige hol van de duivel? Of van de she-duivel?

Ik negeer die kwestie voorlopig en onderzoek de pakken.

Opgesplitst in roze 'vrouwelijke' en grotere blauwe 'mannelijke' modellen, zijn dit duidelijk prototypes. Een aantal hebben zelfs onderdelen die met plakband bevestigd zijn. Er hangen ook instructiebladen aan, samen met een label met de tekst 'Steriel'.

Ik ben geen Gia over zulke dingen, maar zelfs ik ben dankbaar voor het steriele deel - het pak gaat tenslotte over mijn lichaam heen. Ik voel een steek van schuld. Als ik er eenmaal een heb aangetrokken, dan zal hij niet langer steriel zijn, wat vervelend is voor de volgende vrouw die het zal passen.

Misschien moet ik een briefje achterlaten als ik klaar ben?

Het belangrijkste eerst. Ik pak het instructieblad uit het roze pak dat het dichtst bij mijn maat lijkt te zijn.

"Pas het klittenband aan je lichaam aan" is de eerste stap.

Ik ben als het om mijn omtrek en lengte gaat met priemgetallen gezegend, dus dankzij de gelabelde banden is deze stap een fluitje van een cent.

"Uitkleden" is de tweede instructie.

Hmm. Misschien moet dit pak me eerst mee uiteten nemen?

Ik loop naar de deur om hem op slot te doen. Hebben de schoonmaaksters de sleutels van dit kantoor? Hopelijk niet. Hoe dan ook, ze worden pas over een paar uur verwacht – dat heb ik bij het plannen van deze kraak opgezocht.

Me uitkleden op de werkplek voelt buitengewoon ongemakkelijk, maar aangezien de instructies het bevelen, doe ik het toch en laat ik mijn kleren netjes opgevouwen op de bureaustoel achter.

"Ga liggen of zitten terwijl je het pak aantrekt," adviseert de volgende instructie. "Begin met de benen, dan het lichaam en dan met de handschoenen. De headset is als laatste."

Ik zit op de bank, het leer is ijskoud op mijn blote billen en ik wurm me volgens de instructies in het pak. Daarna pas ik alles aan om ervoor te zorgen dat het strak zit.

De headset gaat aan en er verschijnt in de lucht voor me een virtual reality-dashboard. De gebruikersinterface is vergelijkbaar met degene die mijn team voor deze exacte headset had ontworpen, maar met duidelijke aanpassingen - moet het werk van Robert Jellyheim en zijn team zijn geweest.

Er is momenteel slechts één app-pictogram - 'Demo' - in het dashboard te zien.

Ik steek mijn gehandschoende hand op en tik er met een vinger tegen.

Het pak komt tot leven en knijpt hard in mijn lichaam, waardoor het gevoel van een knuffel ontstaat. Tegelijkertijd bevind ik me in een witte kamer met twee lichtbollen die in de lucht hangen en twee regels tekst die erboven zweven: 'Ontwerp partner' en 'Gebruik standaardinstellingen'.

'Ontwerp partner' klinkt als iets dat een porno-app zou zeggen, dus daar klik ik op.

Er verschijnen nog twee lichtbollen met de volgende keuze: 'Man' of 'Vrouw'.

De kans dat dit porno is, neemt toe.

Ik kies voor man, daar voel ik me tot aangetrokken en de witte kamer vult zich met mannenhoofden zonder lichaam.

Huh. Oké. In boeken over het ontwerpen van gebruikersinterfaces wordt niet beschreven hoe je kunt voorkomen dat je je software griezelig maakt - duidelijk een vergissing. Tenzij je een spel over geesten maakt, zijn hoofden zonder lichaam een slecht idee.

Met een handgebaar roep ik elk hoofd naar me toe zodat ik de gezichten van dichterbij kan bekijken.

Erg leuk. Hoewel niet zo realistisch als in het echte leven, zijn dit de beste die de huidige technologie mogelijk maakt - de Morpheus Group moet met enkele getalenteerde artiesten samenwerken.

Na wat wikken en wegen kies ik een hoofd met een symmetrisch gezicht met dromerige blauwe ogen en gebeeldhouwde gelaatstrekken.

'Huid aanpassen?' vraagt de interface me vervolgens.

Dat doe ik.

'Gezichtshaar toevoegen?'

Echt niet.

'Jukbeenderen aanpassen?' is de volgende keuze.

Ik maak ze scherper, meer gedefinieerd.

'Oogkleur aanpassen?'

Ik ga voor een donkerdere tint blauw - hemelsblauw, om precies te zijn.

Vervolgens ruil ik het korte blonde haar voor zwart en zijdeachtig in - netjes achterover gekamd, zoals ik het leuk vind.

Nu zweeft er een zeer aantrekkelijk hoofd zonder lichaam in de lucht.

Is het verkeerd dat ik me nu meer opgewonden voel dan dat ik er van griezel?

Wacht eens even.

Het hoofd dat ik heb ontworpen, lijkt verdacht veel op het hoofd dat aan de verzengende hete vreemdeling bij Miso Hungry vastzat. Deze versie is gewoon gladgeschoren en mist een lichaam.

Bedankt, onderbewustzijn. Nu voel ik me een totale perverseling.

'Type bovenlichaam' is de volgende keuze.

Het griezelige gevoel komt terug als het hoofd van de knapperd opzij vliegt en er een stel torso's zonder hoofd en zonder benen verschijnen.

Aangezien ik niet zeker weet of ik de man uit het restaurant moet blijven herscheppen - en omdat ik hem niet naakt heb gezien - ga ik voor een gespierde, breedgeschouderde torso met wasbord-buikspieren. Want waarom niet?

Eenmaal gekozen, hecht de romp zich aan het hoofd.

Ik bestudeer de verschijning zonder benen. Is het raar dat ik nu al mijn gang met hem wil gaan? Is het zonder het onderlichaam eigenlijk wel een *hem*?

Ik slik hoorbaar en raak de virtuele borstspieren aan.

Verdorie. De handschoen zorgt ervoor dat de aanraking echt aanvoelt - wat geen verrassing zou moeten zijn, aangezien ik deel van het team was dat deze technologie mogelijk heeft gemaakt. Toch ben ik verrast. Toen ik aan de handschoenen werkte, was mijn prioriteit om het aaien van een donzig, knuffelig wezen zo realistisch mogelijk te maken, dus seks en de bijbehorende menselijke huidsensaties waren het laatste waar ik aan dacht.

Er volgen meer torso-keuzes. Ik laat zijn biceps en andere spieren zoals ze zijn en ga aan de tepelpiercings en tatoeages voorbij.

Als de volgende keuze verschijnt, knipper ik er een paar seconden naar.

Als ik nog twijfels had, dan zijn ze nu weg.

Dit gaat zeker tot porno leiden.

De ruimte om me heen is met piemels bedekt.

Groot. Klein. Hard. Slap. Dik. Dun. Aderig. Glad. Recht. Krom. Diep paars. Lichtroze. Groen en blauw? Iemand had er duidelijk een pervers plezier in gehad om zoveel mogelijk variatie als menselijkerwijs mogelijk was te creëren. Over mensen gesproken, sommige keuzes lijken niet van mijn soort te zijn - tenzij er jongens zijn die als eenhoorns geschapen zijn.

Dit doet me aan de beroemde scène uit *The Matrix*

denken toen Neo om "Guns. Lots of guns" vroeg. Alleen zijn dit penissen. Wacht, is dat het meervoud of is het gewoon penis, zoals ingewanden en hersenen? Nee. Dat klinkt niet goed. Misschien is het peni, zoals in fungi? Nee, dat is alleen van toepassing op Latijnse woorden die op -us eindigen, wat bij penis niet het geval is - het klinkt alleen zo. Het zou penes kunnen zijn, maar dat klinkt te veel als het meervoud voor penne pasta. Ik zal dit allemaal moeten controleren als ik weer toegang tot internet heb.

Zich niet bewust van de juiste naamgeving, dansen de fallussen om me heen, sommige vrolijk, sommige ronduit dreigend - allemaal duidelijk gretig om gekozen te worden.

Ik sluit mijn ogen. Het is moeilijk om je op deze manier te concentreren... heel moeilijk.

Ik zou nu moeten stoppen. Deze lullen zonder lichaam zijn tenslotte mijn bewijs.

Hard bewijs.

Maar om de een of andere reden kan ik mezelf er niet toe brengen om deze VR-sessie te beëindigen. Ik weet zeker dat het niets met de epische droge periode te maken heeft waar ik momenteel doorheen ga... Of dat ik een replica van de hete vreemdeling uit Miso Horny heb ontworpen... Ik bedoel, Miso Hungry.

Nee. Niets zo ongepast.

Ik werk met VR, dus dit is puur een professionele nieuwsgierigheid.

Ja, dat is het. Dit gaat over mijn werk.

Ik doe mijn ogen open en gebaar naar de piemels.

Het is een stevige wedstrijd - er zijn er zo veel, het kost me tien minuten om er eindelijk één te kiezen: een (hopelijk) menselijke, extra groot en niet te aderig.

Heeft de inspiratie voor dit ontwerp een piemel als deze? Geen idee en het is onwaarschijnlijk dat ik er ooit achter zal komen... of het in me zal stoppen... of eraan zal likken... of eraan zal zuigen.

De piemel strijkt op zijn rechtmatige plaats onder de romp neer en de ruimte vult zich met genoeg ballen om de testosteronwaarde van een klein land te genereren.

Geeft iemand echt genoeg om testikels om zoveel variatie nodig te hebben?

Aangezien ik graag de volgende fase van deze demo wil zien, pak ik willekeurig een paar ballen en kies dan even snel een paar benen.

Dit is wanneer de volgende keuze de kamer vult: billen.

Heel veel billen.

Rondvormig. Hartvormig. Vierkante vorm. V-vormig. Gespierd en niet gespierd. Met poepgaten en, om de een of andere reden, zonder. Met kuiltjes en zonder. De keuzes zijn niet zo uitputtend als bij de piemels, maar het komt er bij in de buurt.

Ik kies de eerste strakke kont die ik zie en vraag me af of er nog meer keuzes zullen zijn - zoals levers of amandelen.

Maar nee. Alles voegt zich uiteindelijk samen en mijn nieuw ontworpen virtuele vriendje begint te dansen en channelt *Magic Mike*.

Verdorie. Mijn eierstokken geven elkaar een high five terwijl ik schaamteloos naar de digitale perfectie kijk. Er zou zelfs kwijl in mijn mondhoek kunnen lopen - en andere soorten nattigheid in mijn privéplekken.

Degene die dit ontworpen heeft, is een boosaardig genie, vooral gezien de korte tijd sinds de overname. Als ze hun ziel aan de duivel hadden moeten verkopen, dan zou ik zeggen dat het het misschien waard is geweest. Of heeft de Boosaardige dit persoonlijk gedaan? Het zou van karakter zijn dat de Verleider het ultieme wapen van seksuele zonde zou creëren.

Ik word van mijn pseudo-theologische overpeinzingen afgeleid door een tekstballon die boven het hoofd van het niet-meer-dansende-maar-niet-minder-overheerlijke digitale exemplaar opduikt.

"Wil je dat ik je een voorproefje geef van wat het pak kan doen?" vraagt het. "Ja of nee?"

Ik kies "ja" en de man teleporteert zich naar me toe en komt zo dichtbij dat zijn vooruitstekende erectie tegen mijn buik drukt.

Wauw. Het pak creëert een gevoel van druk dat griezelig nauwkeurig is.

"Doorgaan?" vraagt een andere tekstballon.

Mijn vinger is onvast als ik "ja" kies.

Mijn digitale partner neemt mijn borst in zijn hand.

Ik snak naar adem. De aanraking voelt luxueus echt aan - zelfs als we rekening houden met de hormonen die het vermogen van mijn hersenen om rationele waarnemingen te doen kapot maken.

Nog een "Doorgaan?" later knijpt hij zachtjes in mijn tepel.

Dubbel wauw. De kneep is realistisch genoeg om een nieuwe golf van behoeften naar beneden te sturen.

Ongelooflijk.

"Doorgaan?" vraagt de kwaadaardige tekstballon.

Mijn "ja" is terughoudend en als ik zie dat hij naar mijn vrouwelijke delen reikt, grijp ik instinctief zijn pols - wat bewijst hoe realistisch dit allemaal lijkt.

Hmm. Zijn pols voelt echt in mijn hand, maar de actie zelf was onstabiel. Er lijkt nog wat werk nodig te zijn om de handschoenen in het pak te integreren.

Er verschijnt nog een tekstballon boven zijn hoofd. "Wil je de orale seksfase proberen? Ja of nee."

"Maak je een grapje?" vraag ik hardop.

De tekstballon gaat niet weg - er is in het pak duidelijk geen stemherkenning (in tegenstelling tot mijn VR-huisdierenproject).

Hoever ben ik bereid om mijn nieuwsgierigheid te laten gaan? Ik sta op het punt om "nee" te kiezen, maar dan vraag ik me af hoe ze *die* sensatie nabootsen.

Ja. Meer professionele nieuwsgierigheid. Dat is duidelijk. Dit heeft niets te maken met hoe graag ik die lippen daar beneden wil hebben. Of met het feit dat een man me nooit echt oraal bevredigd heeft. Ja, helemaal niks.

Terwijl ik lucht naar binnen zuig, kies ik opnieuw "ja".

De man verdwijnt even en verschijnt dan weer in

de positie voor orale seks, zijn gezicht tegenover mijn kruis en zijn hemelsblauwe ogen in de mijne starend.

Ik leun achterover op de bank.

Zijn tong neemt zijn eerste lik.

Oh. Mijn. Fucking. Hemeltje.

Dit is precies hoe ik me altijd heb voorgesteld dat dit zou voelen. Zijn tong is warm en buigzaam en buitengewoon verbazingwekkend. Als er een Nobelprijs voor de meest perverse uitvinding zou zijn, dan zou de Boosaardige hem krijgen, zonder twijfel.

Nog een lik.

En nog een.

Dan klemt hij zich aan mijn clitoris vast en begint hij te zuigen.

Mijn tenen krullen zich.

Heilig HR-beleid. Ik sta op het punt om op mijn werk klaar te komen.

Ik pak zijn hoofd vast, maar kan mezelf er niet toe brengen het weg te trekken. Ik moet zelfs de neiging weerstaan om hem harder tegen mijn kruis te drukken.

Plotseling, gekmakend, stopt alles.

Neeeee! Ik was een centimeter van de grote O verwijderd.

Er verschijnt een nieuwe verdomde keuze in de lucht.

"Wil je de penetratiefase proberen? Ja of nee."

Ja.

Nee.

Ik ben er klaar voor, maar hier en nu gepenetreerd worden is niet -

Er is een geluid van een slot dat wordt omgedraaid.

Shit.

Mijn hart bonst in de stratosfeer en mijn ingewanden veranderen in een sorbet.

Iemand staat op het punt om me te betrappen.

Hoofdstuk Vier

Ik spring overeind en grijp naar de headset.

Drommels. De handschoenen maken het moeilijk om een goede grip te krijgen, dus ik probeer ze met geweld van me af te schudden, om vervolgens ergens over te struikelen.

Met mijn armen wapperend alsof ik probeer te leren vliegen, grijp ik het eerste ding wat op mijn pad komt vast - dat lijkt de bureaustoel te zijn.

Fuck mij. Het ding heeft wielen die, hoe voorspelbaar, beginnen te rollen en mijn val gaat door - met nog meer wapperende armen en geluiden van het klittenband dat loskomt.

Bam!

Mijn pols botst tegen iets hards aan. Te oordelen naar de plof tegen de vloer en het geluid van het verbrijzelen van plastic, moet ik die mooie monitor zojuist hebben vernietigd.

Sterke handen grijpen me vast voordat ik verder naar voren duikel.

Omdat ik het niet verwacht, ga ik in de freakout-modus - grijp wat aanvoelt als een toetsenbord en bereid me voor om ermee te slaan.

De handen laten me onmiddellijk los.

"Ik probeerde alleen maar te helpen," zegt een diepe, fluweelzachte stem met een Russisch accent.

Dat klopt, dus ik sla het toetsenbord niet in het gezicht van de spreker. In plaats daarvan laat ik mijn wapen los - en krimp ik ineen als ik het in stukken hoor vallen.

"Sta je me toe dat ik die headset van je af haal?" vraagt de stem.

"Cheers," flap ik eruit en voordat ik het tot "bedankt" kan corrigeren, wordt de headset voorzichtig van mijn hoofd gehaald.

Nu ik weer kan zien, staar ik naar mijn redder.

En blijf staren.

En staar nog wat meer.

Ben ik tijdens die demo in slaap gevallen of is dit nog steeds virtual reality?

Voor me staat de man die me net in VR aan het eten was – het lekkere ding van Miso Hungry.

Hoofdstuk Vijf

"Gaat het?" vraagt de hete vreemdeling met hemelsblauwe ogen die in mijn ziel turen.

"Uh-huh." Met een roodgloeiend gezicht, trek ik de eerste handschoen met mijn tanden uit en gebruik dan de vrije hand om de andere handschoen uit te trekken. Op de automatische piloot begin ik aan de rest van het pak - totdat ik me herinner dat ik eronder helemaal naakt ben.

"Wil je even een momentje?" vraagt hij, terwijl hij nadrukkelijk zijn ogen op mijn gezicht houdt en niet lager - alsof hij iets vermijdt.

Ik kijk naar beneden.

Oh, verdomme.

Mijn rechter tepel is te zien.

Ik was dat geluid van scheurend klittenband van net helemaal vergeten.

"Draai je alsjeblieft om!" piep ik en draai me zo snel op mijn hielen om dat het een wonder is dat ik niet heb vernietigd wat er nog van dit kantoor over is.

"Klaar," zegt hij.

Ik gluur over mijn schouder. Zijn rug is naar me toegekeerd. De kont in zijn spijkerbroek doet aan degene denken die ik voor hem in de VR had gekozen.

Wacht. Wat ben ik aan het doen?

Op de juiste prioriteiten terugkomend, trek ik het pak uit en loop op mijn tenen naar de kapotte monitor- en toetsenbordstukken terwijl ik mijn verspreide kleren van de vloer raap.

Mijn handen trillen als ik ze aantrek, mijn huid is afwisselend te warm en te koud.

Verdomme, verdomme, verdomme.

Dit is niet goed. Zo, zo niet goed.

Pas als ik volledig aangekleed ben, kan ik volledig verwerken wat er is gebeurd - en terwijl ik dat doe, wil ik door de grond zakken. Misschien helemaal naar de lobby.

Mijn wangen voelen als het oppervlak van de zon aan, terwijl ik mompel, "Je kunt nu weer kijken."

"Oké." Hij draait zich om en bekijkt me van top tot teen. "Dus wie ben jij?"

De woorden komen er gehaast uit. "Holly Hyman, tot uw dienst."

Drommels. Waarom heb ik dat gezegd?

Hij fronst, een uitdrukking waardoor zijn gezicht er op een bizarre manier sexyer uitziet. "De Hoofd Technologie?"

"Dat ben ik." Ugh. Waarom heb ik *dat* net gezegd?

Wanhopig probeer ik mijn blunder glad te strijken. "En jij bent?"

"Alex." Hij steekt zijn grote, mannelijke hand uit. "Alex Chortsky."

Mijn mond valt open.

Chortsky.

Als in de eigenaar van de Morpheus Group.

De duivel zelf.

Hoofdstuk Zes

G een wonder dat hij met de jukbeenderen van een engel pronkt. Dit is de originele gevallen engel.

Ik wil het op een lopen zetten, maar hij blokkeert mijn weg.

Wacht. Niet alles is verloren. Hij weet niet waarom ik hier ben. Misschien is er een uitweg?

De duivel kijkt verward en laat zijn hand zakken.

Verdomme. Hoe kon ik hem zo laten hangen? Dat is mega onbeschoft.

Voordat ik me kan verontschuldigen, kijkt hij naar de grond en trekt een gezicht bij de aanblik van het verbrijzelde toetsenbord. "Ik had net rubberen O-ringen onder alle toetsen geïnstalleerd," zegt hij treurig. "Heeft me een uur gekost."

Een nieuwe golf van schuld overspoelt me. Ik gebruik die dingen zelf. Ze zorgen ervoor dat mechanische toetsenborden - de beste soort - minder luid worden. Ik sta op het punt om een nieuw toetsenbord voor hem te kopen en de ringen zelf te installeren als hij zijn ogen naar iets op de vloer tot spleetjes vernauwt.

Oh nee.

Hij bukt zich en pakt een flashdrive op.

De flashdrive - degene met het virus erop. Hij moet uit mijn zak zijn gevallen toen mijn kleren op de grond waren getuimeld.

"Is dit van jou?" Zijn samengeknepen ogen blijven zich op mijn gezicht richten - maar zelfs de dreiging in die hemelsblauwe blik vermindert de verwoestende impact op mijn hormonen niet.

"Nee. Ik bedoel, ja." Ik steek mijn zichtbaar trillende hand uit. "Mag ik hem terug?"

Sensuele lippen versmallen zich en de duivel trekt de flashdrive buiten mijn bereik. "Wat doe je precies in mijn kantoor?"

Ik vecht tegen twee tegenstrijdige neigingen: om schreeuwend weg te rennen of met hem om de flashdrive te vechten. Ik ga voor iets in het midden. "Ik, uhm... dat wil zeggen, Robert vertelde me dat we de integratie binnenkort gaan versnellen." Tot zo ver is het waar. "Ik wilde het pak als onderdeel daarvan bekijken." Dat *zou* waar kunnen zijn.

Zijn grimmige uitdrukking blijft onveranderd. "Hoe heb je de deur open gekregen? Ik heb hem gisteravond zelf op slot gedaan."

Komt hij hier in de avond? Waarom heeft de geruchtenmolen me hier niet voor gewaarschuwd? Oh, duh. Omdat ze op dagen dat ik dat niet doe niet tot laat werken.

"De deur was open." Fuck. Ik vind mezelf niet eens overtuigend klinken. Stom, stom, stom. Waarom heb ik Gia niet gevraagd om me beter te leren liegen?

Hij stopt de flashdrive met de finaliteit van een gevangenisstraf in zijn zak. "Waarom ben je hier zo laat?"

"Ik- ik had veel te doen. Ik ben er net pas aan toegekomen."

Zijn ogen zijn nu als spleetjes. "Je hebt je avondeten niet eens aangeraakt."

Shit. Hij heeft het me zien kopen. "Ik werd nieuwsgierig en was mijn eetlust kwijtgeraakt." God. Een vijfjarige had een betere leugen kunnen verzinnen.

Hij haalt zijn telefoon tevoorschijn en klikt er een paar keer op. Wat hij ook ziet, hij vindt het niet leuk, want zijn kaken verstrakken zich als hij me met die hemelsblauwe ogen vast pint. "Jij zou toevallig niet weten waarom de beveiligingscamera's niet werken, toch?"

Ik sta daar maar, lucht naar binnen te zuigen. Het is officieel - ik ben mijn spraakvermogen kwijt.

"Is dit bedrijfsspionage?" Zijn woorden zijn afgekapt.

Nog steeds stil, schud ik mijn hoofd.

Hij kijkt me woest aan. "Wat is het dan?"

Ik antwoord niet. Ik kan het niet. Mijn hart bonst zo hard dat ik me misselijk voel.

Zijn prachtige lippen worden weer dun. "Als je eerlijk bent, dan zijn de gevolgen minder ernstig."

"Ik... Ik was gewoon..." Mijn keel is te droog om de woorden eruit te krijgen.

"Je was gewoon wat? Bedenk dat ik er zelf achter kan komen." Hij klopt op de zak met de flashdrive.

Ik heb het gevoel dat ik van paniek op het punt sta om te gaan kotsen. "Ik- ik wilde... Ik wilde de porno stoppen." Oh, verdomme. Waarom heb ik dat gezegd? Dat klinkt slecht. Ik had moeten-

Hij vouwt zijn armen over zijn borst. "Wat bedoel je met 'de porno stoppen?'"

Ik slik mijn hart terug naar mijn borst. Wie A zegt, moet ook B zeggen. "Mijn levenswerk loopt gevaar. Kinderen en porno gaan niet samen."

"Kinderen?" Hij kijkt me aan alsof er een eenhoorn-penis op mijn hoofd is gegroeid. "Denk je dat we kinderporno maken?"

"Wat? Nee!" Wacht, misschien had ik ja moeten zeggen. Het is nu te laat. Ik zoek naar een redelijke verklaring, maar kan alleen de waarheid bedenken. "Ik heb aan VR-huisdierentherapie gewerkt."

Van daaruit begin ik het volledige verhaal, al stamelend om mijn goede bedoelingen te vertellen - dat ik het voor kinderen in het ziekenhuis comfortabeler wil maken.

Terwijl ik verder ga, zijn de gezichtsuitdrukkingen van de duivel onleesbaar - hij zou het van Gia's pokerface kunnen winnen. Ik heb geen idee of hij me wel of niet gelooft. Ik hoop van wel. Als de vader van de leugens zou hij een combinatie tussen een waarheidsserum en een polygraafmachine moeten zijn.

"Dus," zeg ik voorzichtig als ik klaar ben. "Ben ik ontslagen?"

Hij haalt een hand door zijn weerbarstige lokken en ik vecht tegen de neiging om hem vast te binden en dat haar te temmen. Die actie zou mijn zaak totaal niet helpen.

"We zullen morgen na de investeerdersvergadering je arbeidsstatus bespreken," zegt hij ten slotte.

Hoop bloeit in mijn borst. Ik ben niet op staande voet ontslagen. Dat is geweldig. Ik had mezelf ontslagen als onze rollen omgedraaid waren. Maar aan de andere kant, stelt hij waarschijnlijk het onvermijdelijke uit. Gezien de staat van zijn kantoor wil hij misschien getuigen in de buurt hebben als hij me ontslaat - samen met werkende camera's en bewakers.

"Ik wil dat je iets in gedachten houdt," zegt hij met een nog steeds niet te ontcijferen uitdrukking. "De Morpheus Group is net zo belangrijk voor mijn zus als die VR-huisdierentherapie voor jou is en haar werk is *geen* porno. Ze wil seksuele ervaringen aan mensen geven die ze om verschillende redenen niet kunnen krijgen, zoals patiënten in ziekenhuizen, echtgenoten en echtgenotes die door afstand niet bij elkaar kunnen zijn, soldaten, diepzeevissers, booreilandarbeiders... Haar idealen zijn net zo hoog als die van jou." Een angstaanjagende blik vervangt het uitdrukkingsloze masker. "Ik zal jou of iemand anders de droom van mijn zus niet laten vernietigen."

Mijn hoofd tolt. De geruchten gingen over een zus, maar ik wist niet dat zij de drijvende kracht achter de Morpheus Group was. Ik zit nog meer in de problemen dan ik dacht. Zelfs als hij me niet ontslaat, zal *zij* dat zeker doen.

"Ik moet weten dat we elkaar begrijpen," eist hij op harde toon.

Ik knik op de automatische piloot.

Met zeven zussen heb ik me altijd afgevraagd hoe het zou zijn om een broer te hebben. Het lijkt erop dat ze je in plaats van je genadeloos te plagen, je tegen bedreigingen beschermen. Moet fijn zijn voor de she-duivel.

De angstaanjagende uitdrukking verdwijnt van het gezicht van de Prins van de Duisternis en de pokerface die veel meer de voorkeur heeft, is weer terug. "Ik wil dat je zegt dat je het begrijpt."

Ik slik. "Bevestigd. Ik hou van - ik bedoel, ik heb deze baan echt nodig."

"Dat heb je zeker. Het is niet alleen jouw project dat op het spel staat. Je zou ook een fortuin aan aandelenopties verliezen."

Nou, iemand heeft vertrouwen in de toekomst van dit bedrijf. Of heeft hij vertrouwen in zijn zus? In ieder geval heeft hij waarschijnlijk gelijk. Om te voorkomen dat ik naar Google over zou stappen, heeft onze oude eigenaar me een heleboel aandelen gegeven. Als het bedrijf het goed doet, dan kan ik de buit binnenhalen -

ervan uitgaande dat ik hier blijf werken, wat er niet waarschijnlijk uitziet.

"Ik beloof je dat dit nooit meer zal gebeuren," zeg ik en krimp ineen. *Dit* zal duidelijk niet meer gebeuren. Zelfs als ik gek genoeg zou zijn om opnieuw sabotage proberen te plegen, dan zou ik zijn kantoor niet vernietigen of bijna een orgasme op zijn bank hebben of -

De deur van het kantoor gaat plotseling open en een beeldschone vrouw stapt naar binnen, haar blik kijkt in verwarring om zich heen.

Ik knipper naar haar.

Dat is zijn metgezel uit Miso Hungry.

Heeft hij zijn date meegenomen naar het werk?

"Wat is er aan de hand?" vraagt ze.

Bedoelt ze, "Wat doe je met mijn vriend / echtgenoot / meester?"

Haar ogen vallen op het neergegooide pak en ze lichten op. "Was je dat net aan het testen?"

Wacht eens even. Is ze-

"Dat was ze," zegt de duivel - of ik zou moeten zeggen, de verrader - voordat ik er zelfs maar aan kan denken om te antwoorden. "De rest van de puinhoop was gewoon een ongeluk."

Nou, dat tweede deel is waar.

De vrouw lijkt getransformeerd te zijn. Als ze eerder een beetje koud leek in haar perfectie, dan doet ze me nu aan een klein meisje denken dat voor het eerst aan haar pony wordt voorgesteld. "Vertel me hoe het ging."

De gelaatstrekken van de duivel worden zachter. "Ik denk dat er eerst introducties aan de orde zijn. Bella, dit is Holly, de Hoofd Technologie van wiens profiel je zo onder de indruk was." Zijn blik gaat naar mij, met een stille dreiging die in de hemelsblauwe diepten op de loer ligt. "Holly, dit is mijn zus, Bella, het hoofd van de Morpheus Group."

Zoals ik al begon te vermoeden, is ze de zus van de duivel.

Niet verwonderlijk eigenlijk - ze draagt tenslotte Prada.

Wat verrassend is, is dat ze geen Russisch accent heeft, maar ik denk dat als ze jonger is dan haar broer, dat ze waarschijnlijk nog maar een kind was toen ze immigreerden.

Een enorme golf van opluchting overspoelt me terwijl ik alle implicaties verwerk.

Ze is zijn *zus*.

Ze waren niet op een date.

Ze zijn waarschijnlijk gewoon eerst gaan dineren voordat ze hierheen kwamen.

Wacht. Ben ik helemaal gek geworden? Waarom zou het mij wat kunnen schelen dat de Koning van de Duisternis niet met haar uitgaat?

"Holly!" Grijnzend gaat Bella dieper de kamer in, de overblijfselen van de monitor en het toetsenbord knarsen onder haar naaldhakken terwijl ze haar hand uitstrekt. "Zo leuk om je eindelijk te ontmoeten."

Ik schud de hand in plaats van haar te laten hangen,

zoals ik met haar broer heb gedaan. Maar mijn handdruk is slap en mijn handpalm is bezweet.

Ze was onder de indruk van mijn profiel. Waarom? Is het mogelijk dat she-duivels, net als de Kerstman, een lijst met "stouterds" hebben?

De duivel schraapt zijn keel. "Holly staat zo voor het aanstaande integratieproject te popelen dat ze het initiatief heeft genomen om het pak te testen."

Bella's handdruk wordt nog enthousiaster.

"Heel erg bedankt," zegt ze en ze laat me eindelijk los. "Wat vond je ervan?"

Ik ben nog steeds stomverbaasd. Waarom is de Heerser van het Duister me aan het dekken? Haar vertellen dat ik aan het testen was en niet aan het saboteren?

Misschien wil hij haar niet ongerust maken? Het is mogelijk, gezien hoe beschermend hij lijkt te zijn. Of gezien het feit dat dit haar levenswerk is, kan hij zich zorgen maken dat de waarheid ervoor zal zorgen dat ze me aanvalt en vermoordt, wat tot vervelende juridische problemen kan leiden of tot telefoontjes naar Russische maffia-connecties. Omdat natuurlijk alle Russen banden met de maffia hebben.

"Oh, nee," zegt Bella, terwijl ze mijn ongetwijfelde zuurpruimgezicht onderzoekt. "Vond je het niks?"

Shit. Ik moet stoppen met denken en met reageren beginnen. Bella ziet eruit alsof ik haar zieke pup heb geschopt en als ik stiekem naar de duivel kijk, zegt zijn donkere uitdrukking: "Los dit op of anders."

"Helemaal niet," flap ik eruit. "Het was eerlijk gezegd briljant."

Als ze dat gelooft, dan ga ik acteerwerk doen.

Nee. Ze ziet er niet overtuigd uit, dus ik zoek naar iets dat waar is. "Ik was erg onder de indruk van hoe realistisch de dingen eruit zagen. En alle keuzes." Daar gaan we dan. Ontelbare piemels *zijn* keuzes. En ik was onder de indruk van het realisme van de gezichten.

Ze houdt haar hoofd schuin. "Er is iets dat je me niet vertelt."

Drommels. "De integratie," zeg ik in een flits van inspiratie. "Toen ik tijdens de demo iets probeerde aan te raken, leken de handschoenen en het pak niet zo goed op elkaar af te stemmen zoals ze zouden moeten doen."

Ze knikt plechtig en kijkt haar broer aan. "Ik zei het je toch."

Een vleugje van een glimlach vormt zich in zijn ogen. "Daar heb ik nooit een discussie over gevoerd. De integratie zal in de toekomst een grote prioriteit worden."

"Dus." Bella's aandacht keert zich weer naar mij. "Hoe ver ben je gekomen?"

Ik knipper. Dit is echt haar levenswerk - dat merk ik aan haar niet-aflatende enthousiasme. Ze kan hier waarschijnlijk met iedereen die wil luisteren uren over praten, een beetje zoals nieuwe ouders die over hun kroost opscheppen of als ikzelf met mijn VR-huisdierenproject. Ik denk dat het een duivelse betekenis heeft. Deze uitvinding zal de wereld een heleboel lust bezorgen - en dat is een van de zeven hoofdzonden.

Bella moet het zat zijn om te wachten tot ik antwoord geef, want ze pakt een handschoen, trekt hem aan en drukt de headset tegen haar gezicht.

"Ah," zegt ze na een paar gebaren. "Je was net klaar met de orale seksfase."

Ik word roder dan het uniform van de paleiswacht van de koningin.

Grijnsde de duivel net?

Zonder de headset van haar gezicht te halen, vraagt Bella, "Wat vond je ervan? Was het realistisch?"

"Ik... eh... denk het wel?"

Grr. Nu grijnst hij zeker. Eikel.

"Je denkt het?" Bella klinkt bezorgd.

Ik word nog roder. "Ik... heb geen basis om het mee te vergelijken." Oh God, waarom heb ik dat net toegegeven?

Ze haalt de headset van haar gezicht en kijkt me zo bezorgd aan dat je bijna zou denken dat ik haar net heb verteld dat ik nog nooit in de zon ben geweest of thee heb geproefd. Ze wendt zich tot haar broer en vraagt, "Wist je hiervan?"

Hij schudt zijn hoofd, zijn grijns wordt nog breder.

Ze kijkt me weer aan. "Maar je vond het fijn, toch? Ik heb heel hard aan de texturen gewerkt en de- "

"Ik vond het geweldig!" De zin komt er piepend uit.

"Pffff." Ze veegt dramatisch met haar hand over haar gezicht. "Ik maakte me al zorgen. Maar je bent niet tot penetratie gekomen, toch?"

Waarom kan de vloer zich niet openen en me uit mijn ellende verlossen?

Het lukt me om mijn hoofd te schudden.

"Maar *dat* heb je wel eerder meegemaakt?" Ze lijkt geschokt te zijn door het idee dat ik een maagd ben en ik wil gewoon dood. Misschien door spontane zelfontbranding. Of door de HR die ons allemaal neerschiet.

Om te zeggen dat dit een gevoelig onderwerp voor me is, zou een enorm understatement zijn. Ik heb natuurlijk seks gehad, maar mijn ontmaagder bleek homo te zijn - en bovendien werd ik als kind altijd geplaagd met de niet zo creatieve bijnaam van Holy Hymen, wat heilig maagdenvlies betekent.

"Sorry. Ik wilde niet nieuwsgierig zijn," zegt Bella, die mijn onrust aanvoelt.

Ik probeer mijn gloeiende wangen af te koelen. "Het geeft niet, hoor. Ik heb geslachtsgemeenschap gehad, dus maak je geen zorgen."

Zo. Ik zou een soort medaille moeten krijgen.

"Godzijdank." Ze drukt de headset weer tegen haar gezicht. "Maar zonder orale seks te hebben meegemaakt, ben je niet de ideale proefpersoon. Erg jammer."

Vereist die verklaring een reactie?

"Zus, Holly stond eigenlijk op het punt om te vertrekken," zegt de duivel. "Ze heeft een lange werkdag achter de rug en-"

"Ieww!" Bella rukt de headset van haar gezicht. "De man die je hebt gemaakt, lijkt precies op Alex. *Naakt.*"

Serieus, waar is die spontane zelfontbranding?

De hemelsblauwe blik van de duivel draait zich naar mij en ik zou kunnen zweren dat er een glimp van vuur in zit. Dan wendt hij zich tot zijn zus. "Ieww? Echt?"

Ze rolt met haar ogen. "Had je liever dat ik was gaan kwijlen? Zoals je hebt gezegd, zijn we niet de Lannisters of de Borgia's."

Staat de Boosaardige nu met zijn mond vol tanden?

Bella grijnst schaapachtig naar me. "Je had me kunnen waarschuwen."

"Het spijt me," mompel ik. "Ik dacht niet na."

"Geeft niet." Ze grijpt het omvangrijke deel van het pak waar mijn vagina zou zijn als ik het nog aan zou hebben. "Ik wed dat je je afvraagt hoe de penetratie in zijn werk zou gaan."

Ik schud met mijn hoofd, maar ze merkt het niet of het kan haar niets schelen. "Het is duidelijk dat het niet praktisch is om verschillende dildo's in het pak te plaatsen, dus ik moest hydraulica gebruiken en-"

"Zus." De toon van de duivel is krachtiger. "Holly heeft niet eens de kans gehad om haar avondeten op te eten."

"Oh." Ze kijkt me schuldig aan. "Arm ding. Sorry. We praten later verder. Eet je avondeten en ga naar huis."

"Dank je! Ik eet onderweg wel." Ik haast me uit dat kantoor alsof de duivels me achtervolgen - en voor zover ik weet, staan ze misschien wel op het punt om precies dat te doen.

Het enige wat ik wil is hier weg komen en me te herpakken - ervan uitgaande dat dat zelfs maar mogelijk is.

Aangezien ik aan het rennen ben, vis ik mijn oordopjes uit mijn zak, stop ze in mijn oren en zet mijn vertrouwde hardloopmuziek aan: de soundtrack van *Downton Abbey*. Bij mijn bureau pak ik mijn afhaalmaaltijd, niet omdat ik die nog steeds wil, maar omdat ik heb gezegd dat ik die onderweg zou eten.

Tot nu toe gaat het goed. Ik ben hier bijna weg. Nog een minuutje tot de vrijheid.

Ik ren naar de lift en stuur al mijn opgekropte frustratie en onverbrande adrenaline naar mijn beenspieren.

Ben er bijna.

Bijna.

Ja.

Ik ben bij de lift. Terwijl ik met mijn vinger op de knop druk, bijt ik in afwachting bijna op mijn vingernagels.

Na een eeuw wachten kruipen de liftdeuren open.

Eindelijk.

Ik sta op het punt om naar binnen te gaan als een hand mijn schouder grijpt.

Fuck.

Ik heb het niet gehaald.

Ik draai me om om de duivel te trotseren.

Hoofdstuk Zeven

*A*lleen is het de she-duivel en ze glimlacht - niet iets wat ik verwachtte te zien voordat ik in het brandende vuur van de hel zou storten.

Ik haal een oordopje uit mijn oor. Ik zie er waarschijnlijk net zo wild uit als hoe ik me voel.

"Ik wilde je dit geven." Bella geeft me een rugzak met handgetekende genitaliën erop.

Ooké.

Ik pak de rugzak, druk hem tegen mijn borst en knipper met mijn ogen. Er zit iets zwaars in de tas. Zou het het hart of de lever kunnen zijn van de laatste persoon die heeft geprobeerd om haar werk te saboteren?

Ze kijkt me verwachtingsvol aan.

"Bedankt?" mompel ik.

"Het is het pak." Ze beweegt wulps met haar wenkbrauwen. "Het pak dat je hebt geprobeerd. Ik dacht dat je de demo misschien af zou willen maken."

Ik word weer rood - mijn wangen zijn er nu op voorbereid.

Dan zie ik dat de duivel zelf binnen gehoorsafstand staat, al grijnzend. Als ik zo sterk als de Hulk zou zijn, dan zou ik deze rugzak met penis-inscriptie naar het hoofd van de rukker gooien. Helaas ben ik dat niet - en door dat soort dingen te doen zal ik zeker ontslagen worden.

"Nou, wel thuis," zegt Bella.

"Dank je. Doei." Ik ga weer de lift in en druk op de knop voor de lobby.

Terwijl de deuren sluiten, zie ik de kwaadaardige grijns van de duivel tot een boos makende grijns uitgroeien.

Mijn eten smaakt naar schuurpapier terwijl ik het op de automatische piloot in de taxi opeet en zelfs als ik thuiskom en aan mijn avondroutine van zeven stappen begin, weigert mijn hoofd met malen te stoppen.

Ga ik mijn baan verliezen?

Wat het antwoord ook is, mijn levenswerk is nog steeds ernstig in gevaar.

Terwijl ik mijn eenendertig tanden minutieus flos (gelukkig moest ik een paar jaar geleden een van mijn verstandskiezen laten verwijderen), vraag ik me af of er een manier is om mijn project te redden.

Misschien kan ik morgen een spoedvergadering met de administratie van NYU Langone houden en hen proberen te overtuigen om in plaats van bètatesten de VR-huisdierentherapie officieel te gaan gebruiken.

Als er eenmaal een contract is en gegevens over hoe nuttig de therapie is, dan zullen ze zich minder snel terugtrekken als ze ontdekken dat het bedrijf waarmee ze een deal hebben gesloten om zijn inhoud voor volwassenen bekend staat. De duivel beschouwt het misschien niet als porno, maar dat zullen zij zeker doen.

Het is een poging waard. Ik start mijn laptop op en vraag de vergadering aan.

Nu heb ik twee wonderen nodig. Of wordt het iets anders genoemd als de duivel erbij betrokken is?

Mijn telefoon pingt. Het is een app van Gia:

Moet ik je uit de gevangenis komen halen?

Har verdomde har.

Niet nodig, app ik terug. *Ik ben over het inbreken van gedachten veranderd.*

Ik lieg zelden tegen mijn tweelingzus, maar ik kan mezelf er niet toe brengen om over wat er zojuist gebeurd is te praten.

Ik wist dat je terug zou krabbelen, antwoordt ze. *Je bent me nog steeds iets verschuldigd.*

Ik zucht. *Prima. Nu we het daar toch over hebben, zeg tegen onze ouders dat 'jij' met ze in Miso Hungry af wil spreken - een plek bij mijn kantoor.*

Nadat ze heeft beloofd dat ze dat zal doen, zet ik mijn telefoon uit.

Volgens mijn schema is het tijd om te gaan slapen. Het probleem is dat ik in deze toestand niet kan slapen - ik heb het gevoel dat ik zojuist een vat espresso met cocaïne heb gedronken.

Tijd voor de grote jongens.

Ik zet mijn tv aan en speel de serie-première van Downton *Abbey* af.

Nee. Ik kan nog steeds niet slapen. Het lijkt erop dat er nog grotere jongens nodig zijn.

Ik zet de aflevering van de bruiloft van Rose op, vooral omdat het een van mijn favoriete Violet-citaten aller tijden bevat: "Liefde overwint misschien niet alles, maar het kan wel veel overwinnen."

Als het afgelopen is, probeer ik weer te slapen.

Geen seconde.

Ik ga naar mijn ultieme slaapmiddel: Jane Austens *Pride and Prejudice*.

Nog steeds geen geluk.

Oké, wat dacht je van *Emma*?

Nee. Deze romantische verhalen maken het zelfs nog erger, omdat ik dan steeds aan een paar hemelsblauwe ogen moet denken.

Ik wissel van tactiek en ga voor een kopje kamillethee. Het doet me gelukkig niet aan de duivel denken, maar het helpt ook niet - en ik durf niets met cafeïne te brouwen.

Een gek idee komt in mijn hoofd. Een orgasme kan me helpen om slaperig te worden, dus wat als ik het pak aantrek dat Bella me heeft gegeven?

Nee. Dat zou ik niet moeten doen.

Maar ik wil het wel.

Ik vervloek je, duivel en je zus. Dit moet zijn hoe Jezus zich voelde toen hij in de woestijn in de verleiding werd gebracht.

Maar wacht eens even. Er is een VR-activiteit die me zou kunnen kalmeren - hoewel, toegegeven, niet zo erg als een virtuele vrijpartij.

Mijn eigen VR-huisdierentherapie.

Ja, dat is het.

Ik maak me klaar, start de benodigde app en kom oog in oog met Euclid te staan - het VR-huisdier die voor mij gemaakt is.

"Holly," zingt Euclid. "Ik heb je gemist."

Briljant. Mijn zenuwen zijn al gekalmeerd. Ik kan niet anders dan naar hem grijnzen.

Euclid kan als verschillende dingen worden ingesteld, waarvan ik dacht dat kinderen ze schattig zouden vinden: een biggetje, een welp van een koala, een babyotter, een babypanda, een babyegel, een kitten of een maki. Hij ziet er natuurlijk niet precies zo uit, want dat is niet leuk. Hij is een op een mens lijkende versie van een dier en met zoveel invloed van de Teletubbies als waar ik mee weg kon komen zonder aangeklaagd te worden.

In mijn geval lijkt Euclid op een hybride tussen een otter en de Laa-Laa Teletubby. Oh en hij is momenteel paars, net als Tinky-Winky, maar dat geeft alleen maar aan dat hij gelukkig is. De kleur van zijn vacht is hoe hij zich uit - of doet alsof hij zich uit. Hij is tenslotte een AI.

"Hoi, lieverd," zeg ik. "Heb je honger?"

"Uitgehongerd." Hij doet een dansje dat deels Teletubby, deels Ellen DeGeneres is en met een scheutje Barney de Dinosaurus.

Ik steek mijn gehandschoende hand uit en er verschijnen een paar digitale snacks op mijn handpalm. Hier heb ik ze ook op de Tubby-pudding en Tubby Toast laten lijken die de Teletubbies graag eten, maar anders genoeg om hopelijk nooit een brief tot terugtrekking te krijgen.

Euclid gaat voor de toast, een stervormig chocoladekoekje met een knipogend gezichtje erop. Natuurlijk kan de vorm van de toast, net als al het andere, worden aangepast. Ik hou van de ster (meer een pentagram), omdat hij een priemgetal heeft - niet omdat ik een heks of een satanaanbidder ben... Drommels, daar ga ik weer, mezelf aan de persoon herinnerend die me in eerste instantie in deze toestand heeft gebracht.

"Vertel me iets interessants," zingt Euclides nadat hij het tussendoortje heeft opgeslokt.

"Nou, wist je dat je naamgenoot heeft bewezen dat de lijst met priemgetallen oneindig is?" vraag ik. "Hij heeft dat meer dan tweeduizend jaar geleden gedaan en zonder internet."

Euclides vacht wordt geel en hij giechelt. "Je kunt sjo mal doen."

Knikkend aai ik zijn vacht. Dit is hoe de hemel aan moet voelen. Dit deel van de ervaring is waar de handschoenen voor zijn ontworpen, niet om de hardheid van piemels te voelen.

Euclid wordt roze. "Laten we apporteren."

Met een klassiek werpgebaar laat ik een dieppaarse stok in mijn hand verschijnen. Terwijl ik de stok gooi, kan ik niet anders dan aan het recente selectieproces van penissen terugdenken - mijn ontwerp van dit object lijkt griezelig veel op een van de meer exotische keuzes.

Notitie voor mezelf: houdt Bella uit de buurt van deze app. Ik denk niet dat de programmering van Euclid aankan wat ze met de stok zou doen.

Nadat hij de stok terug heeft gebracht, spelen we een tijdje andere spelletjes, totdat ik zeker weet dat ik me veel beter voel en klaar ben om te slapen.

"Ik ga een dutje doen," zeg ik tegen Euclid.

Zijn vacht verandert in een reeks kleuren voordat hij voor blauwgroen kiest. "Sjie je later. Ik houw van jouw."

"Ik hou ook van jou." Ik omhels hem stevig en doe de headset en handschoenen uit.

Nu ben ik er klaar voor.

Ik pak mijn slaapmaatje, een pluchen Transformer waar ik niet van hou omdat ik fan ben van die super gewelddadige franchise, maar vanwege zijn naam: Optimus *Prime*.

Ik knuffel Optimus en val in slaap... alleen om van hemelsblauwe ogen en een kwaadaardige grijns te dromen.

Hoofdstuk Acht

*E*en halfuur na de gevreesde investerings-vergadering, realiseer ik me dat ik nauwgezette notulen in mijn notitieblok bewaar.

Dat is waanzin. Wie documenteert iets waarvan ze willen dat het mislukt? Mijn enige excuus is dat ik geprobeerd heb om niet naar de duivel te kijken en me op mijn notitieblok concentreren is een goede afleiding.

Naast mij en mijn team zijn in de kamer een man met de naam Dragomir Lamian aanwezig, Dragomirs mensen en de Chortsky-broer en -zus - en het duurt niet lang voordat al mijn hoop in stukken is geslagen.

Gezien de blikken die tussen Dragomir en Bella over en weer gaan, zit hij al in haar zak. Dat wil zeggen, als ik de dingen subtiel stel. En hé, fijn voor haar. De man is zo lekker als een model en gladgeschoren... in tegenstelling tot iemand die niet eens de moeite heeft genomen om zichzelf voor een belangrijke vergadering presentabel te maken.

Wat echter gekmakend is, is dat ik de duivel aantrekkelijker vind dan deze gladgeschoren vreemdeling. Grr. Wat is er met me aan de hand?

Alsof hij mijn blik voelt, draait de Boosaardige zich mijn kant op en ik voel me door zijn blik gegijzeld. Ik kan me bijna de stem van David Attenborough voorstellen die vanuit de hemel naar beneden spreekt: "En zo begint het menselijke paringsritueel. Het vrouwtje van de soort begint te ovuleren terwijl het mannetje-"

Nee. Moet ertegen vechten.

Ik begin het geknipper met mijn ogen te tellen zoals ik dat als kind deed.

Nee, geeft niet genoeg afleiding. Ik begin dan ook die van Bella te tellen - in haar ogen staren lijkt me veilig genoeg.

In tien minuten is de stand 223 (priemgetal) voor mij en 227 (ook een priemgetal) voor haar, dus ik stop terwijl het goed gaat en check onder de tafel stiekem mijn telefoon.

Eindelijk goed nieuws. De mensen van NYU Langone zijn bereid om me om drie uur 's middags te ontvangen. Ik heb een herinnering in mijn agenda gezet - al is het moeilijk om me voor te stellen dat ik die nodig heb, gezien het feit hoe belangrijk dit is.

Dus alles is nog niet verloren. Als ik mijn baan nog heb als de duivel na deze ontmoeting met me praat, dan zou ik er in kunnen slagen om hen ervan te overtuigen om de tijdlijn te versnellen.

"Bedankt allemaal," zegt Dragomir en ik luister aandachtig of hij hun geld zal weigeren ondanks dat hij om Bella's elegante vinger gewikkeld zit. "En gefeliciteerd," vervolgt hij. "De volgende financieringsronde is officieel goedgekeurd."

Tot zover die hoop.

Iedereen staat op, maar ik blijf zitten en de duivel ook - het lijkt erop dat hij ons aanstaande gesprek niet is vergeten.

Behalve dat Bella ook niet weggaat. Grijnzend komt ze naar me toe. "Hé, Holly. We gaan met onze honden in het park wandelen. Heb je zin om mee te gaan?"

Nodigt ze me uit om met honden te gaan wandelen?

Heb ik dat goed gehoord?

"Ik moet met je broer praten," zeg ik voorzichtig en kijk even naar hem.

Hij ziet eruit alsof hij weer een kwaadaardige grijns verbergt, maar ik weet het niet zeker.

"Alex gaat met mij mee." Ze kijkt hem aan. "Kunnen jij en Holly je gesprek tijdens onze wandeling voeren?"

"Het is een soort van privé," zegt hij. "Ik was van plan om eerst dit af te handelen en dan met je mee te gaan."

Ze pruilt. "Kun je het daarna doen?"

Hij slaakt een zucht. "Goed dan."

"Geweldig." Ze kijkt me stralend aan. "Wat dacht je

ervan om met Dragomir en mij mee te rijden, dan zien we Alex en Beëlzebub daar."

Zei ze net *Beëlzebub*? Weet ze van mijn privé-grap?

Ik krijg niet de kans om er bij stil te staan, want Bella sleurt me aan mijn elleboog de kamer uit.

"Dus," zegt ze als we in de lift zitten. "Heb je het pak gebruikt toen je thuiskwam?"

Rood wordend, kijk ik naar de duivel en dan naar Dragomir. "Ik heb er de kans niet voor gekregen."

Even kijkt ze buitengewoon teleurgesteld, maar dan worden haar ogen helderder. "Oké, vertel me dan over je eerste demo."

Ik word nog roder.

De duivel schraapt zijn keel. "Geen gepraat over werk tijdens het uitlaten van de honden, weet je nog?"

Heeft de Heerser van het Duister me zojuist weer gered? Of is hij stroop aan het smeren voor iets dat nog erger is - zoals in teer ondergedompeld te worden en daarna met veren besmeurd te worden?

Bella's teleurgestelde uitdrukking komt weer terug, keer vijf. "De honden zijn er nog niet eens. Kunnen we het in ieder geval over tepelstimulatie hebben? Ik heb er hard aan gewerkt om-"

Dragomir legt een hand op Bella's schouder. "*Eekhoornchick*, had je niet een heleboel vragen over Holly's ervaring bij Cambridge?"

Zijn ze op het niveau van elkaar aanraken? En heeft hij een koosnaam voor haar? De kans dat die financiering zou mislukken, was minder dan nihil.

"Je hebt gelijk." Bella lacht naar me. "Je hebt

computerwetenschappen gestudeerd, net als Alex, toch?"

Ik knik - hoewel ik niet zeker weet of ik het leuk vind om met hem in een categorie te worden gezet, wat die ook is.

Ze legt haar hand op de hand die nog steeds op haar schouder ligt en geeft er een klein kneepje in. "Wat was de verhouding tussen vrouwen en mannen in jouw klassen?"

Aangezien we het nu over een veiliger onderwerp hebben, beantwoord ik haar vraag en ze heeft vergelijkbare statistieken van MIT, haar alma mater.

Ze wendt zich tot haar broer. "En hoe zit het bij jou? Weet je nog hoeveel vrouwen er computerwetenschappen aan de Polytechnische Universiteit volgden?"

Hij haalt een hand door zijn weerbarstige haar, waardoor ik het terug wil kammen, misschien met geweld. "Ik ken de officiële statistieken niet, maar er waren beslist te weinig vrouwen."

Ik ben hierover in conflict met mezelf. Aan de ene kant wil ik meer vrouwen in mijn vakgebied, maar aan de andere kant hou ik van het idee dat er geen vrouwen om hem heen zijn, ongeacht de omgeving.

Hij hoort met mij op een onbewoond eiland te zitten. In handboeien. Er zouden daar ook kappersbenodigdheden zijn. En niet veel kleding-

Verdorie. Heb ik dat net serieus allemaal gedacht? Ik ben duidelijk gek geworden.

De liftdeuren gaan open en Bella overstelpt me

terwijl we door de lobby lopen met meer vragen over Cambridge. Ik antwoord haar op de automatische piloot, in de hoop dat ik me terug zou kunnen trekken en de duivel ronduit zou kunnen vragen, "Behoud ik de baan? Ja of nee."

Helaas, zodra we buiten zijn, springt hij in een taxi en ik kijk hem verlangend na terwijl hij in het verkeer verdwijnt.

Dat wil zeggen, met opluchting.

Ja.

Absoluut met opluchting.

"Die is voor ons." Bella wijst naar een gigantische auto die er als een camper uitziet die dertien limousines heeft opgegeten.

De deur van het vreemde voertuig gaat open en er daalt een ladder naar beneden. Een man met een smokingjasje verschijnt in de deuropening en begroet ons beleefd met een stem met een Brits accent: "Kom binnen, alsjeblieft."

Oh mijn hemeltje.

Ik ga dood van jaloezie.

Dit is duidelijk een butler, à la Carson uit *Downton Abbey*. Ik zou mijn rechter eierstok geven om er een te hebben.

"Bedankt, Fyodor," zegt Dragomir en gebaart dat ik eerst naar binnen moet gaan.

Een echte heer. Fijn voor Bella.

We klimmen naar binnen en ik kijk stomverbaasd om me heen.

"Ziet het er van binnen niet groter uit dan van

buiten?" fluistert Bella samenzweerderig. "Zoals de TARDIS van *Doctor Who*."

Het is groot - enorm zelfs - en rommelig, ondanks dat er een butler in dienst is.

Oké, ik moet mijn eerdere vergelijking intrekken. De echte Carson zou dit niet hebben laten gebeuren. Ik moet heel erg mijn best doen om mezelf ervan te weerhouden om in een schoonmaakwervelwind te veranderen.

"Klaar om de hondjes te ontmoeten?" vraagt Bella terwijl Dragomir en Fyodor zich bij ons voegen en voordat ik een antwoord kan formuleren, komen de honden van de hel op ons af.

Hoofdstuk Negen

*H*et ruige beest dat de aanval leidt, is groot. We hebben het over het soort groot dat evenredig met de grootte van deze camper is.

Het is eigenlijk een pony - een goed gevoede pony.

Hij gaat op zijn achterpoten staan, legt zijn voorpoten op Dragomirs schouders en gaat regelrecht voor zijn gezicht. Ik verwacht half dat Dragomir op zijn minst zijn neus zal verliezen, maar het monsterlijke wezen kwijlt de arme man gewoon volledig onder.

Als dit mijn tweelingzus zou overkomen, dan zou ze ter plekke doodgaan.

Terwijl het beest hetzelfde met Bella doet, bekijk ik onderzoekend de tweede hond - een kleine chihuahua die me meteen naar een burrito doet hunkeren.

"Winnie, nee," zegt Bella streng terwijl de Big Foot-achtige hond *mijn* gezicht probeert te likken.

Winnie? Zoals in, de Poeh?

Wacht eens even. Ik nam aan dat dit een hond was, maar misschien is het een soort beer? Wat de soort ook is, Winnie lijkt niet echt blij te zijn met deze lik-beperking, maar ze neemt genoegen met aan mijn kruis te snuffelen. En te snuffelen. En te snuffelen gedurende de langste zeven seconden in de geschiedenis van het kruis-snuiven, totdat Dragomir haar uiteindelijk wegsleept, al mompelend: "Stoute meid."

Ik of Winnie? Als dat laatste het geval is, dan is Winnie een vrouwtje. Ik had het gezien al dat kruis-snuiven anders gedacht. En als dat ras / die soort seksueel dimorfisme heeft, hoe groot worden de mannetjes dan? Formaat olifant?

"Holly, dit is Napoleon Bonaparte," zegt Bella terwijl ze de chihuahua oppakt. "Of in het kort Boner."

Boner. Waarom moet ik nu ineens aan haar broer denken? Erger nog, dat doet me aan mijn precaire werksituatie denken, waardoor mijn maag zich omdraait van angst.

Omdat ik hier een kans op authentieke huisdierentherapie heb, strijk ik met mijn hand over Boners korte vacht.

De schattige kleine donder sluit zijn ogen van gelukzaligheid.

"Hij vindt je leuk," zegt Bella. "En hij is goed in het beoordelen van iemands karakter."

Ik grijns, absurd tevreden.

Mijn relatie met dieren is complex. Aangezien ik op een boerderij ben opgegroeid, werd ik door hen omringd - en dan bedoel ik niet alleen mijn zussen. Nu ik volwassen ben, hou ik nog steeds van alles wat harig is, maar alleen in theorie. Anders gezegd, ik hou van huisdieren als ze met iemand anders samenwonen, maar voor mezelf kan ik me vanwege de chaos en rotzooi die het zou veroorzaken niet voorstellen dat ik er een zou bezitten. Ik vermoed dat de meeste mensen hetzelfde over babyapen denken.

Met dieren willen spelen zonder de puinhoop was zelfs een deel van de reden dat ik met mijn VR-huisdierenproject op de proppen kwam. Het biedt alle goede dingen van het hebben van huisdieren en geen enkele van de slechte dingen.

"Zouden jullie een kopje thee willen?" vraagt Fyodor deftig.

Dragomir en Bella antwoorden bevestigend en draaien mijn kant op.

"Daar zeg ik geen nee tegen," zeg ik stralend tegen niet-helemaal-Carson. Hij heeft het met het kopje thee helemaal goedgemaakt.

We zitten op een bank terwijl de thee en biscuits worden geserveerd.

Drommels. Opmerking voor jezelf: zeg in het bijzijn van Gia nooit "biscuits" in plaats van "koekjes". Zeg trouwens ook nooit "drommels".

Terwijl we onze thee drinken, gaat Winnie op de grond liggen en begint Boner aan haar kont te snuffelen, waardoor ik grinnik.

Als Bella dit ziet, laat ze een dubieuze vaardigheid zien - buikspreken. Alleen geeft zij de honden een stem in plaats van een traditionele nachtmerrieachtige houten pop.

"Winnie, *ma petite*." Ze laat haar stem klinken alsof die uit de muil van de chihuahua komt en spreekt met een sterk Frans accent in plaats van de Spaanse die ik had verwacht. "Wat ben ik toch dol op je *postérieure*. Het heeft een bepaalde *je ne sais quoi* waardoor ik het gevoel krijg dat ik hondsdolheid heb."

Winnie merkt het snuiven op, springt overeind en springt op een nabijgelegen loopband.

Ja. Een loopband. In een auto.

Bella gooit haar stem naar het gigantische wezen en geeft het een zwaar Russisch accent. "Napoleon Carlovich, ik ben gechoqueerd. Kun je je neus - en andere aanhangsels - niet eens een uur bij mijn openingen vandaan houden? We zijn in nieuw gezelschap. Ken je geen schaamte?"

Ik blaas in mijn thee. "Was dit je talent bij een schoonheidswedstrijd?"

Bella grijnst. "Ik heb er nog nooit aan een meegedaan, maar het is lief van je om te suggereren dat ik dat had kunnen doen."

Huh, oké. Wordt ijdelheid niet verondersteld de favoriete zonde van de duivel te zijn?

"Hoe heb je het dan geleerd?" vraag ik. "Je gooit heel goed met je stem."

"Mijn ouders hebben een restaurant," zegt ze en trekt haar neus op. "Ik heb daar... een tijdje opgetreden."

Voordat ik haar verder kan ondervragen, komt de camper tot stilstand.

"Jij eerst," zegt Bella als Fyodor de deuren voor ons opent.

Zodra we uitstappen, sta ik oog in oog met de prachtige duivel. Zijn hemelsblauwe ogen ontmoeten de mijne, zuigen alle lucht uit mijn longen en ik heb al mijn wilskracht nodig om mijn blik van die hypnotiserende blik af te trekken en mijn aandacht op de hond naast hem te richten.

Een hond die net zo goed een koala ter grootte van een Duitse herder zou kunnen zijn.

Ik knipper ernaar, enorm afgeleid door zijn gigantische schattigheid. Er zit iets onhandigs in de manier waarop het staat, waardoor ik denk dat het een puppy is.

Moet de eerder genoemde Beëlzebub zijn.

Als hij mij ziet begint Beëlzebub met zijn staart te kwispelen en gaat hij op zijn achterpoten staan.

Oh nee. Hij gaat voor mijn gezicht.

Ik wil me niet onder laten kwijlen en draai me om.

Een poot klauwt hoe dan ook aan mijn top.

Lachend duw ik de pup weg en terwijl ik dat doe, voel ik het materiaal verschuiven, gevolgd door een koel gevoel op mijn linker tepel.

Een koel gevoel dat onmiskenbaar lucht is.

Hoofdstuk Tien

Oh, verdomme.

Mijn hartslag stijgt, mijn gezicht wordt knalrood terwijl ik verwoed mijn shirt weer op zijn plaats trek.

Ik heb het weer voor elkaar gekregen om voor de neus van de duivel mijn tepel te laten zien - en aangezien het de laatste keer de rechterkant was, heeft hij nu het complete paar gezien.

Ik geef het hem na, de duivel staart er niet naar terwijl hij Beëlzebub wegtrekt, hoewel er een duidelijke hint van een grijns op zijn gezicht te zien is.

Maar waarom staart hij niet? Is mijn tepel onaantrekkelijk of zo? Ik heb op dat ene dolende haartje dat daaruit is ontsproten elektrolyse gebruikt, dus het zou nu weg moeten zijn. Tenzij het terug is?

Onder het voorwendsel mijn kleding te fatsoeneren, gluur ik stiekem in mijn shirt en bh.

Nee. Alles is goed daar. Oef.

De duivel zegt iets in het Russisch tegen de niet berouwvolle, kwispelende demon.

Wat hij ook heeft gezegd, het blijft niet hangen.

Zodra Beëlzebub Bella, Dragomir en hun harige metgezellen ziet, wordt hij waanzinnig, likt de gezichten van de mensen voordat hij op het likken van de snuiten van de honden overschakelt en vervolgens als toetje aan de kont van de honden snuffelt.

Hé, hij heeft tenminste niet aan de kont van de mensen - of aan hun kruis - gesnuffeld.

"Wil je Boners riem vasthouden?" vraagt Bella me grootmoedig.

"Nee, dankjewel," zeg ik snel. Zoals toepasselijk is voor de verleider, heeft Bella het griezelige vermogen om ongepaste afbeeldingen in mijn hoofd te plaatsen. Voorbeeld: ik stel me de duivel voor met een enorme erectie, een penisring met een riem eraan en ik houd het vast -

"Wat dacht je van Beëlzebub?" vraagt de duivel, terwijl hij me uit mijn ondeugende gedachten haalt. "Wil je met *hem* wandelen?"

Beëlzebub kwispelt krampachtig met zijn staart en ik wed dat als Bella zijn gedachten zou uiten, hij "Alsjeblieft, alsjeblieft, alsjeblieft. Kies mij. Kies mij. Kies mij." zou schreeuwen

"Voor mij is het prima zo," zeg ik, de te enthousiaste pup negerend. "Ik loop liever alleen als je het niet erg vindt."

Beëlzebubs staart zakt en zijn oren gaan hangen. Ik

voel een steek van schuld. Misschien had ik ja moeten zeggen.

Maar nee. Als ik dat pad volg, dan heb ik straks mijn eigen pup en dan zal het huiselijke Armageddon zeker volgen.

We beginnen aan de wandeling en ik herinner me hoeveel ik van Central Park hou - hoewel blijkbaar niet zo veel als de honden. Ze zien eruit alsof ze de tijd van hun leven hebben terwijl ze aan elk hoekje en gaatje snuffelen waarover geplast is.

"Heeft mijn zus je verteld waarom ze je bedrijf wilde kopen?" vraagt de duivel.

Ik schud mijn hoofd.

Bella trekt Boner meteen weg terwijl hij een onschuldige slak op probeert te eten. "Vrouwen zijn doorgaans gevoeliger voor VR-ziekte," zegt ze. "Maar Holly's headset is de uitzondering op die ongelukkige regel."

Ook al is het niet eerlijk om het *mijn* headset te noemen, ga ik rechter staan. "We vonden het belangrijk dat vrouwen en kinderen de spullen konden gebruiken. Daarom is de headset verstelbaar, vooral de oogafstand en-"

"Mensen, jullie kennen de regels: geen gepraat over werk als we de honden uitlaten," zegt Dragomir.

Bella kijkt hem schaapachtig aan. "Oeps."

Ik vecht tegen de neiging om te zeggen dat het niet haar of mijn schuld is. Haar broer is ermee begonnen.

Een eekhoorn steekt de weg over en Beëlzebub ziet eruit alsof hij zijn grootmoeder zou verkopen om hem te vangen. Winnie besteedt daarentegen geen aandacht aan het harige wezen, terwijl Boner het duidelijk heeft gezien, maar doet alsof het knaagdier niet bestaat.

Ik merk dat Bella en Dragomir een beetje voor mij en de duivel zijn gaan lopen, alsof ze ons expres privacy schenken.

Huh. Raar. Is dat omdat Alex heeft gezegd dat hij en ik moesten praten?

Alsof ze mijn gedachten leest, gluurt Bella met een sluwe glimlach over haar schouder naar ons.

Wacht eens even.

Is ze voor koppelaarster aan het spelen? Heeft ze me daarom uitgenodigd - om haar eigen persoonlijke *Emma*-fantasie uit te voeren?

Als dat zo is, dan is ze rijp voor het gekkenhuis. Haar broer en ik zijn als olie en water. Maar aan de andere kant, heb ik niet iets over MIT-onderzoekers gelezen die een emulsiebereidingsproces hebben ontwikkeld waarmee olie en water met elkaar kunnen mengen en zo kunnen blijven? En Bella heeft op het MIT gezeten, dus-

Nee. Echt niet. Trouwens, zelfs als ze me nu leuk zou vinden, dan zal ze, als ze eenmaal ontdekt dat ik haar droom heb geprobeerd te saboteren, me haten - een idee dat ik nogal onprettig vind.

Wat haar motieven ook zijn, ik zou van de situatie moeten profiteren en naar mijn baan moeten vragen.

Ja, dat is precies wat ik zou moeten doen - alleen heb ik moeite om erover te beginnen. Misschien moet ik eerst een praatje maken om ernaar op te bouwen.

"Is Bella je enige zus?" Zo. Beter dan het weer ter sprake brengen - dat is trouwens lekker zonnig.

Aangezien Beëlzebub staat te plassen, stopt de duivel ook en ik doe hetzelfde. "We hebben ook een broer," antwoordt hij. "Zijn naam is Vlad."

Aha. Dus elke Chortsky die ik tijdens mijn onderzoek tegen ben gekomen, is familie. Klinkt logisch.

"En hoe zit het met jou?" vraagt de gevallen engel terwijl we de wandeling hervatten. "Ben jij een enig kind?"

Mocht ik willen... tenzij, is die vraag een belediging?

"Ik heb zeven zussen." Klonk ik net opschepperig?

Zijn wenkbrauw schiet omhoog - alweer een bizar aantrekkelijke uitdrukking van hem. "Zeven?"

"Ja. Ik en mijn tweelingzus, plus de zesling - we zijn allemaal eeneiig."

Een tweede wenkbrauw voegt zich bij de eerste. "Eeneiig als in identiek?"

Waarom zijn die wenkbrauwen zo aantrekkelijk?

"Inderdaad. Mijn tweelingzus en ik zien er hetzelfde uit, net als het nest van het kwaad."

Zijn saterachtige grijns is net zo verleidelijk als de wenkbrauwen. "Het nest van het kwaad klinkt zoals wat we Beëlzebub en zijn broers en zussen noemen: de Chort Pack. Zie je, mijn achternaam betekent -"

"Van de duivel," flap ik eruit.

Hij stopt, hoewel ik niet zeker weet of het is om zich op mij te concentreren of om Beëlzebub tegen een verleidelijk ogende eikenboom te laten plassen. "Spreek je Russisch?"

"Helaas niet, nee. Er gingen op kantoor allerlei geruchten over jullie, dus toen heb ik je naam opgezocht."

"Oké." Beëlzebub trekt aan de riem, zodat de duivel weer verder loopt. "Een zesling is uitzonderlijk zeldzaam, toch?"

"Dat zijn ze. De kans erop bij een normale zwangerschap is astronomisch klein, maar waarschijnlijker als er kunstmatige voortplantingstechnologie wordt gebruikt, zoals mijn ouders hebben gedaan."

"Ah. En zijn jullie allemaal hecht?"

"Alleen ik en mijn tweelingzus. Ik heb met de anderen vooral contact bij familie-evenementen. Ze zijn een beetje te veel voor me. Te chaotisch en rommelig, vooral als ze samen in dezelfde ruimte zijn."

De Boosaardige grinnikt. "Dat geloof ik. We waren maar met zijn drieën toen we opgroeiden en het was op sommige dagen behoorlijk gek. Het is moeilijk om me er acht voor te stellen."

Grr. Ik haat het om eraan herinnerd te worden dat we met acht zijn. Waarom konden de Hymans niet zoals de Chortsky's zijn en een mooi priemgetal aan kinderen hebben? Vooral drie.

Drie was zoveel beter geweest dan acht.

Dat kan ik echter niet tegen hem zeggen, dus kies ik voor iets veiligers. "Jij en Bella kunnen het goed met elkaar vinden. Ben je ook close met Vlad?"

Hij trekt aan de riem van Beëlzebub om te voorkomen dat hij een yorkie aanrandt. "Vlad is mijn beste vriend."

"Super." Ik lach. "Hetzelfde geldt voor mijn tweelingzus en mij."

Hij houdt zijn hoofd schuin. "Ik weet dat je in Cambridge naar school bent geweest, maar heb je daarvoor of daarna ook in Engeland gewoond?"

"Hoezo?" vraag ik, verdedigend klinkend.

"Bepaalde woorden die je kiest," zegt hij. "Zoals super."

Dit weer. "Het was maar vier jaar. Blijkbaar absorbeer ik talen en dialecten als een spons. Ik had zelfs een Brits accent toen ik terugkwam, maar na meedogenloos geplaagd te zijn, is het me gelukt om ervan af te komen."

Hij grijnst. "Misschien leer je wel Russisch als je lang genoeg met mij omgaat. En krijg je een Russisch accent."

Brutale rotzak. Wil hij dat ik door het idee verleid word om met hem om te gaan? Natuurlijk wilde hij dat. Anders zou hij de Verleider niet zijn.

Geen getreuzel meer.

Ik haal diep adem en laat de woorden haastig naar buiten komen. "Kunnen we het over mijn werkstatus hebben? Als ik mijn cv bij moet werken, dan moet ik-"

Hij kijkt me aan. "Geen gepraat over het werk tijdens het hondenuitlaten."

"Maar-"

"Regels zijn regels," zegt hij streng. "Zodra we hier klaar zijn, dan kunnen we-"

Het alarm op mijn telefoon gaat af.

Wat voor de duivel is dat?

Terwijl ik het bekijk wil ik mezelf wel voor mijn hoofd slaan.

De bijeenkomst van NYU Langone is over een half uur, wat me amper genoeg tijd geeft om er te komen.

Ik kijk op van de telefoon en zie de duivel fronsen.

"Is alles goed?" vraagt hij.

"Het gaat prima. Maar ik moet wel gaan."

De frons verandert in een verwarde uitdrukking. "Echt?"

"Het spijt me." Harder, roep ik, "Dag, Bella. Dag, Dragomir!"

Bella draait zich om en haast zich naar me toe.

Shit. Ik had geen afscheid moeten nemen. Nu krijg ik vertraging.

"Zeg je nou dat je weggaat?" zegt ze terwijl ze me bereikt.

"Yep. Ik moet rennen."

Bella kijkt haar broer met samengeknepen ogen aan. "Wat heb je gedaan?"

"Niemand heeft iets gedaan." Mijn stem springt een octaaf. "Ik heb een andere afspraak, dat is alles. Toen ik ermee instemde om met jullie mee te gaan, had ik daar niet aan gedacht."

"Oh." Bella pakt haar telefoon. "Geef me alsjeblieft je contactgegevens voordat je gaat."

Ik ga zo erg te laat komen. Maar aan de andere

kant, vind ik het idee dat Bella in contact wil komen een beetje spannend. Het herinnert me eraan dat toen ik op de middelbare school zat, ik wilde dat het mooiste meisje van de klas bevriend met me zou worden.

Zou Bella mijn eerste vriendin kunnen worden met wie ik niet honderd procent van mijn DNA deel?

Wacht, wat zeg ik allemaal? Als ze eenmaal ontdekt wat ik heb geprobeerd om te doen, dan wil ze helemaal geen vriendinnen meer zijn. Integendeel zelfs: ze zal me ontslaan - als haar broer haar niet voor is.

Terwijl ik dit allemaal niet op mijn gezicht laat zien, zet ik mijn nummer in haar telefoon en geef hem terug.

Net als ik me voorbereid om weg te sprinten, geeft de duivel me *zijn* telefoon. "Voor het geval ik je voor het werk nodig heb."

Hmm. Wil ik dat hij me belt? Ik weet het niet zeker, maar hem mijn nummer weigeren zou een zinloos gebaar zijn. Hij is nu mijn baas, dus hij kan er via de HR-administratie toegang toe krijgen als hij dat wil.

"Nou, eigenlijk wilde ik Holly's nummer om persoonlijke redenen," zegt Bella tegen hem en steekt haar tong uit, waardoor Dragomir haar afkeurend aankijkt. Met een warme glimlach naar mij zegt ze: "Ik zal je een berichtje sturen, zodat je mijn nummer ook hebt."

Ik voel een steek van verdriet, wetende dat een hechte vriendschap met Bella nooit zal gebeuren. Kanttekening: wat is het vrouwelijke equivalent van bromance? Is het homance, zoals in *hoeren voor maten*?

Nee, klinkt beledigend. Een snelle zoekopdracht op internet onthult de term: womance.

Ik realiseer me dat ik mezelf vertraag, dus voer ik snel mijn gegevens in en duw de telefoon van de duivel terug in zijn handen.

De vingers van de Boosaardige strijken langs de mijne en een golf van verleidelijke energie schiet langs mijn arm, ritst zich om mijn hart en elektrocuteert een paar vlinders in mijn buik voordat ze zich zondig in mijn kern nestelen.

Verdorie. Zijn zijn hemelsblauwe ogen groter geworden?

Nee. Het enige wat ik op zijn gezicht zie, is een grijns. "Bedankt," zegt hij, waarbij zijn accent bijzonder lekker klinkt. "Ik zal je ook een berichtje sturen."

"Cheerio," flap ik eruit. Drommels. Het Britse accent waarvan ik dacht dat ik ervanf was, is terug van weggeweest. "Ik moet echt rennen."

"Dag," zegt Bella.

"*Do svidaniya*," zegt de Heerser van de Duisternis, de grijns nog steeds op zijn prachtige gezicht.

"Het was leuk om je te ontmoeten," voegt Dragomir eraan toe.

"Au revoir, *chèrie*," zegt Boner. "Ik kijk ernaar uit om in de toekomst nog eens aan je te ruiken."

Met een wuif als van een koningin ren ik naar de uitgang van het park, waar ik in de eerste beschikbare taxi spring en de chauffeur omkoop om het gas erop te zetten.

Eenmaal onderweg zoek ik "*do svidaniya*" op.

Svidaniye betekent "ontmoeting" of "date" en de uitdrukking wordt als een optimistisch afscheid gebruikt met de betekenis van "tot de volgende ontmoeting".

"*Do svidaniya*," zeg ik hardop.

De chauffeur raakt geanimeerd en vangt mijn blik in de spiegel op en ratelt een stortvloed van Russische woorden.

"Sorry, ik spreek geen Russisch," zeg ik.

"Oh, het spijt me. Je zei *do svidaniya* als een echte Rus. Vergeef me mijn verwarring," zegt de chauffeur, zijn accent veel zwaarder dan dat van de duivel.

Dus het is begonnen. Voordat ik het weet, zal ik een Russisch accent hebben dat net zo prominent aanwezig is als die van deze man en zeg ik *do svidaniya* in plaats van *doei*.

Hé, dat werkt misschien beter bij Gia dan *cheerio*.

Ik zoek andere Russische begroetingen op voor het geval ze van pas komen. Er zijn er veel, maar het gemakkelijkst te zeggen is waarschijnlijk *privet*, wat een informeel hallo is.

Er klinkt een geluid van een app die binnenkomt.

Het is de duivel.

Ik sla zijn nummer op met als voornaam Lucifer, achternaam Satan.

Bella's berichtje komt kort daarna binnen.

Het is misschien een dubbele standaard, maar ik voer haar in mijn contacten met haar echte naam in.

Voor de rest van de rit tel ik de seconden die mijn geest aan het inbeelden van een paar hemelsblauwe ogen verspilt. Bij honderdzevenendertig stop ik met tellen, omdat ik niet nog meer bewijs wil van hoe gestoord ik ben.

Als we naast NYU Langone stoppen, ben ik al zeven minuten te laat - en het feit dat het een priemgetal is, is geen troost.

Ik pak een biljet van honderd dollar en een losse dollar, gooi ze naar de chauffeur en ren de auto uit en roep "hou het wisselgeld maar".

Tijd om een wonder te laten gebeuren.

Hoofdstuk Elf

Op weg naar mijn bestemming verricht ik wel een klein wonder: ik duw tijdens mijn gekke sprint niemand omver.

Maar als ik eenmaal in de vergaderruimte kom, is die leeg.

Verdomme. Zijn ze al vertrokken?

Ik ga zitten om op adem te komen.

De deur gaat open en Dr. Piper komt binnen.

"Sorry dat ik je heb laten wachten," zegt hij. "De anderen zullen zo komen."

Hoera!

In plaats van te laat te zijn, heeft het lot het voor doen komen alsof ik te vroeg ben. Nu hopen dat dit zo verder gaat.

We kletsen wat terwijl we wachten tot de rest van het administratief personeel arriveert. Als ze eenmaal allemaal binnen zijn, glimlacht dr. Piper vaderlijk naar me en zegt hij, "Het is maar goed dat je contact met ons hebt opgenomen. We hadden het tijdens de ochtendvergadering over je project."

Ik glimlach zenuwachtig. "Goede dingen, hoop ik."

"Absoluut," zegt hij. "We hebben met de kinderen en hun ouders gesproken die aan de bètatest mee hebben gedaan. De feedback was allemaal positief. We zouden de volgende stappen moeten bespreken."

Wauw. Misschien hoef ik ze niet eens te overtuigen?

"Dat klinkt geweldig," zeg ik met gevoel. "Ik wil graag over de volgende stappen praten."

"Fijn om dat te horen," zegt dr. Piper. "We zijn met onze due diligence begonnen en hebben een externe adviseur ingeschakeld om ons met de aspecten van deze technologie te helpen die we niet kennen." Hij grinnikt. "Wat dus bijna alles is."

Redelijk. Ze kunnen niet altijd uitsluitend op alles wat ik zeg vertrouwen.

"Door met deze adviseur te praten, kregen we een idee voor de volgende stap, een idee dat de ouders en de kinderen ook leuk vonden," vervolgt hij.

Waarom heb ik het gevoel dat ik wat hij gaat zeggen niet leuk zal vinden?

"Wat voor idee?" vraag ik.

"Ten eerste wil ik alleen maar zeggen dat een VR-huisdier een zeer effectieve toepassing van deze technologie is, zelfs de beste."

Mijn hartslag gaat sneller. "Waarom klinkt het alsof er een maar komt?"

"Geen gemaar. Alleen de waarheid. Je hebt maar één

app, het huisdier. Het is beperkend. Kinderen houden van videogames. De adviseur stelde voor om de lijst met apps uit te breiden."

Ik staar hem aan. Waar hij het over heeft, is een klassieker in projectmanagement. Het heet scope creep - behalve dat dit niet eens een creep is, het is verdomme een op hol geslagen olifant.

Ik schraap mijn keel. "Dierentherapie is een echte therapie. Games zijn dat niet."

"De adviseur heeft ons een artikel over dit onderwerp gestuurd. Van VR-games is aangetoond dat ze pijn verminderen."

Wie is deze kwaadaardige adviseur? Ik vecht tegen de drang om te vloeken en wijs erop dat ik al van die studies afwist - ze waren het uitgangspunt voor mijn werk. Door deze studies heb ik deze mensen er zelfs van overtuigd om mijn project een kans te geven.

Ik adem in om te kalmeren en spreek gelijkmatig terwijl ik de waarheid van de zaak uiteenzet. "Ik werk met beperkte middelen. De huisdieren-app is het resultaat van vele maanden werk. Meer apps toevoegen is-"

"Het spijt me dat ik je onderbreek, maar we hebben al een oplossing voor dit probleem," zegt hij.

"Heb je dat?" Ik wapper mezelf koelte toe met mijn shirt, maar voorzichtig, om niet nog een keer een tepel tevoorschijn te laten komen.

"Er is een bedrijf dat games voor de tablets maakt waarmee de kinderen momenteel spelen. Dit bedrijf is onlangs ook naar VR vertakt. We kunnen je aan hen voorstellen en jullie kunnen dan een manier bedenken om hun games op jouw platform te zetten. Veel minder werk, toch?"

Het zou alleen *vandaag* allemaal op orde moeten zijn en dit is het tegenovergestelde daarvan.

"Het hangt er allemaal van af," zeg ik voorzichtig. "Hoe heet het bedrijf?"

"1000 Devils," zegt hij. "Ooit van ze gehoord?"

Ik verlies mijn vermogen om te spreken en zit daar maar, druk bezig om een schreeuw te onderdrukken.

Toen ik de naam Chortsky op zocht, kwam het weinige dat ik over de twee broers te weten kwam van de websites van de bedrijven die ze bezitten.

Een daarvan was een gamestudio met de naam 1000 Devils.

Een gamestudio van niemand minder dan Alexander (Alex) Chortsky, de duivel zelf.

Hoofdstuk Twaalf

*H*oe ben ik zo snel in de shit terechtgekomen? Hoe groot was de kans dat ze zouden willen dat ik uit zoveel anderen bedrijven juist met dat bedrijf samen moest werken?

Nou, 1000 Devils staat wel bekend om hun op kinderen gerichte inhoud en het is lokaal in NYC, dus het komt niet helemaal uit de lucht vallen.

Tenzij...

Nee. Dat kan niet.

Maar, wat als? Zou de duivel de kwaadaardige adviseur kunnen zijn? Ik bedoel, hij is de Boosaardige, dus dit-

"Gaat het, lieverd?" Dr. Piper kijkt me bezorgd aan.

Hoe lang zit ik hier al, terwijl mijn geest implodeert?

"Het gaat prima," lieg ik. "Dit is iets wat ik moet verwerken." Gedurende een jaar.

"Begrijpelijk," zegt dr. Piper. "Zullen we de

vergadering voor nu uitstellen? Offline zal ik je aan Robert Jellyheim voorstellen - mijn contactpersoon bij de 1000 Devils."

Robert Jellyheim. Als ik nog enige hoop had dat er een andere gamestudio met de naam 1000 Devils is, dan is die hoop nu vervlogen. Robert is mijn contactpersoon bij de Morpheus Group - een bedrijf dat ik hier vanwege de porno helemaal niet kan noemen.

De duivel moet het personeel van zijn gamebedrijf gebruiken om zijn zus te helpen.

Ik ben zo de pineut.

Iedereen verlaat de vergaderruimte behalve dr. Piper.

"Weet je *zeker* dat je je goed voelt?" vraagt hij.

"Prima." Ik spring overeind.

"Het is alleen dat" - hij trekt zijn vlinderdas weer recht - "als je ziek bent, ik niet denk dat je Jacob en de anderen moet bezoeken."

"Ik ben niet ziek, dat beloof ik," zeg ik.

Hij is ook een genie. Een bezoek aan Jacob zou deze anders vervelende dag kunnen helpen opvrolijken.

We nemen afscheid en ik begeef me naar de vleugel voor langdurige zorg voor kinderen.

Drommels. Bobze de clown is er om Jacob en de anderen te vermaken. Ook al heb ik geen last van een fobie voor clowns en hoewel Bobze er niet uitziet alsof hij uit de kelder van Stephen King is ontsnapt, blijf ik liever uit de buurt. Bobze is de belichaming van rommeligheid: elke kleur van de regenboog zit in zijn wilde pruik, onevenredige schoenen en wat het nog erger maakt, hij draagt altijd niet één of twee of drie of vijf, maar precies *vier* ballonnen.

Ik realiseer me dat ik uitgehongerd ben en sluip naar de kantine om mijn gebruikelijke ziekenhuismaaltijd te halen: zeven appels en een pakje van drieëntwintig amandelen.

Ik eet het fruit en de noten op en ga dan naar Jacob.

Oef.

Geen clown meer.

Ik bereid me voor om mijn innerlijke Mary Poppins te kanaliseren en loop naar Jacob toe. Zijn neus zit in een tablet, dus ik hoest om zijn aandacht te trekken.

Opkijkend beloont hij me met een hartverwarmende jongensachtige grijns. "Hoi, tante Holly."

Jacob en ik zijn niet echt bloedverwanten - hij is het kleinkind van een van de vrienden van mijn ouders. Hij is in dit ziekenhuis terechtgekomen na een ongeval waarbij hij een aantal van zijn botten heeft gebroken. Met zijn benen in het gips, zijn verveling en pijn (in die volgorde) grote problemen voor hem, waardoor hij een perfecte kandidaat voor mijn VR-huisdierentherapie is.

"Hoi, jochie." Ik ga met mijn hand door zijn haar. "Hoe gaat het met Master Chief?"

Master Chief is hoe hij zijn versie van Euclid noemt. Het is toevallig ook de naam van een personage in *Halo*, een videogame waartoe Jacob me ooit heeft overgehaald om te spelen. Helaas kon ik het overweldigende geweld maar zeventien seconden tolereren voordat ik ermee moest stoppen - en toen noemde hij me saai, misschien terecht.

Jacobs grijns wordt breder. "Hij is een paar centimeter gegroeid en hij heeft een paar nieuwe woorden geleerd."

Ongetwijfeld vloekwoorden, maar dat laat ik aan Jacobs ouders over om zich zorgen over te maken.

Hij vertelt me over de spelletjes die hij en zijn VR-vriend hebben gespeeld en ik vraag voorzichtig hoe hij buiten de huisdierentherapie over VR-games zou denken. Het is niet verrassend dat hij voor een dergelijk scenario bruist van enthousiasme, vooral als het om games van de schietvariant gaat.

Verdorie. Ik geef het niet graag toe, maar meer games toevoegen is misschien een goed idee. Jammer dat het alles verpest doordat het team van dr. Piper nu de tijd heeft om meer over de connectie met porno te weten te komen.

Aan de andere kant, hoeveel tijd zou het kosten om bestaande games naar een nieuw platform te importeren?

"Tante Holly, gaat het?" vraagt Jacob.

"Sorry." Ik glimlach naar hem en verban alle dwalende gedachten uit mijn hoofd - het joch verdient mijn volledige aandacht.

Als Jacob en ik geen dingen meer hebben om over te praten, combineer ik zijn schone sokken in drie paar, vouw ik de deken naast zijn bed in een nette driehoek en praat ik met een paar van de andere kinderen in de buurt terwijl ik ook hun ruimtes opruim.

Als ik het ziekenhuis verlaat, heb ik een grijns op mijn gezicht. Ik denk dat ik in een ander leven een lerares had kunnen zijn. Elke keer als ik met mijn kleine bètateam praat, voel ik me supercalifragilisticexpialidocious.

In de taxi naar huis kijk ik op mijn telefoon. Geen berichtjes of telefoontjes van de duivel. Zucht. Op zekere hoogte vroeg ik me af of hij een vergadering had ingepland om me te ontslaan... of me een foto van een piemel zou appen.

Ik denk dat de bal daarover aan mijn kant ligt - de vergadering, bedoel ik, niet de naaktfoto.

Eenmaal thuis volg ik mijn routine, maar op de achtergrond probeert mijn geest een manier te bedenken om mezelf van het huidige gedoe los te maken.

Net op het moment dat ik er helemaal klaar voor ben om naar bed te gaan, rolt er een krankzinnig idee uit een horde van even slechte ideeën.

Het is eigenlijk een klassieker. Faust heeft het meegemaakt. Brendan Fraser heeft het in *Bedazzled* gedaan. Keanu Reeves ook, in *Constantine* en in *The Devil's Advocate* iets wat er op lijkt. Cher, Michelle Pfeiffer en Susan Sarandon deden het in *The Witches of Eastwick*. *Ghost Rider* en *Spawn* deden het in de film en de strips. Katy Perry en Oprah hebben het misschien in het echte leven gedaan.

Wat als ik een deal met de duivel zou sluiten?

Hoofdstuk Dertien

Onnodig te zeggen dat slapen met dat idee in mijn hoofd een onmogelijkheid wordt. Tegen de ochtend ben ik meer dan kapot en heb ik drie kopjes sterke thee nodig om deels samenhangend te zijn.

Op weg naar mijn werk app ik de duivel met wat misschien wel beroemde laatste woorden zijn: *heb je tijd voor een gesprek?*

Het antwoord volgt direct: *19:30 uur?*

Geweldig, app ik. *Waar?*

Deze keer heeft hij een paar seconden nodig om bij me terug te komen: *Wat dacht je van mijn kantoor? Je weet wel - het is de plek die je gedecimeerd hebt.*

Zie je daar, zeg ik terug, ook al hebben mijn vingers jeuk om iets te typen dat veel groffer is.

Plan voor de vergadering: bedenk een manier om niet ontslagen te worden. Ook op de to-do-lijst: niet naar de duivel lonken, niet gaan kwijlen en geen fantasieën over het doen van zijn haar. Moet koste wat het kost zijn mannelijke charmes weerstaan.

Ik ben de eerste op kantoor, maar ik bruis van te veel nerveuze energie om echt iets nuttigs te doen. Van het een komt het ander en ik betrap mezelf erop dat ik een paar bureaus verplaats die niet op één lijn lijken te staan en ik verwijder of voeg ook pennen en andere details toe op de werkplekken van mensen, zodat ze mooie, eersteklas priemgetallen hebben.

De liftdeur gaat open, waardoor mijn inspanningen tot stilstand komen.

Het is Alison, de manager van het kwaliteitsbewakingsteam.

"Hiya." Ik lach naar de oudere vrouw. "Hoe gaat het met je?"

"Hoi, Holly," zegt ze. "Heb je mijn e-mail ontvangen over een bug die mijn team bij Euclid heeft gevonden?"

De beleefdheden overslaan - dat vind ik zo leuk aan Alison. "Sorry, nee. Ik heb nog geen kans gehad om mijn e-mail te checken."

"Alles crasht als je hem vier toastjes geeft en meteen daarna zes keer met de apporteerstok gooit. Ik heb een paar mensen dit probleem op meerdere apparaten laten repliceren."

Vier en zes. Vervelende, niet-priemgetallen. Natuurlijk laten ze de verdomde app crashen. "Ik zal er naar kijken, bedankt."

Ze haast zich naar haar bureau terwijl ik mijn werkstation ontgrendel en in Euclides code duik.

Tegen de middag heb ik de ontdekking van Alison verholpen en haar ervan op de hoogte gesteld.

"Ik zal het iemand opnieuw laten testen," zegt ze. Terwijl ze haar stem dempt, voegt ze eraan toe, "Ik heb trouwens een nieuw gerucht gehoord."

Ik leun naar voren. Ze is net zo goed in het ontdekken van sappige roddels als in het opsporen van softwarefouten.

"De Chortsky's zullen hier hun intrek nemen," zegt ze. "Misschien zelfs morgen al."

Yep. Dat klopt wel zo ongeveer, maar dat vertel ik haar niet. Ik benoem ook niet de zeer reële mogelijkheid dat ik hier morgen misschien niet zal zijn om getuige van de invasie van de duivel te zijn. Het hangt allemaal van ons aanstaande gesprek af.

"Laat het me weten als je nog iets over de Chortsky's hoort," fluister ik. "En als je andere manieren vindt om arme Euclid te laten crashen."

Ze belooft dat ze dat zal doen en ik loop terug naar mijn bureau - waar helaas Buckley staat te wachten om met me te praten.

Ik ben niet de grootste fan van Buckley. Hij schraapt graag zijn keel - en meestal een even aantal keren.

"Hallo baas," zegt hij en schraapt twee keer zijn keel. "Heb je even?"

Deze man is een raadsel. Ik werd boven hem tot Hoofd Technologie gepromoveerd, dus ik dacht dat hij me daarna zou haten. Stel je mijn verbazing voor toen hij me in plaats daarvan mee uit vroeg. Natuurlijk moest ik weigeren, vooral omdat ik vind dat relaties op kantoor niet gepast zijn, maar er was ook een oppervlakkige reden: ik vind zijn asymmetrische lichaam en gezicht esthetisch onaangenaam.

"Ik heb tijd om te praten," zeg ik. "Wat is er aan de hand?"

Hij schraapt nog twee keer zijn keel. "Ik vroeg me gewoon af of je iets van het nieuwe management hebt gehoord."

Ik haal nietszeggend mijn schouders op. "Hoezo?"

Hij krabt aan zijn eeuwige stoppels - een verzorgingskeuze die zijn kansen niet ten goede kwam toen hij me mee uit vroeg. "Ik vroeg me af of er door de fusie kansen zijn om me binnen de grotere organisatie over te laten plaatsen. Niet dat ik niet graag voor je werk, maar-"

"Zeg maar niets meer." Ik lach naar hem. "Ik zal mijn equivalent aan de andere kant een bericht sturen en kijken wat ze voor je hebben."

"Bedankt, Holly," zegt hij en schraapt slechts één keer zijn keel - een wonder. "Dit waardeer ik enorm."

Zodra hij weggaat, schrijf ik een e-mail naar Robert Jellyheim waarin ik in extase over Buckley vertel. Als hij de overplaatsing krijgt die hij wil, dan hoor ik hem misschien nooit meer zijn keel schrapen.

Aangezien ik een e-mail-kick heb, begin ik aan de miljoen berichten die op mijn aandacht wachten. Tegen de tijd dat mijn inbox leeg is, zijn de normale werktijden al voorbij.

Net als gisteren gaan de mensen niet weg, ze wachten ongetwijfeld weer op mij.

Prima. Ik kan dezelfde weggaan-truc opnieuw gebruiken. Ik zou sowieso voor de grote afspraak moeten eten. En voor de goede orde, mijn bezoek aan Miso Hungry heeft niets te maken met de hoop om net zoals de vorige keer de duivel daar te zien.

Helemaal niks.

Nee.

Ik ruim zelfs nog een paar bureaus op en verplaats wat pennen om op mijn weg naar buiten nog een aantal priemgetallen te krijgen, zowel omdat ik dat wil als omdat ik aandacht wil krijgen. Dan haast ik me naar het restaurant.

"Om mee te nemen?" vraagt de gastvrouw zodra ze me ziet.

"Meenemen," zeg ik en kijk om me heen.

Geen duivel, geen Bella.

Ugh. Wat is er met de golf van teleurstelling die me overweldigt? Ze zullen niet zulke routinematige wezens zijn als ik.

Ach ja. Niet iedereen is perfect.

Met voedsel in de hand keer ik terug naar het lege kantoor en eet mijn misosoep met zevenenveertig blokjes tofu en zeventien stukjes lente-ui. Dan consumeer ik de drieëntwintig avocado-rolletjes. Helaas had ik in mijn huidige toestand, voor zover ik er iets van heb geproefd, net zo goed op de papieren zak kunnen kauwen waar de sushi in zat.

Om kwart over zeven gaan de liftdeuren open en stappen de Chortsky-broer en -zus naar buiten.

Bella ziet er nog meer uit alsof ze net van een catwalk af is gekomen en de duivel is op de een of andere manier nog onverzorgder dan normaal - daar zijn de kappersfantasieën die ik had gehoopt te vermijden. *Of om mijn hartslag gelijkmatig houden en mijn libido onder controle te houden.*

"Hoi." Bella zwaait met haar delicate hand voor iemand die naar verluid nooit aan een schoonheidswedstrijd heeft deelgenomen op een verdacht schoonheidswedstrijd-achtige manier naar me.

Ik zwaai terug. "Fijn om je weer te zien."

"*Privet*," zegt de duivel.

"Dat betekent hallo," vertaalt Bella.

"Ahoi," zeg ik terug tegen de duivel.

Wacht, ahoi? Voor zover ik weet is het vandaag niet de Internationale praat als een piraat-dag. Verdomde adrenaline is echt met mijn hoofd aan het rotzooien.

De broer en zus doen alsof ahoi een normaal antwoord op een Russisch hallo is en gaan hun kantoor binnen.

De volgende elf minuten lijken wel een jaar te duren.

Eindelijk is het zover.

Ik sta op en ga naar het kantoor van de Boosaardige.

Ik denk nog steeds aan piraten, omdat ik het gevoel heb dat ik op het punt sta om over de plank te lopen.

Zijn deur kraakt - net als de plank - en als ik hem eenmaal open, verwacht ik half de puinhoop te zien die ik gisteren heb gemaakt.

Nee. Iemand heeft het opgeruimd.

Goed. Mijn neus zal niet in mijn zonden worden gewreven, zoals bij een puppy. Maar aan de andere kant, hij heeft het kapotte toetsenbord en de monitor niet vervangen - en hij werkt in plaats daarvan op een laptop, die een stuk minder comfortabel moet zijn.

Op hoop van zegen.

Ik stap het hol van de duivel binnen.

Hoofdstuk Veertien

*D*e Prins van het Duister sluit zijn laptop. "Ga
alsjeblieft zitten."

Aangezien de bank de enige beschikbare plek is,
plof ik daar neer - en doe mijn best om niet over de
dingen na te denken die een virtuele versie van hem me
gisteravond op dit oppervlak heeft aangedaan.

De hemelsblauwe ogen van de Verleider scannen
me zorgvuldig, alsof hij van plan is om voor VR een
3D-model van me te maken.

Hebben mijn wimpers net gewoon mooi naar hem
geknipperd?

Ben bang van wel.

Telt dat als naar hem lonken?

Komt in de buurt.

Drommels. Niets gaat zoals de bedoeling was.

Ik ben tenminste niet aan het kwijlen. Of ben ik dat
wel? Zou het er raar uitzien als ik het zou checken?

"Aangezien je elk moment een herinnering over een

belangrijkere vergadering kunt krijgen, zal ik ter zake komen," zegt hij. "Je bent niet ontslagen."

"Pardon?"

Wacht. Wat ben ik aan het doen?

Hij zei dat ik niet ontslagen ben.

Ik heb hem prima verstaan - ik had het gewoon niet verwacht.

Is het hier opeens warm?

Ik voel me net zo duizelig als euforisch.

"Ik zei dat je je baan mag houden," zegt hij. "Onder bepaalde voorwaarden, uiteraard."

Ah. Daar gaan we. Ik voel me beter nu ik weet dat er een addertje onder het gras zit. Anders zouden de dingen te mooi zijn om waar te zijn.

"Wat zijn de voorwaarden?" vraag ik.

Staat hij op het punt om me een onfatsoenlijk voorstel te doen?

Wat nog belangrijker is, is dat iets waar ik op hoop?

"Er zijn er twee." Hij trommelt met zijn lange, mannelijke vingers op het bureau. Is het verkeerd dat ik me kan voorstellen dat ze me aanraken? "Je gaat me met het integratieproject helpen," zegt hij, terwijl hij m'n hoofd van heerlijke massages wegtrekt. "De problemen die je hebt genoemd, waarbij de headset en handschoenen niet met het pak werken zoals ze zouden moeten, zullen je topprioriteit worden."

"Begrijpelijk," zeg ik en meen het. "Wat is het tweede ding?"

"Juist." Hij fronst. "Dit zou vanzelfsprekend moeten zijn, maar ik zal het voor je spellen. Er zullen geen pogingen meer zijn om het werk van mijn zus te saboteren. Als je zelfs maar een bug in de integratiecode introduceert, dan is het afgelopen met je. Als er camera's bij een van onze kantoren defect raken, dan is het klaar. Als een virus een van onze computers of die van belangrijke medewerkers infecteert, dan ben je geschiedenis. Als er-"

"Ik heb het begrepen," zeg ik. "We hebben een overeenkomst."

"Het lijkt erop dat we die inderdaad hebben." Hij opent zijn laptop. "*Do svidaniya.*"

Ik probeer Buckley te channelen en schraap mijn keel. Niet ontslagen worden is slechts het eerste punt op mijn agenda, maar ik weet niet zeker hoe ik verder moet.

"We kunnen morgen de details van het integratieproject bespreken, nadat mijn zus en ik officieel naar deze kantoren zijn verhuisd", zegt hij, mijn aarzeling om te vertrekken duidelijk verkeerd begrijpend.

Op hoop van zegen. "Er is nog iets dat ik met je wilde bespreken."

"Oh?" Hij pint me met die intense hemelsblauwe blik vast. "Werk of privé?"

Mijn huid voelt overdreven warm en tintelend aan. "Werk. Strikt professioneel. Helemaal niet persoonlijk."

Ik dwing mezelf om mijn mond te houden, want het lijkt me dat ik als die dame klink die te veel protesteert.

Hij fronst. "Dus, werk."

Zag ik een glimp van teleurstelling over zijn gelaatstrekken gaan? Nee. Het moeten mijn overactieve eierstokken zijn die hersenspelletjes spelen.

"1000 Devils heeft een contract met het ziekenhuis van NYU Langone," zeg ik.

Zijn ogen worden groot. "Ik dacht dat je niet aan bedrijfsspionage deed. Hoe weet je dat?"

Ik herinner hem eraan dat zijn bedrijfswebsite hem publiekelijk als de eigenaar vermeld heeft staan en ik vertel hem over mijn ontmoeting in het ziekenhuis en waarom dr. Piper mij van het contract op de hoogte heeft gebracht.

"Dus je wilt mijn hulp om wat games op de headset te krijgen?" vraagt hij als ik klaar ben met uitleggen.

"Ja. Ik denk dat je op deze manier nog meer geld aan NYU Langone zou kunnen verdienen. Dus win-win."

Hij krabt aan die vervloekte stoppelbaard op zijn kin, waardoor mijn kappersfantasieën weer geactiveerd worden. "Ik weet niet zeker of ze meer zouden betalen. Ik wed dat ze VR gewoon als platform in het bestaande contract op zullen nemen - ze maken momenteel geen onderscheid tussen tablets, consoles of telefoons, dus dit is net zoiets."

Mijn hart voelt alsof een medicijnman het net heeft verkleind. "Dus je gaat me niet helpen?"

Een saterachtige grijns verlicht zijn prachtige gelaatstrekken. "Dat heb ik niet gezegd. Ik denk dat ik je misschien wel wil helpen... tegen een prijs."

Daar gaan we.

Ik kan me praktisch voorstellen dat ik mezelf in een vinger prik en een contract onderteken waarin om mijn eerstgeborene wordt gevraagd.

Mijn ingewanden beginnen te trillen en nu gaat het niet meer alleen om mijn eierstokken. "Wat wil je?"

"Nog twee dingen," zegt hij met een lage en diepe stem. "Deze keer niet werkgerelateerd."

Ik wist het. De duivel eist een deal - men kan zijn natuurlijke aard niet verbergen.

"Wat zijn die dingen?" Ik ben van mezelf onder de indruk. Mijn stem is vast en het Britse accent is niet meer teruggekomen.

"Bella wordt gek, omdat ze wil weten wat je van het pak vond," zegt hij. "Ik wil dat je haar een volledig rapport geeft. Het zal haar gelukkig maken."

Ik staar hem aan. Aan de ene kant heeft dit niet helemaal niets met werk te maken, maar aan de andere kant is het waanzin.

"Daar ben ik niet voor gekwalificeerd," zeg ik, me realiserend dat ik naar strohalmen grijp. "Ik ben geen QA."

"Oh, maak je geen zorgen," zegt hij. "Bella heeft een formulier en zo. Ze kan je ook met Fanny in contact brengen - zij heeft hier ervaring mee."

Is er iemand bij betrokken die Fanny heet? Die arme vrouw. In Engeland betekent dat vagina - hoewel het hier in de VS kont betekent, dus ook geen geweldige associatie.

Drommels. Nu laat de duivel me over vagina's en konten nadenken.

"Wat nog meer?" vraag ik vrijblijvend.

Zijn ogen glanzen. "Morgen is mijn vader jarig. Ik wil dat je met me meegaat naar het feest."

Mijn ademhaling versnelt. "Zoals... een date?"

De grijns is terug. "Geen echte date. Meer alsof. Mijn moeder heeft geprobeerd om me met willekeurige vrouwen in contact te brengen en ik wil dat het stopt."

De trut. Hoe durft ze om hem aan een of andere sloerie te koppelen? Ik zou-

Wauw. Dat is snel geëscaleerd. Voor zover ik weet, is zijn moeder misschien wel een lieftallige dame.

"Geen date." Ik proef de woorden en vindt ze aan iets ontbreken.

Moet ik niet opgelucht zijn dat hij niet om die eerstgeborene heeft gevraagd - of om de vader van de genoemde eerstgeborene te worden? En waarom is het zo gemakkelijk om me deze hypothetische duivelsgebroed voor te stellen? Het zou ongetwijfeld zijn hemelsblauwe ogen hebben, mijn ovaalvormige gezicht, zijn-

"Dus," zegt de duivel, terwijl hij me uit mijn door hormonen veroorzaakte delirium haalt. "Ben je ooit eerder naar een Russisch feest geweest?"

Ik schud mijn hoofd.

"Een Russisch restaurant?"

Ik schud nog een keer.

"Dan staat je wat te wachten. Er zal geweldig eten en een show zijn." Hij bekijkt me van top tot teen. "Houd er rekening mee dat de dresscode behoorlijk formeel is, dus misschien wil je iets leuks aantrekken."

Zegt hij nu dat wat ik draag niet iets leuks is? Eikel. Hij draagt ook een hoodie. Pot die de ketel verwijt dat hij zwart ziet?

"Prima," zeg ik tussen knarsende tanden door. "Ik accepteer je voorwaarden."

"Geweldig. Ik zal je de details sturen."

Ik draai me boos op mijn hielen om en loop naar de deur.

Met een snelheid die zijn bovennatuurlijke aard waardig is, springt de duivel overeind en doet de deur voor me open.

Het lijkt erop dat het overtuigen van de wereld dat hij niet bestaat niet de enige truc is die de duivel uit probeert te halen. Hij wil ook dat ik denk dat hij een heer is.

Drommels. Als ik deze plek wil verlaten, dan moet ik ofwel vlak langs hem heen of hem heel onbeschoft vragen om aan de kant te gaan, wat ik niet wil doen.

Ik doe een stap naar voren.

Een vage geur van lekkere thee dringt mijn neusgaten binnen, waardoor het water me in de mond loopt. Oolong, keemun, misschien lapsang souchong, samen met iets onuitsprekelijk mannelijks.

Nog een stap.

Onze blikken versmelten zich.

Er is een tumult in mijn buik - mijn verraderlijke eierstokken proberen elkaar ongetwijfeld te wurgen.

Hoe dichterbij ik kom, hoe meer gehypnotiseerd ik door zijn blik raak.

Misschien moet ik naar achteren stappen - of toch onbeschoft zijn?

Dat zou verstandig zijn, maar ik doe geen van beide. Als een ten dode opgeschreven ster die in de zwaartekracht van een zwart gat gevangen zit, word ik naar hem toe getrokken - wat de reden moet zijn waarom ik de afstand sluit.

Ga weg, Holly.

Mijn voeten voelen alsof ze aan de grond vastgelast zitten.

Doe het niet, Holly.

Ik ga op mijn tenen staan.

Zijn hoofd buigt zich naar me toe.

Nee. Nee, nee, nee. Ik kan dit niet doen. Zou dit niet moeten doen. Als we echt gaan kussen, dan zullen mijn eierstokken exploderen en-

"Oh, sorry," zegt Bella's stem van een paar meter afstand. "Ik kom zo wel terug-"

Ik hoor niet wat ze daarna zegt. Eindelijk ruk ik mijn blik van de duivel weg en ren ik naar de lift.

Godzijdank gaan de deuren meteen open - anders was ik misschien naar de nooduitgang gegaan.

Terwijl ik naar beneden ga en naar de taxi sprint, is mijn hoofd leeg en bonst mijn hart als een razende. Pas als ik thuiskom en mijn doorweekte onderbroek verschoon, kan ik eindelijk de schok van de aanraking met de duivel van me af schudden.

Ik volg mijn gebruikelijke avondroutine als een

robot, maar dat laat ruimte in mijn hoofd vrij om mijn gedachten te laten dwalen. Gedachten als: stond hij op het punt om me te kussen of had ik het me verbeeld? En als hij me wilde zoenen, betekent dat dan dat onze nep date eigenlijk niet zo nep is?

Nee. Dat kan niet. Ik weet zeker dat hij me niet op die manier wil.

Wat nog belangrijker is, zelfs als hij dat wel zou willen, dan kan het niet gebeuren.

Na de ramp met mijn ex ben ik nog niet klaar om te daten. Misschien nooit - maar als ik dat wel zou zijn, dan zou het niet met de verdomde duivel zijn.

Er is niets dat een grotere puinhoop geeft dan het combineren van werk en je liefdesleven, zelfs als een relatie door HR gepast zou worden geacht, bijvoorbeeld als de twee mensen op verschillende afdelingen zitten. In dit geval is hij echter min of meer mijn baas, dus het is absoluut in strijd met het bedrijfsbeleid. En laten we niet vergeten dat hij kwaadaardig is - hij is misschien zelf de kwaadaardige adviseur. Erger nog, hij is slordig.

Daarover gesproken, waarom voel ik me überhaupt tot hem aangetrokken?

Het is een mysterie van de proporties van de Bermudadriehoek.

Als mijn routine voorbij is, ga ik naar bed, maar zelfs met het gewicht van al die recente slapeloosheid die tegen de achterkant van mijn ogen drukt, lig ik daar een uur te liggen voordat ik toegeef dat ik weer niet kan slapen.

Prima. Ik kan net zo goed iets nuttigs doen in plaats van urenlang te liggen woelen.

Ik sta op en open mijn kast om een outfit voor de aanstaande verjaardag uit te zoeken.

Het probleem is dat mijn gebruikelijke filosofie over kleding me duur zal komen te staan. Om de tijd die aan beslissingen wordt verspild te beperken, draag ik elke dag hetzelfde: een van de zeven identieke witte hemden met knopen (elk met vijf knopen aan de voorkant) en een van de zeven identieke zwarte broeken. Aangezien ik precies deze combo droeg toen de duivel zei "draag iets leuks", betekent dit dat mijn gebruikelijke werkoutfit niet zal werken. Mijn gewone kleding zal ook niet volstaan. Ze zijn ook identiek, met de t-shirts en yogabroeken die voor comfort geoptimaliseerd zijn, niet voor "leukheid".

Zucht.

Ik kijk naar het "uitgaan"-gedeelte van de kast.

Er zijn nog drie identieke jurken over van toen ik met mijn ex uitging.

Ik hoop dat ze aan het criterium "leuk" van de duivel voldoen.

Ik wurm me er in een.

Grr. Ik kan niet ademen en mijn borsten lijken op het punt te staan om eruit te barsten. Het lijkt erop dat ik wat aangekomen ben.

Verdomme. Ik kan geen derde tepelvertoning hebben - vooral omdat ik in het bijzijn van de hele familie van de duivel zal zijn.

Ugh. Dit betekent winkelen.

Ik haat winkelen, vooral omdat als er zoiets als mode-intelligentie zou bestaan, mijn IQ daarin iets verschrikkelijks zou zijn, zoals eenendertig.

Ach ja. Verder ben ik intelligent genoeg om te weten dat ik om hulp kan vragen.

Ik haal mijn telefoon tevoorschijn en app *Hoi* naar mijn tweelingzus. Ondanks haar door Criss Angel geïnspireerde, rock-star-meets-vampire-uiterlijk, is haar mode-intelligentie minstens drie standaarddeviaties hoger dan die van mij.

Ze antwoordt meteen: *Slaap je niet? Is om elf uur naar bed gaan niet heilig?*

Natuurlijk. Ze weet niets van mijn slapeloosheid aangezien ik tegen haar over de inbraak heb gelogen.

Kan net zo goed bekennen.

Kun je een videogesprek voeren? vraag ik.

Blijkt dat ze dat kan, dus ik bel haar en vertel haar alles, ook mijn gebrek aan geschikte kleding.

Als ik klaar ben met praten, heeft ze die ondeugende uitdrukking op haar gezicht waar ik en de zeslingen in onze kindertijd voor hebben gevreesd - degene die je zag voordat je erachter kwam dat ze een dozijn wekkers in je kamer had verstopt of een luchthoorn onder je stoel of dat ze de room in je favoriete donut door mayo had vervangen.

"Voordat we het over winkelen hebben," zegt ze, "moet ik je zeggen dat ik het absoluut niet met je eens ben."

Ik zucht hoorbaar. "Waar ben je het niet mee eens?"

"Dit uitje naar dat restaurant klinkt helemaal als een date."

Ik breng de telefoon dichter bij mijn gezicht zodat ze mijn afkeurende frons duidelijk kan zien. "Nee. Dat is het niet."

Ze brengt de telefoon ook naar haar gezicht, dus ik zie alleen een gigantisch blauw oog. "Dat is het wel."

"Dat is het niet."

Vanaf hier gaat de verfijning van onze argumentatieve technieken helemaal terug naar:

"Welles."

"Nietes!"

Het gigantische oog rolt en dan trekt ze de telefoon weg van haar gezicht. "Zijn we het erover eens dat we het niet eens zijn?"

Ik trek de telefoon ook weg. "Als dat ervoor nodig is zodat je me gaat helpen."

"Oh, ik zou hoe dan ook met je zijn gaan winkelen," zegt ze. "Ik heb je kast gezien. En het werd tijd."

Ik vernauw mijn ogen tot spleetjes naar haar. "We halen alleen wat nodig is."

Haar grijns is nu ronduit sluw. "Precies. Zal ik om negen uur bij jou thuis zijn? We gaan naar Madison Avenue. Je kunt het betalen."

"Super," zeg ik zonder na te denken.

"Toedeloe," antwoordt ze bekakt en hangt op.

Drommels. Ben vergeten haar te waarschuwen dat ik absoluut niet iets sletterigs voor het feest ga dragen - wat ongetwijfeld haar eerste instinct zal zijn.

Terwijl ik mijn telefoon op de oplader leg, realiseer ik me een klein probleem met ons plan.

Als Hoofd Technologie heb ik op kantoor nooit iemand mijn komen en gaan uit hoeven leggen, maar de zaken zijn nu anders. Morgen is de dag dat de duivel en Bella onze kantoren betrekken en ze zullen zich zeker afvragen waar ik ben.

De oplossing is simpel. Ik typ een bericht naar de duivel:

Zal morgen niet op kantoor zijn. Moet me op de verjaardag voorbereiden. Mocht je hier een probleem mee hebben, dan wil ik het graag afzeggen.

Zo. Misschien kan winkelen nu vermeden worden?

Hij antwoord meteen:

Ik zie je op het feest.

Oh, nou ja. Het was te veel om te hopen dat hij het gewoon af zou blazen. Niet dat ik echt wil dat hij dat zou doen. Niet als mijn zus gelijk heeft en er zelfs maar een kleine kans bestaat dat dit een date *is*.

Wat het niet is.

Echt niet.

En ik wil niet dat het er een is.

Ik ga naar bed, maar de slaap is weer zo ongrijpbaar als een geoliede paling.

Het duurt niet lang voordat ik de belangrijkste boosdoener heb gevonden. Het is de tweede eis van de duivel: mijn ervaring met het pak met Bella delen. Daar zijn zoveel problemen mee, dat ik niet weet wat het ergste is. Om te beginnen, als ik dingen doe, dan doe ik ze graag goed - en in dit geval heb ik niet de QA-ervaring om de taak recht te doen.

Ik ga rechtop zitten. Het probleem is redelijk oplosbaar. Alison heeft een trainingshandboek voor nieuwe QA-medewerkers.

Ik start mijn laptop, zoek de handleiding en vind al snel wat ik zoek.

Ik begin te lezen.

Fascinerend. Dit is precies wat ik nodig had.

Als ik klaar ben, heb ik een nieuw respect voor Alison en haar team, maar helaas kan ik nog steeds niet slapen - ook al zouden sommige mensen het leesmateriaal waar ik net mee klaar ben slaapverwekkend vinden.

Een deel van mij wordt opnieuw door het pak verleid. Een orgasme kan me helpen om in slaap te vallen en zonder slaap kan de beproeving op het feest veel moeilijker zijn.

Nee. Ik ga niet aan mijn basisbehoeften toegeven of het pak als slaapmiddel gebruiken.

Maar wacht. Waarom brengen mijn benen me naar de met genitaliën versierde rugzak?

En waarom haal ik dat verdomde pak eruit?

Als ik het pak op mijn bed leg, bedenk ik meteen de reden: ik zal het voor Bella's rapport gebruiken. Ja, dat is het. Ik heb de demo de laatste keer niet afgemaakt en ik kan Bella dus geen volledig beeld geven. Over volledigheid gesproken, in tegenstelling tot orale seks, is geslachtsgemeenschap wel iets dat ik in het echte leven heb gedaan, dus ik kan alle vervelende "Voelde het echt aan?" vragen beantwoorden.

Ja, dat is het. Ik doe dit niet omdat ik geil ben, maar omdat de voltooier in mij het eist.

Heel goed. Dat is mijn verhaal en ik blijf erbij. Door het pak met de QA-handleiding in gedachten te gebruiken, kan ik tenslotte aandacht aan alle kleine dingen besteden die ik misschien eerder heb gemist - zoals de omtrek, lengte en hardheid van bepaalde dingen.

Als het om de piemel van de VR-duivel gaat, zit het allemaal in de details.

Als ik eenmaal in het pak schuif, doorloop ik dezelfde selectiecriteria als voorheen - met een klein verschil.

Ik geef de VR duivel een veel, veel grotere piemel.

Hoofdstuk Vijftien

*D*e naakte duivel-simulacrum begint net zoals de vorige keer te dansen.

Ik slurp mijn kwijl in en probeer wanhopig om er net zo naar te kijken zoals een QA-persoon dat zou doen.

Nee. Ik stel me nu voor dat de arme Alison een hartaanval krijgt en als ik hem van zo dichtbij bekijk, wordt mijn afleidende opwinding erger.

Misschien was dit toch niet zo'n geweldig idee.

"Wil je dat ik je een voorproefje geef van wat het pak kan doen?" vraagt de demo me opnieuw. "Ja of nee?"

Een "ja" teleporteert de VR-duivel naast me, zijn grotere piemel maakt het moeilijk om naast hem te staan.

Echt heel moeilijk.

Hoe heeft Bella het pak zo'n verscheidenheid aan

fallussen gegeven zonder een stel verborgen dildo's te hebben?

Dat kan ik haar maar beter niet vragen. Ze zal er nooit over ophouden als ik dat doe. Bovendien zijn sommige dingen, net als bij Gia's magie, leuker als ze hun mysterie behouden.

Zijn het eigenlijk fallussen of falli, aangezien fallus op het Latijn is gebaseerd en dus het -us einde heeft? Moet het controleren - samen met het meervoud voor penis, een ander belangrijk item op mijn takenlijst.

"Doorgaan?" vraagt de demo.

Als ik ermee instem, pakt hij mijn borst weer vast.

QA-handleiding? Rapport voor Bella? Wat is dat voor onzin? Ik kan het me zeker niet meer herinneren.

Na een prompt knijpt hij weer in mijn tepel.

Ik wed op mijn leven dat het net zo zou voelen als de echte duivel het zou doen - wat nooit zou gebeuren.

Nog een prompt.

Hij raakt mijn clit aan - en ik kom bijna ter plekke klaar.

"Wil je de orale seksfase proberen? Ja of nee."

Jeetje, ik weet het niet. Ja, verdomde graag.

Het gevoel van een natte tong daar beneden is zo echt dat ik me opnieuw vaag afvraag hoe Bella het voor elkaar heeft gekregen.

Hij likt me één keer, twee keer, drie keer.

Ik ben er bijna.

Hij zuigt aan mijn clit.

Mijn tenen krullen zich.

Ben er bijna.

Maak het alsjeblieft af. Ik ben braaf geweest, dat beloof ik.

Nee.

Drommels. Het stopt allemaal, net als de vorige verdomde keer.

Ik ben ook de QA helemaal vergeten.

"Wil je de penetratiefase proberen? Ja of nee."

Ik denk hier maar heel even over na. Ik heb me nog nooit zo leeg gevoeld. Ben nog nooit zo klaar geweest om het te ontvangen-

De hele VR-wereld wordt rood en er verschijnt een grote tekstballon in de lucht, "Laad de batterijen op, aub."

Neeeee.

Dit is hoe de hel moet zijn - toegang tot een grote piemel hebben die op het slechtst mogelijke moment zijn lading verliest.

Ik trek het pak van me af en zoek de oplaadpoort.

Oef. Normale USB-poort.

Een beetje jaloers op het USB-gat dat in plaats van mij wordt gepenetreerd, laat ik het pak aan mijn laptop vastzitten om op te laden, ga dan languit op mijn bed liggen en discussieer met mezelf of ik moet wachten en het testen vandaag moet hervatten of mezelf handmatig klaar moet laten komen en dit een andere keer af moet maken.

Mijn oogleden worden zwaar, dus ik sluit mijn ogen - ik heb ze niet nodig om deze beslissing te nemen.

Alsof het al die tijd op deze gelegenheid heeft

gewacht, word ik door de slaap overvallen en die slaat me meteen knock-out.

Hoofdstuk Zestien

$\mathcal{I}$k word wakker met het geluid van het verdomde alarm.

In mijn droom stond de duivel - de echte, niet de VR-imitatie - op het punt om me eindelijk klaar te laten komen.

Wee mij. Als ik niet beter wist, dan zou ik theoretiseren dat dit het werk van de Boosaardige is - hij bouwt mijn geilheid op tot aan het niveau van een geile tienerjongen en in het territorium waar ik misschien mijn ziel voor een orgasme zou kunnen verkopen.

Wacht.

Mijn deal met de duivel. Het feest.

Gia zal om negen uur beneden zijn, dus ik moet met mijn achterwerk uit bed komen en aan mijn ochtendroutine van zeven stappen beginnen.

"Dus ik heb een magisch effect dat ik op je wilde uitproberen," zegt Gia terwijl we een sjiek warenhuis binnenlopen.

Geweldig universum. Winkelen was nog niet erg genoeg, nu krijg ik ook nog hier mee te maken? Als kinderen hebben onze zussen en ik ons deel van Gia's beginnersmagie moeten doorstaan, waarbij vooral ik er de dupe van werd. Als ik voor elke kaart die ik in mijn leven heb uitgekozen een dollar had gekregen, dan zou deze hele winkel nu van mij zijn.

"Het is een goeie," zegt Gia, die ongetwijfeld mijn aarzeling opmerkt. "En kort."

Kort? Ik denk dat nog niet alles verloren is. "Ga je gang."

"Kan ik je helpen?" zegt een verwaand uitziende verkoopster voordat Gia verder kan gaan.

"Ze heeft een nieuwe outfit nodig," zegt Gia, terwijl ze mijn kant op knikt.

De dame bekijkt me van top tot teen met een blik die lijkt te zeggen: "Tjonge, is hier even werk aan de winkel."

"Voordat we gaan winkelen, kun je misschien aan een klein experiment meedoen dat mijn zus en ik net wilden ondernemen," zegt Gia, haar on-stage alter ego in volle gang.

De dame kijkt haar wantrouwend aan, maar dat houdt mijn tweelingzus totaal niet tegen.

"Als ik het zeg," zegt Gia, "dan denk je aan een oneven getal van twee cijfers. Een getal dat zo oneven is dat beide cijfers oneven zijn. Oké?"

Het knikje van de dame is terughoudender dan het mijne, maar niet heel erg. Ik vraag me ook af of Gia blind is voor de ironie om ons te vragen om een oneven getal te bedenken terwijl we zo raar doen en met een oneven aantal zijn?

Tenzij dat een deel van de truc is?

"Ik heb er een in gedachten," zeg ik, omdat ik beter weet hoe ik met mijn tweeling om moet gaan dan de verkoopster.

"Ik ook," zegt de dame met al het enthousiasme van iemand die *The Twilight Zone* is binnengekomen.

Met een flits van vuur en rook verschijnen er een notitieblok en een pen in de hand van mijn zus.

Wauw. Gia is veel beter geworden sinds ze me voor het laatst dingen heeft laten zien. Ik heb geen idee hoe ze dat zojuist heeft gedaan.

De verkoopster grijpt naar haar borst, ongetwijfeld bang dat de brandalarmen afgaan.

Gia schrijft iets op het schrijfblok. "Ik heb mezelf zojuist vastgelegd."

Dat hoor ik graag. Ze gedraagt zich zeker als iemand die zich vast zou moeten leggen.

Ze duwt het schrijfblok in de handen van de verbijsterde verkoopster. "Als je tot drie hebt geteld, zeg je je cijfers hardop."

Ze telt tot drie.

"37," zeg ik op hetzelfde moment dat de verkoopster precies hetzelfde zegt.

Dubbel wauw.

"Controleer het schrijfblok," zegt Gia.

Yep. Op het blok staat 37.

Niet alleen dachten ik en een volmaakte vreemdeling aan hetzelfde nummer, maar Gia wist ook van tevoren wat het zou zijn.

Hoe? Ze had kunnen raden dat ik 37 zou zeggen - het is een omkeerbaar priemgetal, omdat je er 73 van kunt maken, wat ook een priemgetal is en ik hou van dat soort dingen. Maar aan de andere kant, niets hield me tegen om 13 te kiezen. Het is een priemtweeling tot 11, omdat ze twee uit elkaar staan, en het voldoet aan haar criteria voor "beide getallen oneven".

De echte vraag is, waarom zei deze dame hetzelfde? En hoe wist Gia dat ze dat zou doen?

"Is het subliminale berichtenuitwisseling?" vraagt de dame.

Beginnersfout. Gia zal nooit toegeven hoe ze deed wat ze deed - zelfs niet tegen iemand met identiek DNA.

Mijn tweelingzus glimlacht met een vleugje mysterie. "Kun je een geheim bewaren?"

De dame knikt.

"Ik ook," zegt Gia triomfantelijk.

Als ik een dollar had gekregen voor elke keer dat ik deze grap heb gehoord, dan zou ik ook deze winkel bezitten.

De dame wrijft over haar slapen. "Ik heb hoofdpijn. Heb jij dat gedaan?"

"Nee, maar steek je hand uit." Gia zwaait met haar gehandschoende handen over de uitgestrekte handpalm van de dame en daar verschijnt een witte pil.

De dame staart naar de pil.

"Het is Tylenol," zegt mijn zus.

"Bedankt," zegt de dame, maar ze stopt het niet in haar mond - en ik kan het haar ook niet kwalijk nemen. "Ben je nu klaar om te winkelen?"

Gia zegt dat we dat zijn en voordat ik het tegendeel kan betwisten, merk ik dat ik een paskamer binnengeleid word met een zwarte cocktailjurk met bandjes die voor een femme fatale in een James Bond-film ontworpen is.

Ik trek mijn kleren en bh uit, wurm me in de jurk en kijk in de spiegel. "Ik vind hem niet leuk."

"Wie boeit dat?" vraagt Gia. "Kom naar buiten zodat ik het kan zien."

Ik stap de paskamer uit.

De verkoopster knikt goedkeurend en Gia onderzoekt me als een slager die op het punt staat om een goed stuk van het vlees te snijden.

"Te conservatief," besluit ze, waardoor het als een slecht iets klinkt.

"Ik pak wel iets anders," zegt de dame terwijl ze weg snelt.

Ik kijk weer in de spiegel en dan naar mijn tweelingzus. "Mijn probleem was het tegenovergestelde. Het ziet er niet fatsoenlijk uit."

Ze rolt met haar ogen, loopt de paskamer binnen en tilt voorzichtig mijn perfect functionele beige beha met haar gehandschoende handen op. "Is dit jouw idee van fatsoenlijk?"

Ik haal mijn schouders op.

"Ik neem aan dat je een oma-slipje hebt dat bij deze gruwel past?" vraagt ze.

Ik zet mijn handen op mijn heupen. "Oh, bla bla. Wie boeit mijn ondergoed? Niemand zal het zien."

Ze gnuift. "Met die houding zal hij dat zeker niet."

Ik bloos en de gedachte dat de duivel me in *welk* ondergoed dan ook ziet, geeft me van binnen een onaangenaam warm gevoel.

"Wat dacht je ervan om een jurk te pakken die jij mooi vindt?" zegt mijn zus, ineens verzoenend klinkend. "Ik ga wat normaal ondergoed voor je zoeken."

Ik laat haar haar gang gaan en zoek iets passends.

Tegen de tijd dat ik terugkom, staat ze op me te wachten en verbergt ze iets achter haar rug. "Dat is iets wat een sadist aan haar bruidsmeisjes zou vragen om te dragen," zegt ze, terwijl ze naar mijn keuze haar neus oprekt.

Ik negeer haar, ga de paskamer in en pas de jurk.

Buiten hoor ik haar iets tegen de verkoopster zeggen, maar ik kan het niet verstaan.

De jurk ziet er oké uit, denk ik. Herinnert me aan wat ik naar het schoolbal wilde dragen voordat mijn zussen me om hadden gepraat.

"Ik denk dat dit hem wordt," zeg ik.

"Laat het ons zien," zegt mijn zus dwingend.

Ik kom naar buiten.

De ogen van de verkoopster worden groot en ze worstelt om een professionele uitdrukking te behouden. Aan haar kant lacht mijn zus me gewoon als een maniak uit. "Dit zou als een Halloween-outfit kunnen werken," zegt ze als ze op adem komt. "Je kunt Assepoester zijn... voordat ze de make-over voor het bal kreeg."

Ik gnuif verontwaardigd. "Dit is niet een outfit voor een dienstmeisje."

"Ga terug en doe het uit," zegt Gia. "Wij zullen je dingen geven om te proberen."

Ik ga terug naar de kleedkamer en kleed me uit.

"Begin hiermee." Gia gooit twee kanten gruwelijkheden naar binnen. "Je gaat niet in een oma's slipje."

Ik houd de items tussen mijn duim en wijsvinger, ver weg van mijn lichaam voor het geval ze bijten. "Dit is zo stom. Ik ben hier niet voor nieuw ondergoed."

"Probeer het gewoon," zegt ze.

Om haar de mond te snoeren, doe ik haar selecties aan.

Het zogenaamde slipje doet me begrijpen waarom ze dit "kontflos" noemen en de beha duwt mijn borsten nog net niet tegen mijn kin.

"Wat denk je ervan?" vraagt Gia.

"Ik lijk wel op een Franse courtisane van rond de middeleeuwen."

"Wat goed is, toch?" vraagt ze.

Ik duw mijn geplette borsten weer in positie. "Het is niet fatsoenlijk, maar het kan me niet zoveel schelen, want het zal niet te zien zijn."

"Geweldig." Ze gooit een jurk naar binnen. "Zelfs

als niemand het nieuwe ondergoed ziet, zul je je sexy voelen als je het draagt."

Heeft sexy voelen veel met een jeukerig gevoel gemeen? Misschien. Mannen kennende, zouden ze het misschien wel heet vinden als ze zagen dat je je slipje op zijn plaatst trekt.

Met een zucht trek ik de door haar gekozen jurk aan en staar naar alle ontblote huid. "Dit gaat hem niet worden."

"Laat het me zien," zegt Gia.

Ik schud mijn hoofd. "Een tippelaarster zou aarzelen om dit te dragen."

Gia klopt op de deur. "Kom naar buiten!"

"Nee."

"Je zult uiteindelijk wel moeten."

Nee, dat hoef ik niet. Ik kleed me gewoon weer om in-

Wacht.

Waar zijn mijn kleren?

"Ik heb ze allemaal verborgen," zegt Gia voordat ik het kan vragen. "Als je gekleed naar buiten wilt komen, dan zul je dat in die jurk moeten doen."

Met een grom stap ik uit het kleedhokje.

De verkoopster en Gia wisselen veelbetekenende blikken uit.

"Je ziet er sexy uit, zus," zegt Gia, en de dame knikt enthousiast.

Ik kijk weer in de spiegel en frons. "Mijn baarmoederhals is zichtbaar."

Gia negeert me en vraagt de verkoopster om een paar hoge hakken.

"Je verspilt je tijd," zeg ik als de dame weg is. "Ik ga dit niet dragen."

"Dat ga je *wel*," zegt Gia.

"Niet."

In déjà vu gaan we heen en weer totdat we bij:

"Welles."

"Nietes!" komen.

"Je bent iets belangrijks vergeten," zegt Gia.

Mijn maag draait zich om bij de boosaardige uitdrukking op haar gezicht. Ze gaat toch zeker niet-

"Ja, dat klopt, je bent me nog wat verschuldigd," zegt ze, mijn angsten bevestigend.

"Maar-"

"Ik wil nu mijn gunst opeisen," zegt Gia plechtig. "Ik wil dat je er voor je date sexy uitziet. Dat betekent deze jurk, professionele make-up, deze lingerie, hoge hakken naar keuze en last but not least een Brazilian wax."

Hoofdstuk Zeventien

Als haar magische carrière niet van de grond komt, dan kan Gia altijd Rechten nog een kans geven. Hoe hard ik ook probeer te beargumenteren dat hakken, plus lingerie, plus jurk, plus make-up, plus wax, vijf gunsten zijn, ze beweert vakkundig dat "er sexy uitzien" er slechts één is.

Ze geeft me een schoenendoos en geeft me haar slotpleidooi. "Om je te leren om sloten open te breken, moest je praten, gebaren, ademen en nog veel meer, maar ik heb die onderdelen niet als aparte gunsten beschouwd. Je zou dankbaar moeten zijn dat ik mijn gunst voor zoiets onzelfzuchtigs gebruik als ervoor zorgen dat *jij* er voor *jouw* date goed uitziet."

"Ja, je bent een heilige," zeg ik en maak de doos open. "Dit zijn fuck-me-hakken."

"Laat het ons zien."

Met een zucht klik-klak ik de paskamer uit en draai me voor mijn kwelgeesten om.

"Perfect," zegt Gia. "Laten we nu gaan betalen en zorgen dat je opgemaakt wordt."

De visagiste is zo traag met haar taak dat ze ter vergelijking een slak snel doet lijken.

Als ze klaar is, zie ik er als een echte lichtekooi uit, met een vleugje van een lellebel - wat natuurlijk betekent dat Gia er dol op is.

Nadat deze metaforische marteling voorbij is, rennen we de straat over naar een salon waar een veel letterlijkere marteling van hete was op me wacht.

"De schoonheidsspecialiste komt zo bij je," zegt een glimlachende oudere vrouw.

Ik doe wat onderzoek op mijn telefoon en kijk dan op. "Heeft ze een vergunning?"

Ik vraag niet naar het geslacht - als het een man is, dan kom ik in opstand.

"Natuurlijk," zegt de dame met een haperende glimlach.

"Wanneer heeft ze voor het laatst een lichamelijk onderzoek laten doen?" vraag ik.

"Ah, daar is ze," zegt de nu fronsende dame en gebaart naar wie, naar ik aanneem, de schoonheidsspecialiste is.

De vrouw is lang en breedgeschouderd en lijkt meer op een worstelaar dan op een schoonheidsspecialiste, maar ach, ze zou tenminste elk lichamelijk onderzoek met vlag en wimpel moeten kunnen doorstaan.

"Veel succes," fluistert Gia tegen me. Harder zegt ze, "Ze wil een Brazilian."

"Geen probleem," buldert de schoonheidsspecialiste met een mannelijke stem met een zwaar Russisch accent.

Geweldig. Het laatste dat ik nodig heb, is een accent dat me aan de duivel doet denken.

Terwijl ze me naar de martelkamer leidt, stel ik haar alle standaardvragen die ik mijn chirurg zou stellen, zoals of ze gisteravond heeft gedronken (nee) en of ze genoeg heeft geslapen (ja).

"Wees niet zenuwachtig," buldert ze na iets van mijn vijfde vraag. "Ik zal goed voor je zorgen."

Ik weet dat ze geruststellend wil zijn, maar het komt eerder dreigend over.

"Hier naar binnen," zegt ze.

Ik stap een steriel ogende kamer binnen waar een grote tafel in het midden staat.

"Uitkleden," beveelt de schoonheidsspecialiste.

Ik vecht tegen de drang om te jammeren, "Ja, meesteres." Ik trek mijn kleren uit en volg de aanwijzingen op totdat ik, klaar voor verdere vernederingen, met gespreide benen op mijn rug beland.

"Mooie struik," zegt de meesteres, goedkeurend naar mijn schaamhaar kijkend. "Maakt het werk gemakkelijker."

"Dank je?" mompel ik. Wie had gedacht dat het van pas zou komen als ik mezelf daar beneden niet zou trimmen?

Met gespannen spieren behandelt de meesteres het gebied met schoonmaakproducten en wie weet wat nog meer terwijl ik daar lig en mezelf eraan herinner dat dit een gediplomeerde professional is en dat ik het kantoor van een gynaecoloog heb overleefd waarbij mijn geestelijke gezondheid grotendeels intact is gebleven.

Als ze de eerste lading hete was aanbrengt, realiseer ik me dat mijn tanden zo stevig op elkaar geklemd zijn dat ik hierna misschien een bezoek aan de tandarts nodig heb - en zou dat geen shittige kers op de taart zetten.

"Relax," gromt de meesteres nadat ze de eerste strip een paar centimeter onder mijn navel op mijn huid heeft geplakt.

Relax? Dat is wat alle artsen zeggen voordat ze iets gaan doen -

Aargh! Het geluid dat uit mijn mond komt is net zo schel en wanhopig als hoe dat van het spreekwoordelijke vastzittende speenvarken in deze situatie zou zijn – hoewel, als iemand varkens zou waxen voordat hij ze steekt, dan zou PETA er met grote spoed op af moeten gaan.

De deur gaat open en de receptioniste rent naar binnen, samen met Gia en een paar vrouwen die ik nog niet heb gezien.

"Gaat het met je?" vraagt mijn tweelingzus.

Ik word rood. Had dit nog erger gekund? Ze hadden willekeurige mannen mee naar binnen kunnen nemen. Of mijn vader. Of de duivel zelf.

"Alles is in orde," zegt mijn meesteres tegen hen. "Eerste keer is altijd moeilijk."

"Nee, het gaat niet," hijg ik. Terwijl ik mijn tweelingzus een blik met samengeknepen ogen geef, zeg ik, "Ik zal je hiervoor laten boeten."

"Oh, je zult me bedanken als het allemaal voorbij is en je je als een seksgodin voelt," zegt Gia en ze drijft alle toeschouwers de kamer uit.

"Niet erg verdomd waarschijnlijk," roep ik, maar tegen die tijd is de deur dicht.

"Geen zorgen. Ik maak het beter," zegt de meesteres en brengt nog een strip aan.

Hoe?

Ze trekt. Ik gil van de pijn - maar niet zo hard.

Ze buigt haar hoofd tot het centimeters van mijn kruis verwijderd is en blaast zachtjes op de pijnlijke plek.

Oh, is dit wat ze bedoelde?

Hmm. Het voelt beter - maar tegelijkertijd voel ik me niet echt op mijn gemak met hoe dicht haar lippen bij mijn clit zijn of de sensaties die mijn clit door die luchtstroom ervaart.

"Klaar?" vraagt ze.

Ik knik berustend.

Ze trekt opnieuw en blaast dan op het pijnlijke vlees.

Om geestelijk gezond te blijven, tel ik het aantal keer trekken en denk aan Engeland.

Nadat ik nog een paar rondes heb overleefd, zegt mijn kwelgeest, "Nu gevoeliger gebied. Haal diep adem."

Wacht eens even -

Aargh! De pijn is zo intens dat ik per ongeluk mijn benen dichtknijp en de meesteres ongetwijfeld een flashback naar haar worstelcarrière geef.

"Kijk nou eens wat je hebt gedaan," zegt ze als mijn benen weer uit elkaar gaan. "Je hebt je vagina dicht gelijmd."

Ze heeft gelijk en het proces om de schade ongedaan te maken is waarschijnlijk het meest vernederende dat ik ooit heb meegemaakt - inclusief alles wat eraan voorafging.

"Nog een keer proberen?" vraagt de meesteres wanneer mijn fout eindelijk ongedaan is gemaakt.

Ik haal diep adem. "Doe het."

Dat doet ze.

Ik gil van de pijn en zweer wraak op Gia - maar deze keer blijven mijn benen uit elkaar.

Mijn gil is de volgende ronde minder hard en die erna nog minder. Ik vraag me af of ik de subruimte zal bereiken - een gemoedstoestand waarover ik in de context van BDSM heb gelezen. Naarmate het proces vordert, komt de subruimte nooit tot stand, dus tel ik wanhopig het aantal keer trekken terwijl ik mentaal een brief opstel aan degene die het Verdrag van de Verenigde Naties tegen foltering samenstelt - ze hebben duidelijk een techniek gemist.

Na een eeuw van pijn houdt de schoonheidsspecialiste op.

Durf ik hoop te hebben? Is het eindelijk voorbij?

"Ga op handen en voeten zitten," beveelt ze.

Ik trek mijn wenkbrauwen op. "Neem me niet kwalijk?"

"Op zijn hondjes," zegt ze met een uitgestreken uitdrukking. "Ik Brazilian afmaken."

Ach ja. Wie A voor vernedering zegt, moet ook B voor vernedering zeggen. Ik kom in de vereiste positie en hete was wordt voor mijn moeite rond mijn kontgat gesmeerd.

Kan deze dag nog erger worden?

Ja, dat kan zeker.

Hoewel de pijn van het trekken minder hevig is, is haar daaropvolgende geblaas op de plek zo dichtbij als ik ooit ben gekomen dat iemand rook in mijn kont blaast - maar dan zonder de rook.

Na zestien keer trekken, zegt ze dat ze klaar is.

Zestien? Geen priemgetal. Dat gaat me tot waanzin drijven.

Nee.

Moet loslaten.

Kan niet.

Drommels. Ga ik dit nu echt doen?

Het lijkt erop dat ik dat ga doen.

Terwijl ik over mijn schouder kijk zoals ik naar een minnaar zou doen die me berijdt, vraag ik, "Kun je nog een strip doen?"

Ze staart me aan alsof het haar dat ze zojuist in de was heeft gezet uit mijn oogballen is ontsproten. "Waarom?"

"Alsjeblieft?" Ik klink alsof ik smeek, wat

ongetwijfeld haar "meest kinky cliënt ooit" indruk van mij voorgoed bevestigd. "Ik zal je extra fooi geven."

Na een keer langzaam met haar hoofd te hebben geschud die duidelijk betekent "de shit die ik doe om geld te verdienen," brengt ze een beetje meer was op mijn kontgat aan en trekt dan - maar dit keer zonder te blazen.

Dat is begrijpelijk. Ik denk dat ze nu denkt dat de dingen raar zijn geworden.

Whatever. Ik heb mijn zeventien keer trekken, dus ik kan gaan.

Achteraf gezien was tellen niet het beste idee.

Ik kleed me vlug aan en betaal en loop dan de zaak uit, terwijl ik Gia's pogingen om met me te kletsen nadrukkelijk negeer.

"Laat me een lunch voor je halen," zegt Gia na een paar minuten van mijn stille behandeling. "Je lijkt hangry."

Ze moet zich inderdaad erg schuldig voelen als ze bereid is afstand van geld te doen - haar magische carrière betaalt niet zo goed.

Eens kijken of ik haar kan overbluffen. "Wat dacht je van Nemo and Chips?" vraag ik, terwijl ik een restaurant bij mij in de buurt kies waar ik op de dagen bestel dat ik me bijzonder dun en/ of nostalgisch naar het VK voel. Een plek waarvan ik weet dat ze er een hekel aan heeft.

"Die fish-and-chips-zaak?" vraagt Gia met een oogrol.

"Het is tenminste schoon genoeg voor je," zeg ik. "Op topniveau."

Ze gnuift. "Ja, alsof niemand ooit voedselvergiftiging van vis heeft gekregen. Maar natuurlijk, waarom niet? Britten staan om hun heerlijke keuken bekend."

Ondanks het gemopper houdt ze een taxi aan en brengt ons daarheen - een teken van hoe schuldig ze zich na mijn banshee-gekrijs moet voelen.

Als we bij de zaak een tafeltje krijgen, drink ik een slokje van mijn thee en ze slurpt haar flesjes water op terwijl ze me ongevraagd advies voor mijn aanstaande "date" geeft - advies dat ik zorgvuldig negeer.

Het eten is gearriveerd. Terwijl ik in mijn gebakken Nemo bijt, frons ik met mijn wenkbrauwen.

Het smaakt anders dan normaal.

Ik haat het als dat gebeurt. Als een gerecht een naam heeft, dan moet het voor altijd consistent zijn - daarom ga ik altijd naar hetzelfde restaurant.

"Wat is er nu weer aan de hand?" vraagt Gia.

Ik leg het uit.

"Maak hier alsjeblieft geen probleem van," zegt ze. "Alsjeblieft?"

Ik leg mijn vork neer. "Zou *jij* er geen probleem van maken als ze ziektekiemen in je eten hadden gespuugd?"

Ze zucht. "Dat is precies wat ze de volgende keer zullen doen als je ophef maakt."

"Ik ga geen ophef maken." Ik zwaai naar de ober.

Gia krimpt ineen.

"De gefrituurde Nemo was anders dan normaal," kondig ik aan. "En ik bedoel niet alleen de normale variatie die je in koolvis kunt hebben."

"Anders?" De ober lijkt niet zo bezorgd als een professional zou moeten zijn.

Ik leg uit dat ik het gerecht ontelbare keren heb gegeten, dus ik zou het als geen ander weten.

De ober haalt de manager erbij, die aanbiedt om de maaltijd gratis te maken.

"Nee," zeg ik. "Ik wil dat het recept hersteld wordt."

De manager haalt de chef-kok, die beweert dat het gerecht hetzelfde is.

Ik daag hem uit om de ingrediënten naar buiten te brengen, wat hij met tegenzin doet. Daarna proef ik het allemaal, totdat ik de boosdoener vind: een ander merk bier in het beslag.

"Dat is een indrukwekkend stel smaakpapillen," zegt de chef. "Ik zal er zeker van zijn dat ik vanaf nu het oude bier weer zal gebruiken."

Oef. De orde in het universum is hersteld.

Aangezien Gia een trooper was door deze beproeving te doorstaan, betaal ik alsnog voor de maaltijd en lieg dan grootmoedig in haar gezicht dat ik een geweldige tijd heb gehad vandaag.

Ze grijnst. "Tuurlijk, laten we doen alsof je dat had. Veel succes met je niet-een-date."

"Bedankt," zeg ik, bij haar snerpende toon passend.

"Geen dank." Ze buigt zich naar voren en verlaagt haar stem tot een samenzweerderig gefluister. "Wat je ook doet, klaag niet over het eten zoals je net hebt gedaan. Dat is een zekere manier om van een date een niet-een-date te maken."

"Dat zal ik niet doen," zeg ik en het is waar.

Hoe zou ik dat ook kunnen doen? Ik heb nog nooit op de plek gegeten waar het feest plaatsvindt, dus ik heb geen basis voor hoe het eten zou moeten smaken.

———

Als ik thuiskom, controleer ik mijn e-mail. Het lijkt erop dat Buckley indruk op Robert heeft gemaakt en snel ook. Ze gaan vandaag met elkaar in gesprek. Geweldig. Het schrapen van de keel zou nog eerder kunnen ophouden dan ik had gehoopt.

Er is ook een e-mail van Alison, die me over de verhuizing van de Chortsky's naar kantoor informeert. Blijkbaar hebben ze allebei een toespraak en zo gehouden. Ze zegt dat ze hebben beloofd dat ik het belangrijkste project zou leiden: de integratie van het pak.

Over het laatste gesproken, een e-mail van Robert geeft me een link naar de broncode met de code die ik moet herzien. Ik kijk nog niet naar de genoemde code. Ik ben door alles wat er is gebeurd niet in de gemoedstoestand om me te concentreren, om nog van mijn onrust te zwijgen over wat er over een paar uur gaat gebeuren.

Aangezien de duivel zijn aandeel in onze overeenkomst voortzet, e-mail ik Dr. Piper en zeg hem dat ik 1000 Devils aan boord kan krijgen. Om er zeker van te zijn dat dit echt de waarheid is, e-mail ik de Boosaardige en vraag hem wanneer hij wil afspreken om over de games te praten.

Zodra mijn inbox leeg is, begin ik me zorgen te maken.

Hoe zal de familie van de duivel zijn? Hoe zeker ben ik dat dit geen date is? Wat als zijn vader het cadeau dat ik heb uitgekozen niet lekker vindt - een klein blikje kaviaar waarmee ik mijn normale budget voor verjaardagscadeaus overschrijdt?

En wat als Bella vanavond naar het pak vraagt - een vraag waar ik nu op moet reageren?

Zou ze dat op de verjaardag van haar vader ter sprake brengen?

Ze lijkt het soort persoon te zijn dat dat zou kunnen doen.

Ik werp een speculatieve blik op het pak. Het is nu opgeladen, dus in theorie zou ik nu die laatste stap van de demo kunnen doorlopen. Het kan zelfs verstandig zijn. Ik heb zoveel opgekropte seksuele energie in me zitten dat ik vanavond met de duivel zou kunnen gaan flirten... of erger.

Als ik dat pak nu gebruik, zou het als die scène uit *There Is Something About Mary* zijn, waar Ben Stiller zich aftrekt om op de date minder zenuwachtig over te komen.

Maar nee. Dat heeft voor Ben Stiller ook niet zo goed gewerkt - het laatste wat ik wil is dat de duivel met het sap van mijn poes als haargel eindigt. Ik weet zeker dat ik mezelf kan beheersen en mijn huid is na het waxen daar beneden in ieder geval nog gevoelig, dus wrijven door het materiaal van het pak is niet wat het nodig heeft.

Dus voor mij geen seks met de virtuele duivel... voorlopig. Als Bella erover begint, dan zal ik haar naar de testdocumenten vragen waar de duivel het over had. Dat zou de dingen uit moeten stellen totdat ik haar weer zie.

Ja, dat is het. Nu is de vraag: waar zijn die details die de duivel me had beloofd? Waar is die zaak en hoe laat is het evenement?

Durf ik te hopen dat hij ze niet gaat sturen? Ik kan natuurlijk niet gaan als ik niet weet waar ik heen moet. Maar heb ik in dat geval niet voor niets alle beproevingen met Gia doorstaan? En waarom lijkt het erop dat ik van streek zou kunnen raken als-

Mijn telefoon tingelt.

Wauw. De uitdrukking is "als je het over de duivel hebt", maar aan hem denken werkt net zo goed.

Wat is je adres?

Aangezien hij het toch in HR-dossiers op kan zoeken, app ik het naar hem.

Ik haal je om zeven uur op.

Ik heb geen woorden - via een bericht of anderszins. Ik ben zelfs zo perplex dat ik Euclid in VR bezoek, maar zelfs dat verlaagt mijn bloeddruk niet. Er zijn twee afleveringen van *Downton Abbey* en verschillende hoofdstukken van *Emma* voor nodig om me voldoende te kalmeren om mijn nieuwe kleren aan

te trekken en te controleren of mijn make-up er nog steeds netjes op zit.

Dat zit het. Ik ben helemaal klaar om te gaan.

Ik hoop alleen dat ik tegen de tijd dat de avond voorbij is niet van gêne dood ben gegaan.

Hoofdstuk Achttien

*A*ls ik uit mijn gebouw stap, staan mijn gewaxte privégebieden nog steeds in brand en voel ik me in mijn nieuwe jurk bijna naakt.

Als dit is hoe seksgodinnen zich voelen, dan is het een wonder dat ze niet massaal zelfmoord plegen.

Ik ben een paar minuten vroeger dan dat ik opgehaald word, dus loop ik over het trottoir. Mijn nieuwe schoenen laten het klinken alsof ik aan het tapdansen ben. Mijn hartslag gaat weer door het dak en niet alleen omdat ik op het punt sta om de duivel te zien.

Oké, vooruit, vooral om die reden.

"Holly?" zegt een diepe, sexy stem met een Russisch accent en ik spring bijna uit mijn vel van de schrik - een gebeurtenis die gemakkelijker wordt gemaakt door de hoeveelheid huid die er door die verdomde jurk ontbloot is.

Ik draai me op mijn hielen om en snak naar adem.

Het is de duivel, maar hij ziet er anders uit.

Beter.

Netjes.

Netjes gekleed.

Verzorgd.

Om te zeggen dat hij er goeduitziet, zou hem geen recht doen. We hebben het over kwijl wat in mijn mond loopt, warmte die zich op recent met wax behandelde plaatsen ophoopt en een staande ovatie van mijn eierstokken.

Zijn hoodie en spijkerbroek zijn door een perfect op maat gemaakt pak vervangen. De stoppels zijn verdwenen. Zelfs het wilde haar is getemd - hoewel niet zoveel als ik had gewild. Er zit een product in, maar hij moet alleen zijn vingers door die donkere lokken hebben gehaald in plaats van ze terug te kammen, wat ideaal zou zijn geweest.

Toch, door de combinatie van alles, berooft de look me van coherente gedachten.

Zijn hemelsblauwe ogen glimmen als hij me van top tot teen bekijkt. "Je ziet er geweldig uit."

"Nee, jij," flap ik eruit en er komt een Engels spreekwoord in mijn hoofd op: "Als vleiers elkaar ontmoeten, dan gaat de duivel eten."

Zijn boosaardige grijns is terug. "Dank je." Hij gebaart naar het trottoir. "Deze kant op."

Er staat een limousine op ons te wachten. Hij opent de deur, waardoor hij er op de een of andere manier nog knapper uitziet.

Moet. Stoppen. Met. Naar. Mijn. Nieuwe. Baas. Te. Staren.

Ik doe mijn best om hem geen vrouwelijke onderdelen te laten zien, klim in de auto en hij volgt.

Zal hij naast me gaan zitten?

Ga alsjeblieft naast me zitten.

Ik bedoel, ga niet naast me zitten.

Hij gaat tegenover me zitten.

Goed. Waarom ben ik teleurgesteld? Kan hij vanaf daar onder mijn jurk kijken?

Voor het geval dat, sla ik mijn benen over elkaar.

Zijn ogen zien er plotseling hongerig uit.

Drommels. Heb ik per ongeluk een Sharon Stone uit *Basic Instinct* gedaan?

Nee. Onmogelijk. Ik draag een onderbroek.

"Wil je iets te drinken?" vraagt hij met zachte en zwoele stem.

Ik voel me wel uitgedroogd, maar ik weet niet zeker of ik op dit moment wel tegen alcohol kan. Of ooit bij hem in de buurt. "Is er thee?"

Wat zeg ik in vredesnaam? Natuurlijk niet. Dit is niet het VK.

En toch grijnst hij en opent een kast aan de zijkant.

Wauw. Het is daar binnen net theeporno. Er is elke variëteit die ik kan bedenken, van zwart tot wit tot matcha.

Ik knipper. Nee. De thee is geen illusie. "Waarom heeft deze limousine zoveel thee?"

Hij haalt een doos met Russische tekst erop

tevoorschijn. "Omdat het mijn wagen is en ik van thee hou."

"Je houdt van thee?" Misschien zou het feit dat hij zijn eigen limousine heeft een grotere verrassing moeten zijn, maar dat is het niet.

Zijn grijns wordt breder. "Waarom kan ik niet van thee houden?"

"Ik hou van thee," zeg ik dom.

Hij knipoogt. Knipoogt! "Dat hebben we dan gemeen."

Mijn schouders ophalen is het enige antwoord dat ik kan geven.

"Wat voor soort heeft je voorkeur?" vraagt hij.

"Eh, Earl Grey."

Hij schudt met de doos die hij eerder heeft gepakt. "Wat dacht je van Russische karavaanthee?"

"Ik heb nog nooit het genoegen gehad."

Hij opent de doos en snuift. "Wil je het proberen?"

Waarom was dat zo verleidelijk - de vraag *en* het snuiven?

"Wat zit er in?" vraag ik onvast.

"Het is een mix van oolong, keemun en lapsang souchong," zegt hij en nu vraag ik me af of hij me expres probeert te verleiden.

Ik bedoel, een priemgetal van ingrediënten die met die sexy stem van hem opgenoemd worden?

"Het is erg aromatisch," vervolgt hij. "Zoet. Moutachtig. Rokerig."

Bestaat er zoiets als een neusgasme?

"Wat zeg je ervan?" Hij schudt opnieuw met de doos met thee.

"Ik wil het wel." Geweldig antwoord. Maar aan de andere kant, het is beter dan "neuk me".

Hij grinnikt en steekt zijn hand in de bar om een fraai versierd metalen ding tevoorschijn te halen dat me aan een urn doet denken.

Raar. Wil hij een kopje voor zijn overleden grootmoeder drinken die toevallig in dat ding zit?

"Dit is een samovar," zegt hij terwijl hij ermee rommelt. "Russen gebruiken deze traditioneel voor thee."

Ah. Ik geloof dat ik van een samovar gehoord heb. Nooit gedacht dat ik het in het echt zou zien... vooral niet in een limousine.

Een minuut later geeft hij me een theekopje op een fatsoenlijk schoteltje.

Terwijl de overhandiging plaatsvindt, strijken zijn vingers weer langs de mijne, waardoor aangename energie door mijn zenuwuiteinden wordt gestuurd en ik niet in staat ben om iets anders te doen dan op de verdomde thee te blazen.

Dan begint hij op de zijne te blazen en ik kijk gefascineerd naar zijn getuite lippen. Waarom zien ze er op die manier zo mooi uit? Zo kusbaar? Zo... likbaar?

Uiteindelijk krijg ik mijn verstand terug en ben ik moe van het blazen... op de thee.

Als ik een sierlijk slokje neem, krijg ik een echt theegasme.

Er klinkt misschien zelfs wat gekreun.

Die kusbare lippen krommen zich. "Beter dan Earl Grey?"

Ik knik gretig met mijn hoofd. "Ik had niet gedacht dat dat mogelijk was. Waar kan ik dit krijgen?"

"Online of in Brighton Beach. Dat is trouwens onze bestemming."

Ah. Het staat ook als Little Odessa bekend, een deel van Brooklyn dat om de grote populatie Russisch sprekende immigranten bekend staat. Niet verwonderlijk dat zijn vader daar zijn verjaardag zou willen vieren.

"Ik denk dat ik er wat van ga halen en deze thee een onderdeel van mijn dagelijks ritueel ga maken," zeg ik.

"Hier." Hij geeft me de doos. "Gebruik dat voorlopig."

"Dank je." Ik accepteer het geschenk eerbiedig en verstop het in mijn tas.

"Geen dank. Het is maar thee."

"Geweldige thee," zeg ik.

Hij glimlacht breed. "Hoe was je dag?"

"Heel goed," lieg ik. "Hoe ging de verhuizing naar de nieuwe kantoren?"

Hij haalt zijn hand door zijn haar en verpest het weinige ordelijke dat het had. Serieus, zou ik worden gearresteerd als ik hem met een kam aan zou vallen? "Helemaal prima," zegt hij. "Ik heb eindelijk een nieuw toetsenbord en monitor."

Drommels. Ik was bijna de schade vergeten die ik had aangericht.

"Heb je biscuits - ik bedoel, theekoekjes?" vraag ik, wanhopig om van onderwerp te veranderen.

"Ja, die heb ik, maar ik denk niet dat je je eetlust wil bederven," zegt hij. "Mijn ouders hebben vanavond met het menu alles uit de kast gehaald."

"Hebben ze een restaurant gevonden waar ze het menu kunnen wijzigen?"

Omdat dat mij geweldig in de oren klinkt. Het probleem met restaurants is dat je niet in alle restaurants hetzelfde kunt krijgen.

"Beter," zegt hij. "Zij zijn de eigenaars van het restaurant."

Huh. Dat kwam niet naar voren toen ik de naam Chortsky op zocht.

"Serveert het Russische gerechten?" vraag ik.

"Vanzelfsprekend."

"Hoe heet het?"

"De Hut. Heb je er van gehoord?"

Ik schud mijn hoofd.

"Het is een afkorting voor De Hut op Kippenpoten - een verwijzing naar een Russisch sprookje waarin een heks met de naam Baba Yaga die kinderen eet in zo'n woning woont."

Een heks die kinderen eet? Ik ben Gia niet, maar dat klinkt niet erg hygiënisch... of ethisch aanvaardbaar.

"Daar." Hij wijst uit het raam. "Daar is het."

Als ter bevestiging stopt de limousine.

Gefascineerd bestudeer ik het restaurant. Er is een houten trap die naar de ingang leidt en daaromheen staan twee decoratieve kippenpoten, zoals in de langere titel.

"Ik hoop dat ze binnen kip serveren," zeg ik. "Anders kunnen Amerikanen in de war raken."

Hij stapt uit de auto en houdt de deur voor me open. "Kip, naast vele, vele andere heerlijke dingen."

De trappen zijn gammel, maar de deur die hij voor me vasthoudt is stevig.

Binnen is het ronduit chic, met veel marmer, mooie tafelkleden en beklede stoelen - een leuke bijkomstigheid, omdat het moeilijk is om het aantal poten te tellen. Muziek met een sterke beat blaast luid genoeg om mijn interne organen te laten trillen en een mollige, besnorde man staat op een centraal podium in het Russisch te rappen.

Juist. De duivel had eten en een show genoemd, dus een podium is logisch.

De mensen in het restaurant lijken van het liedje te genieten, dus ik start de vertaal-app op mijn telefoon om een idee te krijgen van wat de teksten zijn.

Jongens zijn de drugspoep
Op school gaf hij in doos
Verdovende middelen zuigen kvas

Hmm. Er moet in de vertaling veel verloren zijn gegaan. Wat is *kvas*? Niet dat het me zou helpen om de teksten te begrijpen.

Blijkt dat kvas een gefermenteerde drank is. Dat maakt de teksten in ieder geval nog minder begrijpelijk. Het enige dat ik kan zeggen is dat het liedje vaag anti-drugs is, dus dat is goed, denk ik.

Als ik opkijk van mijn telefoon, zie ik de duivel grijnzen als hij ziet wat ik doe.

"Dat is een behoorlijk slechte vertaling," zegt hij, naar mijn telefoonscherm kijkend. "Wat het had moeten zeggen is: 'Drugs zijn de shit die ik op school in een luciferdoosje heb gegeven. Kvas is beter dan drugs."

"Ook dat slaat nergens op. Waarom zou je uitwerpselen in een luciferdoosje doen?"

"Het is iets dat we in Rusland deden. Poep-samples."

Gia zou sterven als ze het wist. "Waarom?"

Hij haalt zijn schouders op. "Misschien om op parasieten te testen?"

Serieus? Daar gaat mijn eetlust.

Net als de muziek zachter wordt, leidt hij me naar een tafel achterin.

Ik herken meteen een aantal mensen aan tafel: Bella en Dragomir, die naast elkaar zitten, duidelijk als een stel. De rest ken ik niet, maar ik kan het wel raden. De bebrilde man die er als de broeierige tweelingbroer van de duivel uitziet, moet de broer Vlad zijn. De twee oudere mensen moeten de ouders zijn. Het is ook te raden dat de man die er als de vrolijkere kopie van Dragomir uitziet *zijn* broer moet zijn.

De belangrijkste raadsels zijn de twee vrouwen: een bleke vrouw met een engelachtig gezicht die Vlad aanbiddend aankijkt en een opvallende blondine die me om de een of andere reden een vuile blik geeft.

"Ik hoop dat we niet te laat zijn," zegt de duivel.

De misschien-ouders staan op en alle anderen volgen hun voorbeeld.

"Je bent niet laat, Sashen'ka," zegt codenaam Moeder met een Russisch accent dat zo zwaar als melasse is. "En je hebt echt een date meegenomen."

De vuile blik van de blonde vrouw wordt nog vuiler.

Wacht even. De duivel had gezegd dat zijn moeder hem probeert te koppelen. Is deze blondine een reserve-date, voor het geval ik niet op kwam dagen?

Ik weersta de neiging om tegen haar te sissen - ik moet tenslotte nog een eerste indruk maken.

"Iedereen, dit is Holly," zegt mijn nep-date. "Holly, dit is mijn broer, Vlad, en dat is Fanny." Hij gebaart naar zijn dubbelganger met een pokergezicht en zijn mooie date met ronde wangen.

De broer knikt koeltjes, maar Fanny lacht vrolijk terwijl ze zwaait.

Wacht. Dus zij is de deskundige tester waar de duivel het eerder over had? Ze ziet er veel te lief en onschuldig uit om ervaring met porno-gerelateerd testen te hebben.

"Je kent Bella en Dragomir," vervolgt de Prins van de Duisternis. "En dit is zijn broer, Anatolio."

Glimlachend komt Anatolio naar me toe, buigt, pakt dan mijn hand en geeft hem sneller een kus dan ik kan knipperen.

Naast mij klinkt een vreemd geluid.

Ik knipper.

Gromde de duivel net?

"Het is Tigger," zegt Anatolio. "Zo noemen mijn vrienden me."

Tigger? Houdt hij veel van stuiteren en heeft hij een knuffelbeer als vriend?

De duivel stapt nadrukkelijk tussen mij en Tigger in voordat hij met de introducties verdergaat. "Dit is Snezhana." Hij gebaart naar de blondine. "Ze werkt in een winkel hiernaast, hoewel ik niet zeker weet wat ze hier doet." Hij werpt een afkeurende blik op codenaam Moeder.

De blondine kijkt ook naar codenaam Moeder - in haar geval met een verwarde uitdrukking.

"Ik kan het uitleggen," zegt codenaam Moeder, zonder hen aan te kijken. "Ik had gehoord dat Anatolio - ik bedoel Tigger - vrijgezel is, dus ik heb Snezhana uitgenodigd voor het geval ze... het met elkaar zouden kunnen vinden."

"Dat is raar," zegt Bella. "We hebben je pas vandaag verteld dat Tigger mee zou komen."

De blik die de oudere vrouw haar misschien-dochter geeft, kan lood doen smelten.

Tigger fronst met zijn wenkbrauwen naar Snezhana, wiens uitdrukking duidelijk maakt dat dit de eerste keer is dat ze hoort dat ze aan hem gekoppeld wordt.

Mijn eerdere gok moet juist zijn geweest. Ze was hier oorspronkelijk voor de duivel uitgenodigd.

Trut.

Nauwelijks waarneembaar met zijn hoofd schuddend zegt de Heerser van het Duister, "Last but not least, dit is mijn moeder, Natasha, en de jarige zelf, Boris."

Boris en Natasha? Huh. Ze zien er zelfs uit als de stripfiguren met dezelfde naam.

Ik zie Fanny grijnzen - ik wed dat ze precies hetzelfde denkt.

Voordat ik weet wat me overkomt, omhelst de moeder me en kust ze me op elke wang.

Nou, dat is een beetje te vriendelijk.

Zodra Natasha klaar is met knuffelen, krijg ik dezelfde behandeling van de patriarch - dat wil zeggen, totdat de duivel zijn keel schraapt. Agressief, zou ik kunnen toevoegen.

Ondertussen voel ik het speeksel van Boris en Natasha op mijn wangen en ik maak een mentale notitie om Gia te vertellen dat ze nooit met een Rus uit kan gaan. Zo'n begroeting zou ze niet overleven.

Als Boris me eindelijk loslaat, graaf ik in mijn tas, haal de pot met kaviaar eruit en duw hem in zijn handen. "Hartelijk gefeliciteerd."

Hij kijkt naar de pot en dan naar mij. Hij wisselt een geïmponeerde blik met Natasha uit en buldert: "Bedankt, Holly. Hartelijk bedankt."

Hij spreekt mijn naam bijna uit als "holy", het Engelse woord voor heilig, en net als zijn vrouw klinkt hij net als het stripfiguur met wie hij zijn naam deelt.

"Ga allemaal zitten," zegt hij. "Het drinken moet beginnen."

De duivel vangt mijn blik op en trekt een stoel naar achteren. "Ga hier zitten."

Wie had gedacht dat de Boosaardige ridderlijkheid uit de dood terug zou brengen?

Ik zit.

Hij gaat naast me zitten.

Ik ruik die lekkere geur van hem - en erken dat het voor een deel de hemelse thee is die hij mij ook heeft gegeven.

Een thee-eau de cologne? Ik zou ter plaatse klaar kunnen komen.

Snezhana belandt tegenover ons, naast Tigger, maar geen van beiden lijkt in de ander geïnteresseerd te zijn. Tigger kijkt als een losbol naar andere vrouwen in de kamer, terwijl zij naar mijn nep-date lonkt.

Een zeer populair Brits woord dat met een "c" begint, bevindt zich op het puntje van mijn tong.

Natasha kijkt Vlad aan. "Ik mag de eerste toost doen. Schenk, alsjeblieft."

Vlad pakt een gigantische fles wodka en begint de borrelglaasjes voor ieders bord te vullen.

"Pas op met hoeveel je voor de niet-Russen inschenkt," zegt Snezhana. Haar stem blijkt rokerig en melodieus te zijn, haar accent irritant sexy. "Je kan niet van ze verwachten dat ze het bij kunnen houden."

Tiggers lippen trekken. "Deze niet-Rus kan iedereen onder de tafel drinken."

"Ik bedoelde Amerikanen," zegt Snezhana, me recht aankijkend.

Boris grijnst naar Tigger. "Dat klinkt als een uitdaging die ik graag zal accepteren."

"Kom maar op, jarige," zegt Tigger goedmoedig.

Boris zwaait naar de passerende ober en zegt iets in het Russisch.

"Niet doen," gromt Natasha.

"Ik ben jarig," snauwt Boris.

"Prima," zegt ze scherp. "Maar kom morgen niet bij mij klagen."

De ober komt met twee glazen ter grootte van bloemenvazen terug.

"Schenk er een voor mij en een voor mijn aanstaande dronken vriend in," zegt Boris.

Met een afkeurende blik schenkt Vlad de twee vazen tot de rand in.

"Weet je het zeker?" vraagt Dragomir aan zijn broer.

Met een zelfverzekerd glimlachje pakt Tigger een augurk uit een nabijgelegen assortiment en legt die op zijn bord.

Terwijl Vlad doorgaat met de distributie van wodka, buigt de duivel zich naar me toe en fluistert, "Als hij bij je komt, zeg hem dan dat hij moet stoppen voordat je glas vol is."

"Hoezo?" fluister ik terug.

"Het is de gewoonte om te drinken tot je de onderkant van het borrelglas kunt zien en aangezien mijn vader jarig is, wil hij dat iedereen dat doet. Geen enkel gebruik zegt echter dat je glas vol moet zijn als je begint."

Interessant. Nu hij het gezegd heeft, zie ik dat Fanny zich al bewust is van deze eigenaardigheden - haar borrelglas is maar voor een kwart vol.

Als Vlad bij me komt, giet hij langzaam in terwijl hij

naar me kijkt, duidelijk verwachtend dat ik hem vroeg zal stoppen. Helaas kijkt Snezhana ook toe en haar superieure uitdrukking zorgt ervoor dat de tegendraadse in mij Vlad toestaat mijn glas tot de rand te vullen.

Volgens een DNA-afstammingstest ben ik een mix van Engels, Schots, Cornisch en Iers. Sommige van deze etniciteiten zijn net zo beroemd om hun drinkvermogen als de Russen - dus hier dan.

De duivel kijkt afkeurend naar mijn borrelglas en legt een augurk op mijn bord.

Is dit symbolisch voor de zure situatie waarin ik me bevind? Nee, het moet een andere gewoonte zijn - Snezhana en alle anderen krijgen ook een augurk.

"Ik zal nu mijn toost geven," zegt Natasha zodra Vlad klaar is met zijn wodkataken. "Ik draag dit gedicht aan mijn geliefde echtgenoot en aanstaande trotse grootvader op." Ze kijkt me heel nadrukkelijk aan.

Verdorie. Weet ze iets wat ik niet weet? Wordt er verondersteld dat de Antichrist via een onbevlekte ontvangenis tot stand komt?

Als ze klaar is met me niet op mijn gemak te laten voelen, kijkt Natasha vervolgens naar Fanny - ik denk als een andere bron van een binnenkort kleinkind.

Fanny's wangen worden rood met een machtige blos.

Natasha slaat Snezhana over en kijkt Bella nog duidelijker aan. Dan richt ze haar blik weer op haar man - en daarom mist ze Bella's oogrol.

"Mijn gedicht is in mijn moedertaal," vervolgt Natasha. "Dus ik hoop dat degenen onder jullie die het niet spreken, geduld met me hebben."

Snezhana ziet er triomfantelijk uit.

Serieus?

Ik start de vertaal-app op mijn telefoon - ik kan moderne technologie gebruiken om het mee te volgen.

Hopelijk.

Natasha begint haar gedicht en de app probeert haar bij te houden.

Mijn ondersteuning.

Oké, goede start.

Mijn meester.

Hmm. Hopelijk een verkeerde vertaling.

Mijn zielsverwant.

Schattig.

Mijn beschermer.

Hoeveel van deze "mijn" stukjes zal dit gedicht hebben?

Mijn verdediger.

Oké, we snappen het, dame. Hij is een heleboel dingen.

Altijd trouw.

Hé, de lijst met "mijn" is tenminste voorbij.

Altijd gretig.

TMI?

Altijd klaar om te behagen.

Nog meer TMI?

Geen enkele vrouw is zo dankbaar geweest als ik om gehoorzaam aan de zijde van een man te dienen.

Is dit weer een verkeerde vertaling of heeft het feminisme Rusland nog niet bereikt?

Het gedicht gaat in dezelfde geest verder, dus ik stop met het volgen van de vertaling en wacht gewoon tot het voorbij is - wat als nog een uur voelt.

"Nu voor onze Amerikaanse vrienden," zegt Natasha als ze eindelijk klaar is. "Een kortere toost."

Nog een? Ik zal de beknoptheid geloven als ik het hoor.

"Wat is het verschil tussen een trouwe en een ontrouwe echtgenoot?" vraagt Natasha.

Iedereen blijft beleefd stil.

"Enorm," zegt Natasha. "De trouwen voelen soms wroeging."

Als één grinniken we allemaal beleefd.

"Dus," zegt Natasha. "Laten we drinken zodat deze trouwe echtgenoot niet door wroeging gekweld zal worden."

Ik ben in de war. Wil ze dat hij een sociopaat wordt?

Iedereen pakt hun borrelglaasjes/ vazen en ik ook.

Tot nu toe heb ik alleen wijn, bier en cocktails gedronken en dat was zelden. Ik hou niet van het verlies van controle dat alcohol en drugs met zich meebrengen, dus ik heb er ook nooit echt aan toegegeven.

Nou, dit wordt in ieder geval een nieuwe ervaring.

Natasha snuift aan haar augurk, drinkt haar shot en eet de specerij met veel enthousiasme op.

Snezhana kijkt me uitdagend aan en gooit haar

wodka naar binnen zonder augurken te snuiven of te eten - en dat moet de meer hardcore manier zijn.

Tigger en Boris drinken hun liters wodka naar binnen alsof het water was.

Oké. Hoe erg kan het zijn?

Voor de lol aan de zilte augurk snuffelend en al giechelend, drink ik mijn wodka op.

Heilige ballen van vuur!

Het magma reist door mijn slokdarm en explodeert in een atoomwolk in mijn maag, die het met ongewenste warmte vult.

Is dit het verwachte resultaat?

Zo ja, waarom zou iemand zichzelf dit aandoen?

Wanhopig om de pijn te verzachten, verslind ik de augurk.

Nee.

Hoewel zout, is de augurk geen water met ijs, wat op dit moment nodig is.

Is dat een blik van leedvermaak op Snezhana's gezicht?

Mijn gezichtsuitdrukking onder controle houdend, zeg ik zo gelijkmatig als ik kan, "Dat was lekker."

Boris slaat de duivel goedkeurend op de rug. "Dat is een blijvertje."

Snezhana vernauwt haar ogen en staat op. "De tijd tussen het eerste drankje en de tweede zou kort moeten zijn."

Natasha fronst haar wenkbrauwen, maar Boris grijnst opgewonden. "Inderdaad," zegt hij. "Nu hoor je het van de jeugd."

"Zullen we eerst iets substantiëler eten dan een augurk?" zegt Natasha.

"Na de tweede," zegt Boris. "Tradities moeten gevolgd worden."

Natasha kijkt Snezhana aan met een blik die lijkt te zeggen, "Dat is de laatste keer dat ik *jou* uitnodig" en ik voel zelf ook een beetje leedvermaak.

Dit keer schenkt Tigger de wodka in en omdat Snezhana weer uitdagend naar me staart, laat ik hem mijn borrelglas tot de rand vullen.

Bella staat op. "Mijn toost. Op papa: Moge je boven alles gezondheid en geluk hebben."

Mogen Russen zo kort toosten?

Het lijkt er wel op. Iedereen begint zijn shots te drinken.

Oké. Ik denk dat ik dit nog een keer moet doen.

Ik ruik aan de augurk en gooi de wodka achterover.

Hoofdstuk Negentien

*V*errassend genoeg brandt deze shot maar een fractie zoveel als de vorige.

Is dit de reden waarom de pauze tussen de eerste en tweede kort moest zijn?

"Je moet rustig aan doen," fluistert de duivel in mijn oor, zijn warme adem veroorzaakt kippenvel op mijn arm. "Zeg in de volgende ronde eerder 'stop'."

Pardon? Zegt hij me wat ik moet doen? Hij is niet de baas over mij. Althans niet in dit restaurant.

"Hier." Hij pakt een kom met iets dat op aardappelsalade lijkt en legt wat op mijn bord. "Eet iets."

Aangezien alle anderen ook in het eten duiken, proef ik het aanbod.

Jammie. In tegenstelling tot gewone aardappelsalade, een gerecht waar ik niets om geef, bevat dit vlees, doperwten en (natuurlijk) gesneden augurken, wat misschien de reden is waarom het zo lekker is.

"Hoe heet dit?" vraag ik.

"Oliver-salade," zegt Natasha met een glimlach. "Vind je het lekker?"

"Het is geweldig," zeg ik, deels omdat ik het meen en deels omdat ze eigenaar van dit restaurant zijn en "met het menu alles uit de kast hebben gehaald".

Terwijl we eten, begint de muziek weer te spelen. Het nieuwe nummer doet me aan de opera denken die de blauwe alien in *The Fifth Element* zong, net voordat de dingen te gewelddadig werden om naar te kijken, behalve dat de mollige testikels van de zanger hem in de weg lijken te zitten om de hoge noten te raken.

Dragomir schenkt de volgende ronde shots in en ik staar uitdagend naar de duivel terwijl mijn glas weer tot de rand gevuld wordt.

Het derde shot gaat nog soepeler naar beneden.

Misschien maken ze nog een alcoholist van me.

De obers halen een warme schotel met kleine dumplings tevoorschijn.

"Dat is *pelmeni*," legt Natasha uit. "Het is een eenvoudige maaltijd, maar mijn poekie is er dol op."

De duivel legt wat pelmeni op mijn bord en doet er een scheutje van wat hij *smetana* noemt bij, wat zure room blijkt te zijn.

De combo is zo goed dat ik kreun van plezier, waardoor de duivel me met een vreemd intense uitdrukking aankijkt.

Terwijl ik de verrukkingen doorslik, geef ik complimenten voor de chef.

"Ik moet het met mijn man eens zijn," zegt Natasha met een grijns tegen de duivel. "Deze *is* een blijvertje."

"Je moet me leren hoe ik deze moet maken," zeg ik ernstig. "Ik zal het in plaats van ravioli eten."

Natasha straalt van enthousiasme als ze me vertelt hoe ik het gerecht moet maken. Dan wendt ze zich naar de rest van de tafel. "Aangezien we het toch over restaurant gerelateerde zaken hebben," zegt ze, "willen jullie vader en ik een aankondiging doen."

Ze wacht tot alle nakomelingen van Chortsky haar hun volle aandacht hebben gegeven.

"We hebben besloten om De Hut over te dragen aan de eersten van jullie die ons een kleinkind geven."

Daarmee krijgen Fanny, Bella en ik een nieuwe ronde duidelijke blikken die lijken te zeggen, "Ovuleer je al?"

Snezhana lijkt uit jaloezie op de rand te staan om te ontploffen. Ik vraag me af of het niet mijn nep-date is die ze wil, maar dit restaurant. Ze werkt tenslotte hiernaast en volgens Hannibal Lecter begeren we wat we elke dag zien.

Bella kreunt. "Mam, alsjeblieft. Je weet toch dat we allemaal een succesvol bedrijf hebben, toch?"

De duivel en zijn broer knikken en Vlad zegt, "Als jullie er klaar voor zijn, dan willen we dat jullie deze plek verkopen en zelf van het geld gaan genieten. Jullie hebben het verdiend."

"We gaan in ieder geval niet voor jou aan een

neukrace deelnemen," zegt Bella, zonder de moeite te nemen haar stem te dempen.

Fanny's wangen worden karmozijnrood.

"Sorry dat je hier getuige van moet zijn," fluistert de duivel in mijn oor.

Hij denkt dat dit erg is? Hij zou wat tijd met *mijn* gezin door moeten brengen.

"Wat een taal!" Natasha lijkt op het punt te staan om haar dochter te wurgen. "Je gaat je vader van streek maken. Op zijn verjaardag."

Eigenlijk lijkt Boris in niets anders dan in de wodkafles geïnteresseerd te zijn - hij blijft ernaar kijken alsof het een naakte dansende vrouw is.

De duivel lijkt dit op te pikken. Hij grijpt de fles, zegt dat hij de volgende ronde in zal schenken en vult de vazen van Tigger en Boris nog een keer.

Verdorie. Heb ik niet ergens gelezen dat een liter sterke drank je zou kunnen doden?

"Tot de rand voor mij," zegt Snezhana hees als hij bij haar borrelglas komt. "Ik kan... alles aan."

Is het de wodka waardoor ik de blondine wil scalperen?

Geen wonder dat er zoveel vechtpartijen in bars zijn.

Als de Boosaardige bij mij komt, schenkt hij me slechts een druppel in - alsof ik hem heb gezegd om te stoppen.

Snezhana kijkt triomfantelijk naar mijn miezerige wodka-niveau.

Oh ja?

"Bedankt, lieverd," zeg ik tegen mijn nep-date en klop op zijn bovenarm - alleen om mijn adem door de harde, pezige spier onder de lagen stof te voelen haperen.

Verdorie. De duivel is goed gebouwd.

Hij schrikt even van mijn vertrouwelijkheid, maar herstelt zich snel en speelt mee. "Geen probleem, *kroshka.*"

Wat dat woord ook betekent, het resultaat is een dubbele klap. Natasha kijkt blij, terwijl Snezhana haar wodka opslokt zonder op de toost te wachten.

Ik kijk haar in de ogen, neem het volledig gevulde borrelglas van de duivel en sla het achterover.

"Holly," roept hij uit.

Iedereen draait zijn kant op.

"Het is niet de gewoonte om voor de toost te drinken," zegt hij zwakjes.

Ha. Dus iemands wodka stelen is oké?

"Ik zal dit oplossen." Boris pakt de wodkafles en vult de twee borrelglaasjes die voor me staan weer bij en geeft er dan een aan zijn zoon.

Ik zie dat hij Snezhana niets heeft gegeven, maar ik wil geen verrader zijn.

Boris zet de wodka neer en zegt, "Ik zal de volgende toost doen. Sorry, het zal in het Russisch zijn."

Ik maak de app klaar en terwijl ik bezig ben, controleer ik de betekenis van *kroshka.*

Broodkruimel?

Oké, prima. Dan noem ik hem *broodkorst* of kortweg Krokantje.

Boris begint te praten.

Een vrouw is de meest wonderbaarlijke uitvinding sinds de ontdekking van het wiel.

Geweldig. Is dit een ander gedicht?

Een vrouw is de beste vriend van een man.

Is dat niet een hond?

Een vrouw is-

Het volgende deel klinkt als onduidelijke spraak, wat de reden kan zijn waarom de app vertaalt:

- hoeveel kost een kilo kielbasa als je een schroevendraaier van een locomotief bijt?

Ik volg de rest niet. Ik voel me ineens heel fijn, helemaal warm, ontspannen en gretig om door te feesten.

"Op mijn vrouw," besluit Boris en drinkt zijn liter wodka leeg.

Tigger kijkt wat ongeruster als hij de zijne achteroverslaat.

Ik sla mijn shot op de automatische piloot achterover - en deze keer is er geen enkel brandend gevoel. Heeft iemand wodka door water vervangen?

De muziek begint weer. Dit keer slacht de zanger een bekend nummer af: "Hips Don't Lie" van Shakira.

Ik doe mijn best om niet te veel aan de heupen van de mollige kerel te denken en verslind de overgebleven pelmeni terwijl iedereen zich op de talloze andere lekkernijen concentreert die steeds op tafel komen.

"Komt er nog meer pelmeni?" vraag ik de duivel wanneer mijn bord helaas leeg is.

Grijnzend roept hij een ober bij zich en vertelt hem iets in het Russisch.

"Waarom probeer je niet iets anders, schat?" vraagt Natasha. "Er is zoveel ander voedsel."

Ik hik. "Als ik iets vind dat ik lekker vind, dan hou ik het daar meestal bij."

Natasha kijkt haar zoon grijnzend aan. "Een bewonderenswaardige houding als het om mannen gaat, maar ik weet niet zeker of het op voedsel kan worden toegepast."

"Dat kan," verzeker ik haar. "We nemen elke dag talloze beslissingen. Waarom zou je met onnodige voedselkeuzes extra stress toevoegen?"

Voordat Natasha in discussie kan gaan, pakt Tigger de wodkafles. "Mijn beurt."

Ligt het aan mij of is zijn hand een beetje onstabiel?

"Ik denk dat de dames genoeg hebben gehad," zegt de duivel streng.

"Dat is seksistisch," zeg ik.

Zijn hemelsblauwe ogen vernauwen zich. "Het is biologie."

"Nou, ik wil er nog een," zeg ik koppig en het is waar. Volgens mijn mentale telling heb ik er vier gehad.

Ik kan niet op een vier eindigen. Vijf is veel beter.

Drommels. Hoeveel pelmeni heb ik gegeten? Is dat ook het meervoud van-

"Ik wil er ook een." Bella knipoogt naar me. "Ik weet dat we er sierlijk en broos uitzien en zo, maar we kunnen zonder toezicht van een man uitstekend voor onszelf zorgen."

Ik moet het Dragomir nageven. Hij knikt goedkeurend bij haar woorden.

"Ik was niet seksistisch," mompelt de Boosaardige. "In elk geval niet met opzet."

"Ik zal ook nog een beetje nemen," zegt Fanny. "Ik meld me ook aan voor de toost."

Natasha knikt goedkeurend en Snezhana zegt iets onbegrijpelijks… misschien in het Russisch.

"Jouw wens is mijn commando," zegt Tigger. "Ik bedoel, commandant. Ik bedoel, bevel."

Dragomir schudt zijn hoofd naar zijn duidelijk dronken broer, maar zegt niets.

Als iedereen zijn shots heeft, staat Fanny op, haar wangen zijn rood. "Ik wil onze gastvrouw en gastheer, Natasha en Boris, groeten. Bedankt voor het maken van zulke geweldige kinderen." Ze kijkt Vlad vol bewondering aan. "En bedankt dat jullie zo gastvrij zijn. Amen."

Wacht, dat klonk meer alsof ze aan het bidden was.

"Daar drink ik op," zegt Boris met een dubbele tong en slikt nog een vaas met wodka naar binnen.

Ik negeer de afkeurende blik van de duivel en maak mijn vijfde shot af.

Ah, soepel. Prime wodka is de beste.

"Dames en heren," zegt de mollige zanger vanaf het podium. "Het is showtime."

Juist. Er was iets van een show gezegd.

De lichten dimmen en halfnaakte burleske dansers betreden het podium.

Wat er daarna gebeurt, doet me aan Cirque du

Soleil denken, alleen voor boven de achttien. De dansers voeren indrukwekkende acrobatiek uit, maar het wonder is dat hun kleine outfits aan blijven. Er is ongetwijfeld lijm bij betrokken.

Ik moet bekennen dat de duivel totaal ongeïnteresseerd lijkt te zijn in al het getoonde vlees. Hetzelfde geldt voor Dragomir en Vlad.

Boris kwijlt daarentegen, terwijl zijn drinkmaatje/ aartsvijand Tigger met evenveel enthousiasme klapt.

Als de show voorbij is, keert de zanger terug naar het podium.

"We beginnen ons dansprogramma met een Witte Dans," kondigt hij aan.

Bella knipoogt naar me. "Dat betekent dat de dames de heren uitnodigen."

Een vaag bekende melodie knalt uit de luidsprekers.

Bella maakt een dramatische buiging voor Dragomir en Fanny vraagt verlegen aan Vlad of ze deze dans van hem mag hebben.

De mannen accepteren het en de twee stellen gaan naar de dansvloer.

Wil *ik* dansen? Het is bekend dat dansen een excuus voor publiekelijk knuffelen en droog wippen is, maar het ziet er nu echt aantrekkelijk uit.

Natasha vraagt Boris. Een willekeurig meisje van een andere tafel nodigt Tigger uit. Snezhana's ogen zijn als de laservizieren van het Terminator-wapen als ze zich op mijn nep-date focussen.

Ja, nee. Dat gaat niet gebeuren.

Ik spring overeind.

Wauw. Is de ruimte een beetje wiebelig?

Maakt niet uit. Terwijl ik een buiging voor de duivel maak, roep ik: "Wil je dansen?"

"Het zou me een eer zijn." De Heerser van de Duisternis komt gracieus overeind.

Snezhana blijft staan.

Ja, dat kan ze maar beter.

Op het podium zingt de mollige zanger in gebroken Engels, *Holy water cannot help you now.*

Dat kan het waarschijnlijk niet. Is wat ik op het punt sta om te gaan doen niet een uiting voor onverstandig gedrag?

Ik ga met de duivel dansen.

Hoofdstuk Twintig

*D*e Boosaardige pakt mijn hand.

    Hemeltje.

De hitte van de wodka is er niets bij. Mijn handpalm voelt aan alsof hij gebrandmerkt is.

Hij leidt me naar het midden van de dansvloer en neemt een ballroomhouding aan.

Ik doe met hem mee.

Hij trekt me tegen zijn krachtige lichaam aan.

Tot nu toe had ik me niet gerealiseerd hoe lang en breedgeschouderd hij is.

Het is bedwelmend.

We beginnen langzaam op de muziek te bewegen.

De geur van thee vermengd met iets heerlijk mannelijks doet mijn hoofd tollen terwijl hemelsblauwe ogen me als een vlinder vastpinnen. En nu we het toch het over die kleine vliegende rotzakken hebben, ze hebben een orgie in mijn buik en ze moeten daarmee stoppen.

Om de hypnotiserende aantrekking van zijn blik te breken, ga ik dichter naar hem toe en verberg mijn hoofd in de holte van zijn nek.

Oh hemeltje.

Er zit een hardheid in zijn broek en hij is zo groot als de spreekwoordelijke zaklamp.

Een enorme zaklamp.

De duivel is blij om me te zien, dat is verdomd zeker.

Heb ik in VR zijn mannelijkheid onderschat?

Misschien. Wat erger is, is dat mijn vrouwelijke deel er net zo klaar voor is.

Voordat ik besef wat ik aan het doen ben, lik ik zijn nek.

Lik. Zijn. Nek.

Niet goed.

Niet netjes.

Ik had absoluut moeten masturberen voordat ik hierheen kwam. De drang om hem nog een keer te likken - of nog erger - is sterk.

Zijn hele lichaam verstijft en de huid van zijn nek krijgt kippenvel.

Ik trek me terug, maar wordt weer in zijn blik gevangen, de blauwe diepten zijn nu donker en verhit.

Ik twijfel er niet langer aan wat de favoriete zonde van de duivel is.

Ik slik hoorbaar.

De hitte die tussen ons oplaait, is zo verzengend als het vuur van de hel.

Op het podium zingt de mollige zanger: "Seven devils all around me…"

Serieus, universum? Ik herken deze teksten. Ze komen uit mijn afspeellijst met nummers met priemgetallen in hun titel - "Seven Devils" van Florence + the Machine. En ja hoor, als ik de significante anderen van Bella en Vlad als onderdeel van de Chortsky-clan mee tel, dan zijn het er inderdaad zeven. Allemaal om me heen.

Ik kijk weer in de ogen van de duivel.

Als de Verleider me wil verleiden, beschouw me dan als voor zijn charmes bezweken.

Ik maak mijn lippen vochtig.

Met pupillen die groter worden, buigt hij zijn hoofd.

Ik ga op mijn tenen staan.

Onze lippen zijn een millimeter van elkaar verwijderd.

"Borichka!" schreeuwt Natasha in paniek.

Wat de verdomde-

Boris stort tussen ons in.

De duivel en ik springen uit elkaar en Boris grijpt me vast terwijl hij op zijn knieën valt en zijn gezicht in mijn kruis begraaft.

"Pap, wat voor de duivel ben je aan het doen?" roept mijn misschien-niet-zo-nep-date uit, naar zijn vader grijpend.

Boris reageert niet. Hij channelt Winnie, de berenhond - de geur van mijn kruis moet hem tot een verdoving hebben gedreven.

"Betekent dit dat ik win?" vraagt Tigger, zijn spraak een beetje onduidelijk.

Zijn broer kijkt hem vuil aan voordat hij de duivel helpt om Boris van me af te slepen.

"Zullen wij meisjes even onze neuzen gaan poederen?" zegt Natasha met een overdreven vrolijke stem. "Laat de mannen de jarige maar aan tafel helpen."

Ja. Goed idee. Ik heb het gevoel dat Boris elk moment een show kan geven - misschien zelfs een reproductie van die scène uit *The Exorcist*. En als dat gebeurt, dan kan er een kettingreactie in het restaurant ontstaan - een akelig beeld.

Fanny en Bella moeten op dezelfde golflengte zitten, want ze gaan met ons mee naar de wc.

De plek blijkt sjiek te zijn, met een toiletjuffrouw en zo. Ze is breedgeschouderd en doet me vaag aan de meesteres van de salon denken, maar ik maak me niet druk, want ik heb geen schaamhaar meer.

Als ik het toilet in ga om mijn vrouwtjeshagedis te ledigen, ben ik geschokt door hoe aangenaam het gebeuren blijkt te zijn.

Ik moest zeker nodig. Dat of dit is een effect van wodka waar nooit iemand over praat.

Ik verlaat het toilethokje, was mijn handen en neem een handdoek van de meesteres-kloon aan.

Oké. Tijd om de duivel opnieuw onder ogen te zien.

Ik draai me naar de deur en zie dat Snezhana me de weg blokkeert.

Verdorie. Dit is een blonde ninja.

"Het zal tussen jou en Alex nooit werken." Elk

woord dat uit haar mond komt, is onduidelijk. "Hij moet bij iemand van zijn eigen soort zijn. Iemand zoals ik."

Ik gnuif. "Ik wist niet dat Alex een teef was."

Waar kwam dat vandaan? Ik zou het van Gia of mijn andere zussen verwachten, maar niet van mezelf. Alcohol is het duidelijk met me eens.

Klein probleem: Snezhana vindt mijn antwoord niet zo leuk.

Met neusgaten die zo ver opengaan dat haar neusharen zichtbaar worden, doet ze een stap naar me toe.

"Ik denk dat het het beste is als je weggaat," zegt Bella koel van aan mijn rechterkant.

"Ja," zegt Fanny op een zachtere toon vanaf mijn linkerkant. "En even voor de duidelijkheid, Holly en Alex vormen een heel schattig stel."

Het lijkt erop dat hun woorden Snezhana niet kunnen schelen of het feit dat ze in de minderheid is.

Ze doet nog een dreigende stap mijn kant op.

Ach ja.

Ik heb van mijn leven nog nooit gevochten en ik heb een hekel aan geweld, maar ik denk dat het vandaag de dag van veel eerste keren is.

Ik bal mijn handen tot vuisten en steek mijn kin naar voren. "Kom maar op."

Hoofdstuk Eenentwintig

*D*e gespierde toilet-meesteres stapt in het pad van Snezhana. "Niemand begint een gevecht in mijn toilet."

"Hou je erbuiten," gromt Snezhana.

"Bella heeft al tegen je gezegd om te gaan," buldert de toilet-meesteres. "Wegwezen."

Snezhana valt haar aan. Voordat ik met mijn ogen kan knipperen, houdt de meesteres haar ondersteboven in een worstelgreep.

Snezhana is letterlijk aan het schoppen en schreeuwen, terwijl de grotere vrouw haar naar buiten draagt.

"Wauw," zegt Fanny met enorme blauwe ogen. "Dat werd intens."

"Sommige mensen zijn slechte dronkaards," zegt Bella filosofisch. "Ik weet zeker dat als ze het eenmaal weg heeft geslapen ze van haar gedrag zal gruwelen."

Ik grijns naar ze allebei. "Bedankt voor jullie steun."

"Natuurlijk," zegt Bella. "Waar zijn vriendinnen anders voor?"

Ze noemde me een vriendin. Drommels. Ik ben niet te dronken om mijn wandaden tegen Bella's droom te vergeten. Als ze dat eenmaal weet, dan zal ze me niet meer als een vriendin zien. Ze zal dan zelfs de toiletmeesteres vragen om mij ook naar buiten te gooien.

Er klinkt een geluid van een toilet dat doortrekt. Het verste toilethokje gaat open en Natasha stapt fronsend naar buiten. "Ik hoorde commotie."

Bella praat met haar in snelvuur Russisch en hoe meer ze zegt, hoe dieper Natasha's frons wordt.

"Ik zal met de moeder van Snezhana praten," zegt Natasha beslist als Bella klaar is.

"Doe dat," zegt Bella. "Beter nog, je had haar überhaupt niet uit moeten nodigen."

Natasha begint haar handen te wassen, haar bewegingen schokkerig en duidelijk verminderd. "Ik kan niet geloven dat het meisje de kans had om bij Tigger te zijn en het zo erg heeft verpest. Begrijp me niet verkeerd, ik hou tot de dood van mijn zoon, maar die jongen-"

"Moeder, ik denk dat je misschien genoeg gedronken hebt," zegt Bella. "Je bent getrouwd, weet je nog?"

Natasha snuift. "Getrouwd betekent niet dood."

"Ik ben het daar niet mee eens," merk ik dat ik zeg. "Niet met dat van getrouwd betekent dood, maar het andere. Je zoon is in alle opzichten superieur aan Tigger."

Waarom heb ik dat net gezegd?

Bella grijnst naar me. "Ik zou zeggen dat jij misschien ook genoeg wodka hebt gehad voor vandaag."

Ik knik met mijn hoofd. "Waarschijnlijk. Ik denk in ieder geval niet dat ik nog twee shots aankan en zes zou me zeker doden."

"Zes?" vraagt Fanny met een verwarde blik.

"Als ik er nog één zou nemen, dan zouden dat er zes zijn," zeg ik. "Moet zeven zijn. Of elf."

"Juist, de 7-Eleven." Fanny knikt plechtig, maar er danst een vleugje van een glimlach in haar ogen. "Uit solidariteit zal ik ook stoppen met drinken."

"Ik ook," zegt Bella.

"Voor mij ook geen wodka meer," verklaart Natasha. "Ik ga het te druk hebben om met Tigger te dansen nu zijn date er niet meer is."

Met dat afgesproken te hebben, gaan we terug naar de tafel, waar we Boris vinden die met zijn hoofd naast zijn bord hard ligt te snurken. Tigger - die duidelijk de drinkwedstrijd heeft gewonnen - wordt door twee vrouwen van een andere tafel omringd. Het trio van de duivel, Vlad en Dragomir spreken geanimeerd Russisch.

Jemig.

Als een normale kerel er met een wodkabril op goed uitziet, dan is de duivel ronduit prachtig, zoals het de slimste en machtigste van alle engelen betaamt.

Zou hij het erg vinden als ik op zijn schoot zou gaan zitten in plaats van op mijn stoel?

"Terug naar jullie echtgenoten," blaft Natasha naar Tiggers gevolg, en ze gaan er snel vandoor. Natasha knippert dan met haar wimpers naar de jongere man en zegt hees, "Wat dacht je van een dans?"

Tigger staat op, zij het een beetje onvast en leidt haar naar de dansvloer.

"Zullen we ze maar in de gaten houden?" vraagt Bella aan Dragomir. "Ik wil je broer niet als mijn stiefvader."

Dragomir grijnst en ze gaan naar de dansvloer, met Fanny en Vlad achter zich aan.

Zou ik weer met de duivel moeten dansen?

"Hier," zegt hij, terwijl hij weer een stoel voor me naar achteren trekt.

Spelbreker. Niet dansen en nu moet ik op mijn eigen verdomde stoel zitten? Straks gaat hij me nog vragen om me bij een nonnenklooster aan te sluiten.

Zuchtend plof ik iets te snel in de stoel en het restaurant draait om me heen.

"Ik heb meer pelmeni voor je geregeld," zegt hij. "Eet. Voedsel vertraagt de opname van alcohol."

"Dat is het toppunt." Ik pak een vork - het ding is om de een of andere reden zwaar. "De duivel is bang dat ik bezopen ben."

Wacht, heb ik dat hardop gezegd?

Yep.

Hij trekt een wenkbrauw op. "De duivel?"

Ik hik. "Zo noem ik je. Nou ja, ook Krokantje - maar die is zo recent dat ik hem nog niet heb gebruikt."

Hij schudt zijn hoofd. "Hoe vervelend ik de naam 'Krokantje' ook vind, ik geef er misschien de voorkeur aan boven 'de duivel'."

"Serieus?" Ik probeer een dumpling op mijn vork te krijgen, maar de smeerlap glijdt weg - moet al die boter en zure room zijn.

Hij pakt mijn vork, prikt vakkundig het stuk voor me vast en geeft het bestek aan me terug, terwijl onze vingers orgastisch langs elkaar strijken. "In Rusland werden we vanwege onze achternaam door kinderen met variaties op dat thema geplaagd," zegt hij. "Dus het is een beetje een gevoelige snaar. 'Krokantje' is in ieder geval origineel."

Ik knipper op een uilachtige manier met mijn ogen naar hem. "Maar je hebt je hond Beëlzebub genoemd."

Hij haalt zijn schouders op. "Die naam is in Rusland niet bekend en het is prima om je hond een naam te geven, terwijl je zelf niet zo zou willen heten. Bovendien wil ik niet dat de klootzakken uit mijn verleden enige macht over me hebben - daarom heb ik mijn bedrijf 1000 Devils genoemd."

"Ah. De duivel is je heilige maagdenvlies." Ik breng de vork naar mijn mond en sluit mijn ogen, van de smaakexplosie genietend die de pelmeni is.

Als ik mijn ogen opendoe, kijkt hij me met verwarring aan. "Heilig maagdenvlies? Zei je niet dat je 'geslachtsgemeenschap' hebt gehad?"

Blozend slik ik de pelmeni door. Waarom heb ik mijn grote mond open gedaan?

"Niet dat het jouw zaken zijn, maar nee, ik ben geen maagd," zeg ik zachtjes. "Heilig maagdenvlies, zo werd ik vroeger door kinderen genoemd. Omdat ik Holly ben en de achternaam Hyman heb."

"Ah. Dus je begrijpt het wel." Zijn gezicht verhardt, zijn hemelsblauwe ogen knijpen zich gevaarlijk samen. "Geef me de namen van de klootzakken die je hebben beledigd."

Ik moet weer naar hem knipperen. Is hij serieus? "Eh, ik kan me ze nu niet meer herinneren. Het spijt me in ieder geval - het was niet mijn bedoeling om een gevoelige snaar te raken. Je bent vanaf nu Krokantje. Of hoe je ook 'Krokant' in het Russisch zegt."

De gevaarlijke blik in zijn ogen vervaagt en maakt plaats voor een verbijsterde uitdrukking. "Hoe ben je bij 'krokant' terechtgekomen?"

"Jij noemde me broodkruimel, dus toen besloot ik dat jij broodkorst moest zijn - of knapperig en dus Krokantje."

Een boosaardige grijns trekt om zijn lippen. "Weet je, in het Russisch is knapperig synoniem met hard."

Hard? Mijn adem hapert als de hitte langs mijn ruggengraat stroomt. "Waarom noemde je me broodkruimel?"

"*Kroshka* betekent ook *kleintje*," zegt hij. "Het spijt me als het klinkt alsof ik je aan het betuttelen was. Dat was niet de bedoeling."

"Ik... snap het" Ik bekijk hem van top tot teen. "Hoe zeg je 'enorm grote' in het Russisch?"

Zijn grijns wordt breder. "Wat dacht je ervan om me gewoon Alex te noemen?"

"Alex." Ik proef het woord.

"Of Sasha. Dat is een ander verkleinwoord van Alexander, wat mijn volledige naam is."

"Nee." Ik trek een vinger langs zijn sterke kin. Het is al een beetje stoppelig. "Ik vind Alex leuk."

Zijn blik wordt donker als hij mijn hand in zijn sterke greep vangt. "Is dat zo?"

Ik maak mijn lippen vochtig. "Ik vind Alex heel erg leuk."

Hij ziet er hongerig uit - en niet naar de pelmeni.

Voordat ik er beter over na kan denken, sla ik mijn andere hand om zijn achterhoofd en trek hem naar me toe.

Zijn hele lichaam verstijft en zijn hoofd geeft geen krimp.

Beledigd laat ik hem los en trek me terug - en dan begrijp ik waarom hij zo stil is.

Dragomir en Bella komen terug van de dansvloer, samen met Tigger, Natasha, Vlad en Fanny.

Ik denk dat de duivel - ik bedoel, Alex - niet van PDA houdt.

"Geen toetje?" vraagt Natasha niemand in het bijzonder terwijl ze in haar stoel wegzakt.

De hemelsblauwe ogen zijn op mijn gezicht gericht, de uitdrukking erin heeft een verhitte intentie. "Nog niet."

Natasha zwaait naar een ober en geeft een bevel.

Al snel komt er een overvloed aan desserts tevoorschijn, samen met thee - dezelfde heerlijke soort die ik in de limousine heb geprobeerd.

Terwijl ik het laatste klontje suiker in mijn kopje doe, brengen ze een bord pelmeni en zetten dat tussen alle cakes, snoep en fruit in.

"Is dat voor mij?" vraag ik Natasha.

Ze knikt. "Ik heb het de chef laten maken. Dit type heet *vareniki*. Probeer het eens."

Ik neem er een en proef het.

Jammie. Het is niet met vlees gevuld, zoals gewone pelmeni. In plaats daarvan is de vulling zoete kers en ik kan het helemaal als dessert zien.

"Kent iemand nog nieuwe Vovochka-grappen?" vraagt Fanny verlegen.

"Dat is een jongen die het mikpunt van veel Russische grappen is," fluistert Alex in mijn oor, waardoor mijn nek tintelt. "Als bonus is het toevallig ook de verkleinvorm van de naam van mijn broer."

"Ik ken er een," zegt Natasha. "Vovochka komt thuis met een 1 in voor rekenen. 'Waarom?' vraagt zijn vader. 'Ze vroeg me wat is 2 keer 3, dus ik zei 6.' 'Dat klopt,' zegt de vader. 'Toen vroeg ze me wat is 3 keer 2?' 'Wat de fuck is het verschil?' vraagt de vader. Vovochka zucht. 'Dat is precies wat ik heb gezegd.'"

Iedereen grinnikt.

"Ik weet er ook een," zegt Bella en ze kijkt naar haar slapende vader. "De moeder past een bontjas aan. Vovochka zegt, 'Mam, begrijp je niet, dat die jas het resultaat van het lijden van een arm, ongelukkig dier is.' Ze kijkt haar zoon streng aan. 'Hoe durf je zo over je vader te praten?'"

Nog meer gegrinnik.

Vlad gaat als volgende. "'Waarom is de platvis plat?' vraagt de zoölogiedocent. 'Ze heeft gemeenschap met de walvis gehad,' zegt Vovochka. 'Eruit', zegt de leraar. 'Laten we verder gaan. Wie weet waarom de rivierkreeft zulke grote ogen heeft?' Vanaf de andere kant van de deur zegt Vovochka, 'Omdat hij het hele ding heeft zien gebeuren.'"

Als de grappen op zijn, geniet iedereen een tijdje van het toetje. Ik vraag me af of alcohol je vreetbuien geeft, zoals cannabis dat doet. Ik geniet een beetje te veel van mijn vareniki. Als in 137 sit-ups te veel.

Terwijl ik meer thee probeer te pakken, voel ik dat iemand boven me opdoemt en kijk op.

Het is Tigger.

Met een hoofse buiging hikt hij en zegt, "Mag ik deze dans, mevrouw?"

Het theekopje van Alex botst met een knal tegen de tafel. "Nee, dat mag je niet." De woorden komen er als een grom uit.

"Hé," zeg ik verontwaardigd. "Waarom spreek je namens mij? Wat als ik wel met hem wil dansen?"

Dat wil ik niet, maar toch. Wie denkt hij dat hij is?

"Kerel, ontspan," zegt Tigger tegen Alex. "Het is maar een dans."

Alex springt overeind en stapt tussen Tigger en mij in. "Ze is hier met mij."

Ik spring ook overeind. "Ik ben er nog steeds. Waarom praat je alsof ik er niet bij ben?"

"Ik weet dat ze met jou is," zegt Tigger. "Ik wil gewoon-"

Dragomir blaft iets boos naar zijn broer, maar ik begrijp de woorden niet.

Terwijl ik nog steeds genegeerd word, debatteer ik of ik gefrustreerd met mijn voeten zal stampen, maar besluit om het niet te doen.

Tigger steekt zijn handen op. "Rustig, mensen." Hij kijkt Alex aan. "Sorry, man. Ik wilde niet respectloos zijn. Er zijn nog veel meer danspartners aan andere tafels." Hij hikt en knipoogt naar me. "Helaas, mevrouw, een dans zit er niet in. Als je een even aantrekkelijke zus zou hebben, dan zou ik misschien met haar dansen."

Ik duw Alex opzij. "Die heb ik toevallig. Zal ik je haar nummer geven, zodat je-"

"Hé." Bella trekt zachtjes aan mijn elleboog. "Zou je even met me mee naar het toilet willen gaan?"

Ik laat haar me wegleiden en als we buiten ieders gehoorsafstand zijn, zeg ik, "Ik wilde Tigger net het nummer van mijn tweelingzus geven, zodat-"

"Ik stel voor dat je eerst nuchter wordt," zegt Bella. "Dan, als je dat nog steeds een goed idee vindt, kun je je tweelingzus vragen of ze gekoppeld wil worden."

Dat is een goed punt. De mannen zijn niet de enigen die wodka met hun denkvermogen heeft laten rommelen. Het kan mij ook een beetje aan het beïnvloeden zijn. Gia zou pissig zijn als ik haar zonder haar toestemming zou koppelen, zoals Natasha met haar kinderen lijkt te doen.

Ik beef. Als Gia boos wordt, dan worden de grappen die ze uithaalt gemeen - zoals de keer dat ze de helft van de voorwerpen op onze middelbare school met hete peperpoeder had ingesmeerd.

"Voor nu," zegt Bella met een grijns. "Vertel me eens over het pak."

Ah. Natuurlijk. Het is alweer een paar seconden geleden dat ik uit balans ben gebracht. Nu we het er toch over hebben, loop ik uit balans? Ik lijk vaak tegen mensen op te botsen.

Bella kijkt me nog steeds verwachtingsvol aan, dus ik zeg, "Er valt niet veel nieuws te vertellen. De batterijen gingen dood voordat ik de laatste fase kon beleven. Ik heb enkele handleidingen voor kwaliteitscontrole gelezen, zodat ik deze beter kan documenteren als-"

"Ik hoopte al dat je dat zou zeggen." Ze haalt een stapel papieren uit haar tas. "Vul dit in als je klaar bent."

Ik werp een blik op de eerste pagina.

Er zijn vragen als, "Is er een orgasme bereikt?" en "Hoe vaak?" Maar niets over, "Heb je het damesequivalent van blauwe ballen?" - dat is waar ik ben.

Hoe zou je die toestand noemen? Blauwe eierstokken? Blauwe clit?

"Fanny heeft me met dat document geholpen," zegt Bella terwijl ze de deur naar de wc opent. "En ik zou jouw hulp ook erg op prijs stellen."

Ik lees meer van de vragen terwijl ik de faciliteiten gebruik en wacht dan bij de deur op Bella.

"Kun je ons een momentje geven?" vraagt Bella aan de toiletjuffrouw.

Met een snuif vertrekt de toilet-meesteres.

"Dus," zegt Bella met een ondeugende grijns. "Ik heb een cadeautje voor je." Ze graaft in haar tas en haalt er een gigantische dildo uit.

Ik laat het testdocument bijna vallen.

Veroorzaakt wodka hallucinaties?

Nee. Mijn nieuwe baas staat daar echt met een dildo.

Een cadeautje. Voor mij.

Als om aan de surrealiteit toe te voegen, klikt Bella op een knop aan de zijkant van de siliconen piemel en het komt brommend tot leven en begint met al het enthousiasme van een drilboor te trillen.

"Geniet ervan." Bella zet de vibratie uit en duwt de dildo in mijn handen.

Ik staar ernaar. Behalve dat het enorm is, is het blauw met chromen krullen en een top als een rode paddenstoel - die me samen aan Optimus Prime van *Transfomers* doen denken.

Bella fronst. "Vind je het niet leuk?"

"Ik ben gewoon een beetje verbaasd," zeg ik, terwijl mijn tong vreemd zwaar aanvoelt in mijn mond.

"Ik heb het zelf gemaakt," zegt Bella. "Ik weet niet zeker of Alex het heeft verteld, maar ik heb een bedrijf in seksspeeltjes met de naam Belka."

Huh. Dat zou een leuk gesprek tussen Alex en mij zijn geweest:

"Wist je dat mijn zus neppikken maakt?"

"Nou, nee, dat wist ik niet. Vertel me meer. Laat geen details weg."

Hé, dit verklaart tenminste Bella's interesse in het VR-pak - het is de logische volgende stap voor de eigenaar van een bedrijf in seksspeeltjes.

"Bedankt." Ik stop Optimus diep in mijn tas. "Het is erg attent."

Het moet het juiste zijn geweest om te zeggen, want Bella straalt van trots als ze naar de tafel terug huppelt, die van alles is ontdaan, behalve van thee en koffie.

Alex ziet me, springt overeind en trekt mijn stoel naar achteren.

Ik weet dat ik boos op hem zou moeten zijn, maar het is moeilijk als hij zich als een heer gedraagt.

Vlad staat op. "We gaan er vandoor."

Fanny glimlacht naar me en volgt zijn voorbeeld. "Het was leuk om je te ontmoeten."

Ik vecht tegen de drang om haar te vragen of ze ook een dildo van Bella heeft gekregen of dat ik speciaal ben. "Het was leuk om jullie te ontmoeten."

Bella werpt een blik op haar nog steeds snurkende vader. "Ik denk dat Dragomir en ik ook moeten gaan."

Dragomir knikt en komt overeind. "Het was leuk om je weer te zien, Holly. Het spijt me van mijn broer." Hij kijkt naar de dansvloer, waar Tigger tussen Natasha en een of andere vrouw van middelbare leeftijd van een andere tafel ingeklemd zit.

"Het geeft niet hoor. Het enige wat hij heeft gedaan, is me ten dans vragen." Ik kijk Alex nadrukkelijk aan. "Ik zag het als een compliment."

Is dat een grom van Alex?

"Ik zie je op het werk." Bella kust me op de wang. "Doeg."

"*Do svidaniya*," zeg ik zonder een seconde te aarzelen.

"Zie je?" zegt Alex met een duivelse grijns. "Je neemt al afscheid in het Russisch. Hoelang duurt het voordat je ons accent zult krijgen?"

Ik kan niet anders dan naar hem grijnzen.

Zijn uitdrukking wordt serieuzer. "Ben je klaar om te gaan of wil je je thee opdrinken?"

Mijn hartslag gaat sneller. Ik heb er niet echt over nagedacht hoe deze nacht zou kunnen eindigen, maar nu voeren allerlei pornoscenario's de Kama Sutra in mijn hoofd uit.

"Ik ben er klaar voor," zeg ik ademloos.

"Geweldig." Hij strekt zijn hand naar me uit. "Laten we gaan."

Mijn polsslag versnelt verder en ik pak zijn handpalm vast.

Hij is groot, warm en eeltig en ik wil hem nooit meer teruggeven.

"Dag pap," zegt Alex tegen de slapende Boris. "Dag, mam!" roept hij naar de dansvloer.

Natasha zwaait en we gaan hand in hand naar buiten.

De wandeling naar de limousine verloopt alsof ik in

een droom zit.

Hij houdt de deur weer voor me open en ik glijd naar binnen. Hij voegt zich bij me en gaat, in tegenstelling tot eerder, naast me zitten.

Jemig.

Staat dit op het punt een echte - en echt hete - date te worden?

Hoofdstuk Tweeëntwintig

*N*u hij centimeters van me verwijderd is, eet ik hem met mijn ogen bijna op.

De man is het visuele equivalent van speed voor de eierstokken.

"Heb ik je al verteld hoe geweldig je er vanavond uitziet?" mompelt hij, terwijl zijn ogen gretig terugkijken.

Warmte stroomt over mijn huid als ik dichterbij glijd, aangemoedigd door zowel de alcohol als door de overduidelijke honger in die hemelsblauwe blik. "Het onderwerp is misschien ter sprake gekomen."

Zijn stem wordt hees. "Je ruikt ook heerlijk."

"Niet zo lekker als jij." Ik leun naar voren en adem schaamteloos de lekkere theegeur in die me de hele avond al gek heeft gemaakt.

Hij neemt mijn kin tussen zijn vingers en staart in mijn ogen.

Ik verlies het gevecht met mijn zelfbeheersing en

strek mijn hand uit om zijn weerbarstige haar te temmen - dat heerlijk glad en zijdezacht blijkt te zijn, koel aan de uiteinden en warm dichter bij zijn hoofdhuid.

Zijn adem hapert bij mijn aanraking, zijn ogen worden donkerder en hij neemt wraak door een los plukje van mijn haar achter mijn linkeroor te stoppen.

De hitte in mij wordt intenser en de limousine begint te draaien.

Als twee magneten worden we door een kracht die groter is dan wijzelf naar elkaar toe getrokken.

Onze lippen smelten samen.

De tijd lijkt stil te staan.

De kus is goed. Eng goed. Ik ben dronken van alle sensaties die hij bij me naar boven haalt. Hij smaakt naar die heerlijke thee, zijn lippen zacht en warm, zachtaardig maar genadeloos in het eisen van een reactie - een reactie waardoor ik me volledig onbeheerst voel.

De limousine draait nu als een NASA-trainingsmodule en er woedt een inferno in mijn kern. De aanraking van een veer die op de juiste plaats wordt aangebracht, zou me waarschijnlijk klaar doen komen.

Dit moet een soort wodkabijwerking zijn. Geen enkele kus kan zo aanvoelen.

Hijgend laat ik mijn handen langs zijn rug glijden.

Zijn gespierde, brede, onmogelijk sterke rug.

Hij trekt zich terug.

Wat voor de duivel?

Mijn eierstokken bevinden zich zo ver in het

blauwe spectrum dat ze misschien violet en dan groen gaan worden.

De limousine stopt.

Ah. We zijn gearriveerd.

Ik kijk uit het raam.

Inderdaad. Mijn huis.

Met bonzend hart draai ik me om en kijk hem aan. "Ga met me mee naar boven."

Hij stopt nog een lok haar achter mijn oor en zijn aanraking stuurt weer een golf warmte naar mijn kern. "Dat kan ik niet." Zijn stem is schor, zijn toon klinkt berouwvol.

"Je kan niet?" Ik kijk niet begrijpend naar de bult in zijn broek.

Hij zucht. "Ik wil dat je deze uitnodiging doet als je geen pure wodka in je aderen hebt zitten."

"Ik ben niet dronken." Drommels. De woorden zijn met dubbele tong gesproken.

Zijn blik wordt meelevend. "Zal ik je helpen om naar binnen te gaan?"

Aha. Maas in de wet. Het is nog niet verloren.

Hij verlaat zonder enig teken van bedwelming de auto.

Ik klim achter hem aan, mijn verraderlijke lichaam voelt vreemd zwaar en onhandig aan.

Hij ondersteunt me bij mijn elleboog terwijl ik uitstap.

Hmm. Mijn knieën voelen wiebelig aan. Het moeten al die verdomde hormonen zijn die door de verdomde kus zijn aangewakkerd.

Hij trekt zachtjes aan mijn elleboog. "Laten we gaan."

Ik geniet van het gevoel van zijn sterke hand die me ondersteunt terwijl hij me naar mijn deur leidt. De deur van het slot halend glimlach ik zo verleidelijk als ik kan. "Zal ik wat thee voor je maken?"

Zo. Wie kan de verleiding van een goede kop thee weigeren?

De blik op zijn gezicht is die van een uitgedroogde man die de woestijn is doorkruist. "Ik heb geen dorst."

Ik knars met mijn tanden. "Prima. Ik heb je toch niet nodig."

Hij trekt een wenkbrauw op.

"Ik heb het pak, weet je nog? Er is altijd nog een virtuele Alex."

Zijn lippen worden smal. "Virtuele Alex?"

"Ja, dat klopt. Die kerel is veel meegaander dan het echte werk."

Zijn ogen vernauwen zich. "Je zou naar bed moeten gaan."

Ik til mijn kin op. "Wat? Jaloers op een beetje concurrentie?"

"Dat pak is eigendom van mijn bedrijf," zegt hij vlak. "Ik zou het graag terug willen hebben. Nu. Meteen."

Met een grom strompel ik naar binnen en struikel bijna over mijn pentagramvormige salontafel voordat hij me vangt.

Dus *nu* komt hij wel binnen? Eikel.

Ik trek me uit zijn hand los en ren naar de

slaapkamer. Met trillende handen van woede stop ik het pak in de met penissen versierde rugzak en gooi het naar hem.

Hij vangt behendig het projectiel op en geeft me een irritante grijns. "Bedankt." Hij doet de rugzak op zijn rug. "Rust nu."

Grr. Waarom windt die bevelende toon me op?

Tijd om serieus te worden. Ik plof in een hopelijk verleidelijke houding op het bed neer. Natuurlijk kan ik er ook als een dronkenlap uitzien. "Laatste kans om met me mee te doen," smeek ik - nogmaals, hopelijk verleidelijk.

Zijn neusvleugels trillen. "Ik moet de sleutel van je deur lenen."

"Mijn sleutel?" Sexy pose vergetend, spring ik overeind. "Waarom?"

"Zodat ik op weg naar buiten de deur op slot kan doen," zegt hij, terwijl hij elk woord uitspreekt alsof ik plotseling zevenenveertig IQ-punten ben kwijtgeraakt.

"Ik kan mijn eigen deur op slot doen, heel erg bedankt."

Hij schudt zijn hoofd. "Dan struikel je misschien weer over die heksentafel."

"Niet hekserig. Ik hou gewoon van vijfpuntige meubels."

"Ik laat de sleutel in je brievenbus achter," zegt hij. "Is die vergrendeld?"

Ik knik schokkerig.

Hij steekt zijn hand uit. "Wees nu een braaf meisje."

Ugh. Ik klauter van het bed, graaf in mijn tas en sla de sleutel in zijn handpalm.

"Goed. Slaap lekker." Met een laatste warme blik, draait hij zich om en vertrekt zonder de slaapkamerdeur te sluiten.

Prima. Ik heb hem en zijn verdomde pik niet nodig. Of het pak.

Ik heb de dildo van zijn zus.

Eigenlijk zou ik het nu als mijn dildo moeten zien. Of als Optimus Prime.

Ik roep bijna het stukje over de dildo achter hem aan, maar houdt mezelf op het laatste moment in.

Wat als hij zich helemaal als holbewoner gaat gedragen en de dildo steelt?

Dat kunnen we niet hebben. Blauwe eierstokken moeten tevredengesteld worden.

Ik ga hier liggen en wacht tot ik hem de voordeur op slot hoor doen voordat ik op de dildo af spring.

Ik wacht.

Is hij weg?

Kan maar beter een paar minuten extra wachten. Ik kan hem me niet met mijn broek omlaag laten betrappen.

Ik gaap.

Misschien kan het geen kwaad om mijn ogen even te sluiten?

Op het moment dat mijn bovenste en onderste wimpers elkaar raken, word ik door de slaap overvallen en ga ik knock-out.

Hoofdstuk Drieëntwintig

*I*s dat de verdomde Big Ben?

Het geluid moet minimaal 127 decibel zijn - hard genoeg om mijn oren blijvend te beschadigen.

Oh. Het is mijn wekker.

Ik sla op de sluimerknop voordat mijn trommelvliezen exploderen.

Wat voor de duivel? Ik ben misselijk en ik heb hoofdpijn die migraine heeft.

Drommels. Ik weet wat dit is.

Een kater.

Maar dat impliceert dronkenschap.

Oh nee. Het komt allemaal weer bij me terug - vooral het deel waar ik aan het eind van de avond Alex probeerde te verleiden.

Wat dacht ik in vredesnaam? Als je het over het maken van een puinhoop hebt.

Met veel moeite ga ik rechtop zitten en ik realiseer me vaag dat ik volledig gekleed ben.

De kamer draait om me heen. Er komt een vlieg langs die als een cirkelzaag klinkt.

Hoe dronken was ik als ik me zo vreselijk voel? Zijn die dingen direct proportioneel?

Tegen de tijd dat ik opsta, wordt de hoofdpijn erger.

Hé, ik loop tenminste in een rechte lijn.

Ik doorloop mijn ochtendroutine totdat ik me in de keuken bevind.

Hmm. Er staat een Gatorade in mijn koelkast.

Die heb ik niet gekocht.

Heeft Alex hem voor me gehaald?

Ik weet niet zeker of ik van streek zou moeten zijn dat hij zichzelf binnen heeft gelaten of blij moet zijn dat hij zich zorgen maakte over mijn elektrolyten, dus ik drink het tot mijn maag op het punt staat om te barsten.

Zo. Als ik nu een vat Tylenol neem, dan kan ik misschien aan het werk gaan.

———

Ik neem een taxi, omdat het openbaar vervoer vandaag waarschijnlijk mijn hersenen zou laten ontploffen.

Een paar blokken van huis begint mijn telefoon te trillen.

"Hallo?"

"Hé, zus," gilt Gia. "Hoe was de date?"

"Ugh." Ik hou de telefoon een paar centimeter van mijn suizende oren vandaan. "Praat zachter."

"Waar heb je het over?" roept ze nog harder. "Ik fluister bijna."

Ik vertel haar over wat er is gebeurd en met elk woord dat mijn mond uitkomt, wordt het gevoel van versterving en afschuw groter.

Ik heb Alex gekust... en heb mezelf toen als een sloerie aan hem aangeboden.

Ik heb zo ongeveer mijn baas aangerand.

"Dus," zegt Gia als ik klaar ben met het hele vreselijke verhaal. "Wat ga je nu doen?"

"Geen idee. Op de een of andere manier mijn carrière redden?"

"Ik had het over hem. Zijn jullie twee nu aan het daten?"

"Niet erg verdomd waarschijnlijk. We werken nog steeds samen."

En dat is nog maar het topje van de ijsberg. Hoe dan ook, wie zegt dat hij überhaupt met me zou willen daten? Hij heeft tenslotte na die kus al mijn avances geweigerd. Als het voor hem net zo heet was geweest als voor mij, dan zou hij dat niet hebben gedaan.

"Prima. Ik zal er verder niet op aandringen," zegt Gia met een dramatische zucht.

Is de hel naar Antarctica verhuisd?

"Geweldig, bedankt."

"Ik hoop alleen dat je kater niet te erg is voor de lunch die je me verschuldigd bent."

Ik breng de telefoon weer naar mijn oor, zeker dat ik haar verkeerd verstaan heb. "Welke lunch?"

"Met onze ouderunits," zegt ze en ik kan haar ogen bijna horen rollen. "Crystal en Harry Hyman. Kippensekser en penetratietester. Ken je ze nog? De redenen waarom wij zo verknipt zijn?"

Als we inderdaad zo verknipt zijn, dan zouden we dat net zo goed aan onze zussen te danken hebben als aan onze ouders, maar dat zeg ik niet, in plaats daarvan kies ik voor een met afschuw vervulde, "Is dat vandaag?"

"Je weet dat het dat is," zegt Gia. "En nee, je komt er niet onderuit door te zeggen dat je een kater hebt."

"Goed dan," mopper ik. "Ik wou dat de hoofdpijn in plaats daarvan een pijn in mijn kont zou zijn - dat zou me helpen om te doen alsof ik jou ben."

"Dat slaat nergens op. Tenzij je het over anaal hebt. Nee, zelfs niet in dat geval. "

"Goed. Onzin uitkramen zou me ook moeten helpen om voor jou door te gaan."

"Als je wilt dat ze geloven dat jij mij bent, probeer dan geen grappen te maken, vooral niet op deze manier," zegt ze. "En vermijd het Britse gedoe. Een vriend van me zal je een tas met benodigdheden brengen."

"Benodigdheden?" Ik voel een absurde steek van jaloezie bij het noemen van een vriend. Ondanks onze identieke genen en opvoeding en zelfs met al haar ijverige vermijding van ziektekiemen, heeft Gia een veel beter sociaal leven dan ik... ze heeft er tenminste een.

Ze snuift, zich gelukkig niet bewust van mijn gedachten. "Zou je in dezelfde outfit gaan die je naar je werk draagt?"

Ik kijk naar beneden. Yep. Ik heb aan wat ik normaal gesproken aan heb - zoals het hoort. "Ik had daar niet eens over nagedacht. Ik denk dat ik vandaag meer op jou lijk dan ik me realiseerde."

"Ha ha. In de tas zullen wat kleren, een pruik en make-up zitten."

Ik voel mijn hoofdpijn erger worden. "Geweldig. Ik kijk er naar uit om er als Morticia Addams uit te zien... als ze lid van een motorclub was geworden."

"Daar zou ik naar kijken," zegt Gia. "Laat ze ook wat magie zien. Doe dat zevenendertigding dat ik je laatst heb laten zien."

"Klinkt goed." Ik weet dat ze wil dat ik haar vraag hoe ze er zo zeker van kan zijn dat onze ouders aan zevenendertig zullen denken als ik de truc doe, dus ik weersta de verleiding. "Hoe zit het met Tigger?"

"Is dat de broer van Bella's vriend?" vraagt ze.

"Juist. Wil je een date met hem?"

"Natuurlijk niet," zegt ze. "Hij klinkt als een mannelijke hoer en dat is het laatste wat ik nodig heb."

De drang om in discussie te gaan is sterk, maar ik besluit een aardige zus te zijn en verzet me ertegen. Ze slaat tenslotte vooral de lunch met onze ouders over zodat ze niet onder druk wordt gezet om te gaan daten.

"Goed dan," zeg ik. "Laat het me weten als je van gedachten bent veranderd."

"Dat zal ik niet," zegt ze vastberaden. "Hoe dan ook, ik kan maar beter gaan."

"Do svidaniya."

"Nou, dat is nieuw," zegt ze en met een doei hangt ze op.

Hoofdstuk Vierentwintig

Ik stap op de verdieping van mijn kantoor uit de lift en krimp ineen bij het kabaal dat mijn collega's aan het creëren zijn. Terwijl ik mijn oren vasthoud, ren ik naar mijn bureau voordat iemand me iets stoms, zoals "Hoe gaat het?", kan vragen.

Terwijl ik ren, merk ik iets raars op. Naast de bureaus van de ontwikkelaars staan extra stoelen.

Waarom is dat?

Ik open mijn e-mail en grimas bij het zien van mijn inbox. Je slaat een dag over en het stomme ding stroomt over.

Ik begin met te kijken of ik iets van Alex heb. Als ik ontslagen word, dan blijft me in ieder geval de rest van de inbox bespaard, om nog maar over de afschuwelijke kakofonie van mijn collega's te zwijgen.

De eerste e-mail gaat over de games voor het ziekenhuis. Alex stelt voor om met Dr. Piper en zijn mensen om de tafel te gaan zitten, zodat hij ervoor kan zorgen dat iedereen op dezelfde lijn zit. Ik zou hier blij mee zijn als deze e-mail niet gisteren was gestuurd - uren voor mijn ongepaste gedrag.

Alsof het mijn werkgerelateerde angst wil vergroten, is de volgende mail van Alex een stuk sinister.

Een vergaderverzoek.

Locatie: zijn kantoor.

Agenda: blanco.

Tijd: een uur vanaf nu.

Drommels.

Moet ik me überhaupt nog druk maken over de rest van de inbox?

Ik denk dat ik dat wel doe. Ik moet iets te doen hebben als ik het komende uur niet gek wil worden.

Maar de belangrijkste dingen eerst. Als ik mijn baan behoud, dan wil ik dat de ontmoeting met Dr. Piper zo snel mogelijk plaatsvindt, dus ik e-mail hem erover - het tijdsbestek voordat hij mijn werk met porno zal associëren, wordt al snel kleiner. Dan kijk ik of ik iets van Bella heb. Ze is tenslotte ook mijn baas, en volgens Alex is dit meer haar bedrijf dan het zijne.

Er is maar één e-mail van haar, ook van gisteren. Blijkbaar hebben Bella en Alex besloten om zoiets als pairing programming te implementeren - een techniek die bij 1000 Devils zeer effectief is gebleken. Ze zegt dat als ik er goede argumenten tegen heb, ik meteen met haar moet praten en dat als een aantal ontwikkelaars liever alleen werken, er uitzonderingen kunnen worden gemaakt.

Dit moet de reden zijn voor de extra stoelen.

Hoewel ik een idee heb van wat pairing programming is, lees ik er nog wat meer over.

Ook wel bekend als pairing, het is zoals de naam al doet vermoeden: twee programmeurs die naast elkaar zitten en samenwerken. De driver typt de code, terwijl de andere persoon, de navigator, de code gaandeweg bekijkt. Uiteraard worden de rollen regelmatig gewisseld.

Waarom heb ik dit nog nooit geprobeerd? Volgens onderzoek gaat de kwaliteit van de code omhoog als je dit doet en het leidt ertoe dat iedereen in het team kennis beter deelt.

Heel goed. Als ik niet ontslagen ben, dan ben ik benieuwd hoe deze pairing verloopt.

Iemand schraapt zijn keel. Tweemaal. "Hoi, Holly."

Ik wrijf over mijn bonzende slapen en kijk omhoog.

Ik had het aan de hand van het schrapen van de keel kunnen raden.

Het is Buckley.

"Hoi," zeg ik. "Wat kan ik voor je doen?"

Hij schraapt nog twee keer zijn keel. "Ik wilde alleen afscheid nemen."

"Oh?"

Een enkele keer schrapen van de keel. God zij dank. "Ik heb de overplaatsing die ik wilde al gekregen. Het nieuwe management is snel."

"Ah." Ik doe mijn best om er niet *al te* blij uit te zien. "Gefeliciteerd."

Hij schraapt nog twee keer zijn keel. "Vandaag is mijn laatste dag."

Hij is nu bij zeven keer zijn keel schrapen. Hoe zorg ik ervoor dat hij het daarbij laat?

"Geweldig," zeg ik. "Ik wens je het allerbeste."

Ik zwaai gedag.

Nee. Hij schraapt twee keer zijn keel, alsof hij me opzettelijk gek probeert te maken. "We zouden contact moeten houden."

"Tuurlijk," zeg ik. "Zullen we doen."

Niet erg verdomd waarschijnlijk.

Terwijl hij me een onprofessioneel lange blik toewerpt die ik zeker niet zal missen, schraapt hij opnieuw zijn keel en vertrekt.

Ik doe net of ik het niet erg vind dat hij in totaal tien keer zijn keel heeft geschraapt.

Stoort me helemaal niet.

Nee.

Ik ben zo zen als elf hindoeïstische koeien. Zo cool als zeven komkommers.

Oké, prima. Ik heb iets nodig dat stimulerender en boeiender dan het checken van e-mail is en ik weet precies wat ik kan doen - de code die Robert me pas geleden via de e-mail heeft gestuurd. Als ik mijn baan behoud, dan zal ik aan pakintegratie werken, dus ik kan net zo goed een kijkje nemen.

Ik dacht dat mijn hoofdpijn niet erger kon worden, maar hier zijn we dan. De code zelf is goed, elegant zelfs, maar niet netjes.

Ik zorg ervoor dat alle regels met vier spaties

worden ingesprongen en dan los ik spelfouten in de opmerkingen op totdat ik een herinnering over de aanstaande vergadering met Alex krijg.

Drommels. Was het bijna vergeten. Vergeet plezier, de tijd vliegt pas *echt* als je aan het opruimen bent.

Voordat ik van mijn bureau opsta, typ ik het commando om de opgeruimde code naar de gedeelde databank te verzenden. Anders zal als mijn computer het begeeft, mijn werk verloren gaan. Ik doe dit voorzichtig, want ik heb het hele team ooit een keer bijna een hartaanval gegeven toen ik deze stap had verknoeid en het leek alsof er een jaar hard werken verdwenen was. Gelukkig had ik alle code waarvan ze dachten dat we ze kwijt waren, lokaal op mijn computer opgeslagen, dus ik heb de code toen opnieuw ingevoerd en iedereen stopte met flippen.

Is het mijn aanstaande ontmoeting met Alex of is de term "code-indiening" vaag BDSMie? Is BDSMie ook een woord?

Grr. Waarom denk ik over taalkunde na? Alex en mijn lot wachten.

Terwijl ik opsta, verscherpt de pijn in mijn hoofd zich tot een kloppend gevoel.

Nou, daar valt nu niks aan te doen.

Ik loop snel naar het kantoor waar ik heb ingebroken en klop aan.

"Kom binnen," zegt Alex met zijn sexy accent in volle kracht.

Ik haal diep adem en stap naar binnen.

Hoofdstuk Vijfentwintig

*I*n één oogopslag zie ik dat hij inderdaad een nieuwe monitor, een toetsenbord en zelfs een extra stoel heeft gekregen. Wat echter echt mijn aandacht trekt, is de man zelf.

Hoewel ik betwijfel of hij zich vanmorgen heeft geschoren, is hij dankzij de scheerbeurt van de vorige dag niet zo onverzorgd als gewoonlijk en zelfs zijn haar is een minder grote puinhoop - dit alles versterkt de heerlijkheid die ik zou moeten negeren.

Zou door iemand die zo heet is, ontslagen worden, meer pijn doen?

Moeilijk te zeggen.

Over moeilijk gesproken, dat deed hij gisteravond zeker. Ook al klopte hij net zo hard als mijn hoofdpijn.

Ugh. Schiet me nu maar neer.

"Hallo," zeg ik als ik me realiseer dat ik daar al veel te lang in stilte heb gestaan.

Zijn uitdrukking is onleesbaar, waardoor hij op zijn

broer Vlad lijkt. Mijn handpalmen worden zweterig, mijn maag trekt samen.

"Privet," zegt hij.

Een informeel hallo? Misschien is dat een goed teken?

'Ik- ik denk dat ik weet waarom ik hier ben," stamel ik.

Hij trekt zijn rechterwenkbrauw een fractie van een millimeter op. "Echt?"

Ik knik met mijn hoofd. "Het spijt me van gisteravond."

Er verschijnt een frons op zijn voorhoofd. "Is dat zo?"

"Ik heb me onprofessioneel gedragen." Ik kijk verlangend naar zijn stoel voor gasten. Ik weet niet zeker of het de kater is of deze ontmoeting tot nu toe, maar mijn benen voelen als pudding aan.

"Ga zitten." Hij laat het als een bevel klinken.

Ik gehoorzaam graag. "Zoals ik zei, het spijt me van mijn ongepaste gedrag. Het zal niet meer gebeuren."

Zijn uitdrukking wordt nog moeilijker te ontcijferen. "Niet?"

"Ik beloof het. Laat me alsjeblieft mijn baan behouden. Ik—"

"Denk je dat ik je hier heb gevraagd om je te ontslaan?"

Nu is zijn gezicht gemakkelijk te lezen. De boze uitdrukking zegt dat als hij eerder niet had overwogen om me te ontslaan, hij het nu wel overweegt.

Ik slik hard. "Je hebt de agenda op het vergaderverzoek niet ingevuld."

Zijn hemelsblauwe blik wordt donkerder. "Dus je ging ervan uit dat je ontslagen werd? Is jouw mening over mij zo laag of probeer je zo pessimistisch als een stereotiepe Rus te zijn?"

Oef. Ik denk dat hij me niet ontslaat. Mijn zucht van verlichting is hoorbaar. "Waar wil je dan over praten?"

"Pakintegratie." Hij draait zijn scherm mijn kant op en ik zie de code die ik net heb verbeterd.

"Oh."

Een hint van die gemene grijns verschijnt op zijn gezicht. "Ik wilde het in het bijzonder hebben over hoe we aan de code gaan werken."

"We?"

Hij gaat toch niet zeggen wat ik denk dat hij gaat zeggen, of wel? Dat zou ondenkbaar zijn. Alsof je een beer een honingopslagplaats binnenlaat. Alsof-

De grijns is nu duidelijk aanwezig. "Ik wil dat wij twee gaan paren."

Hoofdstuk Zesentwintig

*H*ij bedoelt paren zoals in de programmeertechniek, maar beelden van ons terwijl we geslachtsgemeenschap hebben dringen mijn brein binnen en weigeren te vertrekken. Of beter gezegd, ze zijn nooit echt weggegaan, maar nu staan ze vooraan.

Hij draait het scherm weer naar zichzelf toe. "Schuif je stoel dichterbij."

Wacht. Nu?

Gaan we nu paren?

Hij kijkt me verwachtingsvol aan.

Ik denk van wel. We gaan paren.

Binaire goden help me.

Ik sleep mijn stoel naar voren tot ik dichtbij genoeg ben om zijn lekkere geur op te vangen.

"Je hebt zojuist een code ingediend," zegt hij, terwijl hij zijn aandacht op het scherm richt. "Laat het me synchroniseren, zodat we naar het laatste kijken."

Is het normaal om op te merken hoe sexy zijn vingers zijn als ze die commando's typen? Ik stel me voor dat ze over mijn lichaam dansen in plaats van op de gelukkige toetsen van het toetsenbord en mijn ademhaling versnelt. De manier waarop hij zojuist op die C-toets drukte-

"Je hebt een aantal bestanden er mooier uit laten zien," mompelt hij, zijn aandacht nog steeds op het scherm gefixeerd. "Het is nu gemakkelijker te begrijpen wat er aan de hand is. Dank je wel!"

Verdomme. Waarom heeft dat compliment me naar de kus van gisteravond teruggebracht?

"Geen probleem," lukt me te zeggen.

"Wil je de drive doen of navigeren?"

"Ik wil de drive doen," zeg ik snel. Gelukkig voeg ik er niet "als een gek in bed" aan toe.

Drommels, nog even en mijn gedachten zijn er klaar voor om een artikel in *Cosmo* te worden.

Hij schuift zijn stoel weg en ik schuif achter het toetsenbord.

"Zullen we aan die kwestie werken waar je het met mijn zus over had?" zegt hij.

"Tuurlijk. Kun je me helpen om naar het relevante bestand te navigeren?"

Hij vertelt me waar ik heen moet en we bekijken de dingen samen. Helaas maken zijn nabijheid en de kater het buitengewoon moeilijk om me te concentreren.

Als dit paren gebeuren door wil gaan, dan moet ik serieus hydrateren... en masturberen.

Zodra we het bestand hebben geopend, scan ik op fouten als het om het gladstrijken van de problemen gaat die ik heb gezien. Ik vind iets en hij is het ermee eens dat de verandering zou helpen, dus we werken eraan terwijl ik tegen de drang vecht om hem opnieuw te kussen.

Wie had gedacht dat coderen zo seksueel frustrerend kon zijn?

"We zullen dit moeten testen," zegt hij als ik verklaar dat ik klaar ben met de verandering.

Ik val bijna van mijn stoel.

Testen. Zoals in het gebruiken van het pak?

Ik zag het eerste probleem terwijl ik met de replica van hem in VR aan het spelen was, dus zo stel ik me de tests voor waar hij het over heeft. Alleen zou ik me deze keer voor hem uit moeten kleden en-

Mijn telefoon gaat.

Ik negeer het en sluit het bestand.

Het stomme ding gaat weer over.

"Je zou op moeten nemen," zegt hij. "Ik heb zo toch een andere afspraak. We pakken dit vanmiddag weer op."

Dus het testen voor boven de achttien zal in de middag plaatsvinden.

Heel goed. Ik ben nu zo kalm.

De telefoon gaat weer. Iets onbegrijpelijks stamelend, beantwoord ik eindelijk de verdomde oproep.

Het is de beveiliging van beneden. Iemand heeft een pakketje achtergelaten en ik moet het ophalen.

"Zie je later," zegt Alex als ik uitleg dat ik moet gaan.

"Do svidaniya," zeg ik terwijl ik wegga.

"Do *skorovo* svidaniya," zegt hij met een grijns.

In de lift haal ik mijn telefoon tevoorschijn en leer dat *skorovo aanstaande* betekent.

Yep.

Meer paren en testen is aanstaande - ervan uitgaande dat ik deze lunch met mijn ouders overleef.

Hoofdstuk Zevenentwintig

*M*et het pakket op sleeptouw, ga ik terug naar mijn verdieping.

Ik heb voordat het lunchtijd is nog wat tijd te doden, dus ik besluit Bella's vragenlijst zo veel mogelijk in te vullen.

Verdorie.

Sommige van die vragen zijn op zijn zachtst gezegd voor achttien jaar en ouder. Ik hoop dat niemand langs mijn bureau komt - of zich afvraagt waarom ik zo hevig bloos.

Vragenlijst compleet, besluit ik dat het tijd is om me op de lunch voor te bereiden, dus sluip ik de wc in om te passen wat er in Gia's pakket zit.

Nee, niet wc. Toilet.

Moet tijdens die lunch op mijn Brits-achtige woorden letten.

In de doos zit mijn vampier-make-over: een zwarte pruik, een fles foundation die een tint te bleek is, een paar motorlaarzen, een donkere lippenstift en een outfit bestaande uit een zwarte spijkerbroek, een zwarte top met lange mouwen en een leren vest met metalen studs erop. Er zijn ook mooie zwarte handschoenen die dubbel werk doen, waardoor het lijkt alsof ik me zorgen maak over ziektekiemen, terwijl ik ook het gebrek aan zwarte nagellak op mijn handen bedek.

Tegen de tijd dat ik klaar ben, lijk ik genoeg op mijn tweelingzus dat mijn eigen moeder ons niet uit elkaar zou kunnen houden - en dat is het doel.

Ik verstop mijn eigen spullen in de nu lege doos en bereid me voor om naar buiten te gaan, alleen komt op dat moment Bella binnen en die moet even twee keer kijken.

"Wauw. Ik heb van casual vrijdagen gehoord, maar nooit van Goth-donderdagen."

Ik trek een gezicht. "Het is een lang verhaal."

Ze grijnst. "Laat me raden. Je kater is net zo erg als de mijne, dus je hebt besloten om er net zo uit te zien zoals je je voelt."

"Dat is geen slechte gok," zeg ik glimlachend terug.

Haar grijns wordt kwaadaardig. "Dus hebben jij en Alex gepaard?"

Ik bloos door de foundation heen en knik. Dan, aangezien ik toch al nerveus ben, trek ik haar ondeugende formulier tevoorschijn en duw het in haar handen. "Meer dan dit zal ik niet in kunnen vullen. Alex heeft het pak meegenomen."

Ze grinnikt. "Verbaast me niks. Zelfs als kind vond Alex het niet leuk om zijn speelgoed te delen."

Ben ik hier het speeltje of is het pak dat? Of misschien heeft ze het over virtuele Alex?

"Ik heb iets te doen." Ik werp een blik op de deur.

"Ik ook." Ze loopt naar een van de hokjes. "Doeg."

Ik kijk stiekem naar mijn telefoon en sprint terug naar mijn bureau, de verbaasde blikken van mijn collega's negerend. Ik laat de doos met mijn normale spullen bij mijn stoel vallen en haast me naar de lift.

Wacht eens even.

Zag ik Alex net in mijn ooghoek? Hopelijk niet - ik wil vooral niet aan hem mijn look uitleggen.

Tot mijn opluchting komt de lift er snel aan en vanaf daar is de reis naar Miso Hungry rustig.

Mijn ouders zitten aan een hoektafel te wachten als ik naar binnen stap.

Ze zien me nog niet, wat goed is.

Ik loop naar de gastvrouw.

Ze lijkt me niet te herkennen.

Goed.

"Hoi," zeg ik. "Ik weet dat ik er vandaag anders uitzie, maar ik ben de klant die zevenenveertig blokjes tofu in haar misosoep besteld."

"Ah," zegt ze een beetje te luid. "Dat is een mooie look voor jou."

"Dank je. Ik zal daar zitten." Ik wijs naar mijn ouders. "Als ik later misosoep en rolletjes bestel, kun je ze dan maken zoals ik ze gewoonlijk neem?"

Ze knikt.

215

Geweldig. Misschien gaat dit me wel lukken.

Ik nader de tafel. "Hoi mam. Hoi pap."

Toen hij jong was, leek pap op Bob Dylan - dat zegt mama tenminste. Tegenwoordig lijkt hij meer op een zwerver, met een wilde baard en een griezelige zilveren paardenstaart die uit een beanie steekt die zijn kale plek verbergt. Een goedgevoede zwerver - zijn buik lijkt op die van mama vlak voordat de zeslingen zich een weg uit haar baanden. In tegenstelling tot papa en ondanks dat er acht mensen in haar buik hebben gezeten, is mama's buik plat, haar haar is glanzend en haar huid is glad. Ze ziet eruit alsof ze mijn oudere zus zou kunnen zijn, wat me optimistisch maakt over gracieus ouder worden.

Opmerking voor mezelf: moet pap niet met zijn eetgewoonten pesten, want dat zou Gia niet doen.

Of wel?

Mam springt overeind en vouwt haar handen in elkaar, in yogastijl. "Namaste, zonneschijn."

Zonneschijn? Is dat sarcasme? Ik lijk op een wezen van de nacht dat zonneschijn doodt.

"Ding 2." Papa's glimlach is maf als hij op mijn schouder klopt.

Gescoord. Hij noemde me Ding 2. Tot nu toe werkt het bedrog. Ik ben eigenlijk Ding 1, omdat ik de oudste ben, hoewel dat gewoon betekent dat ik Gia in onze race om uit mama's vagina te komen met een paar seconden heb verslagen. De zesling zijn Ding 3 t/m 8, dus ik heb veel geluk. Ik ben niet Ding 4 of Ding 6 of - huiver - een heel niet priemgetal Ding 8.

"Ik voel spanning," zegt pap. "Ben je niet in balans? Wil je een schoudermassage?"

"We gaan eerst eten," zegt mama op de moederlijke toon die ze heeft geperfectioneerd terwijl ze met acht opgroeiende monsters te maken had - ik bedoel meisjes.

Met een lichte pruillip en een zucht ploft pap weer in zijn stoel. Hij wil graag iedereen behagen, dus hem de kans ontzeggen om een schoudermassage te geven, is als het wegnemen van s'mores van een uitgehongerde hippie met het ergste geval van een vreetbui in de geschiedenis van cannabis.

Mam gaat zitten, dus ik neem de overgebleven stoel, die toevallig naar de deur wijst.

"Hoe gaat het?" vraag ik, gretig om het gesprek zo ver mogelijk van mijn persoon af te houden. "Hebben jullie nog iets interessants gedaan nu jullie in de stad zijn?"

"Het kan niet beter." Mam opent haar menu. "Gisteravond hebben we een burlesque optreden gezien. Daarna veranderde je vader in een beest."

En zo begint het. Ik wed dat als ik elke keer een drankje zou nemen als mijn moeder iets zegt waardoor ik mijn vingers in mijn oren wil steken, mijn huidige kater op een kriebel zou lijken.

"Hoe is het in het land van Ding 2?" vraagt pap. "Volg je nog steeds je droom?"

"Ja," zeg ik. "Magie is geweldig."

Als ze hierin trappen, dan is de rest van de lunch een makkie. Hoewel ik altijd probeer om Gia te steunen, kan ik het niet helpen dat ik haar magie meer als een hobby zie dan als iets wat een volwassene doet om de rekeningen op tijd te betalen.

Pap knikt goedkeurend. "Ik heb zoveel bewondering voor wat je doet."

Ik trek voorzichtig een wenkbrauw op - de dikke laag foundation op mijn voorhoofd voelt aan alsof hij elk moment los kan laten.

"Je dromen manifesteren," verduidelijkt hij. "Ik heb mijn gewone baan nog steeds niet opgezegd."

"Dankzij je gewone baan kunnen we zo reizen," zegt mama geruststellend. "Plus, als penetratie-"

"Mam." Ik kijk bezorgd naar de gastvrouw. "Maak alsjeblieft geen grappen over penetratie, ik smeek het je."

Pap trekt aan zijn baard. "Het is gewoon stom om voor *een baas* te werken."

De serveerster komt langs en we bestellen. Zodra ze vertrekt, bied ik aan om mijn ouders een goocheltruc te laten zien, aangezien Gia dat nu wel zou hebben gedaan.

Tot mijn grote ergernis denken ze aan het getal zevenendertig als daarom wordt gevraagd - Gia slaagt erin magie te beoefenen zonder zelf aanwezig te zijn.

"Dat was geweldig." Pap schenkt voor ons drieën schaaltjes sojasaus in. "Doet me denken aan die video die ik je laatst heb gestuurd."

Interessant. Stuurt hij Gia video's met goocheltrucs? Het laatste dat hij mij heeft gestuurd was een theoretische informatica-verhandeling over NPhardheid (waarbij N en P voor niet-deterministische polynomiale tijd staan en niet voor, laten we zeggen, naakte penis.)

"Ja, geweldige video," zeg ik. "Dank je."

Om meer gepraat over magie te voorkomen, stop ik een stuk avocadorol in mijn mond en doe alsof het groter is dan het is.

Mam pakt een stuk sushi met haar eetstokjes. "Het spijt me dat ik het gesprek van magie weg moet halen, maar er was iets waar ik met je over wilde praten."

Ik raak gespannen, maar probeer het te verbergen. Het laatste wat ik wil is een schoudermassage van pap. "Wat is er aan de hand?"

"We maken ons zorgen om je zus," zegt mama.

Met haar ogen rollen is Gia's ding, dus ik geef aan de drang toe. "Welke?"

"Je tweeling," zegt mama. "Dat lijkt me duidelijk."

Drommels. Maken ze zich zorgen om *mij*? Ik bedoel, de echte ik? En hoe zit het met dat "duidelijk?" Als je willekeurig een van de zesling zou kiezen, dan zal zij je ongetwijfeld meer zorgen baren dan ik. Tenzij mama bedoelt "het is duidelijk dat we Holly's problemen met *Gia* bespreken."

Ja. Daar hou ik het op.

Ik doe Gia's ondeugende grijns na. "Wat heeft mijn Posh Spice-kloon nu weer gedaan?"

Klonk dat als Gia?

Allebei de ouders fronsen.

Geweldig. Nu zijn ze boos op me, omdat ik mezelf bespot.

"Ze lijkt anders te zijn," zegt mam.

"Niet aan het leven," zegt pap. "Slechts aan het bestaan."

Ik vernauw mijn ogen tot spleetjes naar hem. "Wat heb je vandaag gerookt?"

Hij zwaait afwijzend met zijn hand. "Vanaf het moment dat Beau uit de kast is gekomen, is ze-"

Ik mis wat hij hierna zegt, want ik word door de naam van mijn ex en de bijbehorende beklemming in mijn borst overrompeld.

Ik doe mijn best om niets op mijn gezicht te laten zien. Ik moet doen zoals Gia zou doen. Eigenlijk zou ze fronsen, dus dat doe ik. Ze haat Beau namens mij. Om me op te vrolijken, had ze toegegeven dat ze na onze breuk in zijn huis had ingebroken en laxeermiddelen aan alles in zijn koelkast had toegevoegd.

"Ik denk dat het goed met haar gaat." Ik doop een stukje avocadorol in de sojasaus. "Behalve het feit natuurlijk dat ze een betere garderobe nodig heeft."

Zo. Het is alsof ik voor deze rol geboren ben.

"Ze is sinds Beau met niemand meer op date geweest," zegt mama. "Je weet hoe belangrijk orgasmes zijn en ik denk niet dat ze ze krijgt."

Ik knars met mijn tanden. Denkt ze dat Beau me orgasmes bezorgde? "Mijn eigen seksleven is niet bepaald aan het floreren. Hoe kan ik haar helpen?"

Shit. Ze kijken me allebei raar aan. Niet goed.

"Ik bedoel, ik speel duidelijk met mezelf," voeg ik eraan toe, in de veronderstelling dat Gia zo in het bijzijn van pap kan praten zonder zich suïcidaal te voelen. "Ik ben er vrij zeker van dat Holly dat ook doet. Gewoon een priem aantal keren per dag."

Boem. Waar is mijn Oscar?

Mam gaat rechter zitten. "Denk je dat echt?"

Je zou denken dat ik haar net had verteld dat haar dochter een remedie tegen kanker had ontdekt in plaats van een dildo.

"Bakken," zeg ik. "Ik maak me meer zorgen dat ze van al die masturbatie een carpaal tunnel syndroom krijgt."

"Dat is een opluchting," zegt mam. "Het echte doel is natuurlijk om een mens die orgasmes te laten bezorgen."

Ik ben Gia. Gia zou zich moeten schamen, niet ik.

"Omdat liefde heerlijk is," voegt pap eraan toe.

"Juist. Holly en ik zullen daar gelijk mee aan de slag gaan," zeg ik met Gia's kenmerkende sarcasme. "Echt mens. Begrepen."

"Laat me weten of ik op wat voor manier dan ook kan helpen," zegt mama met een oprechte uitdrukking die me aan mijn sarcasme doet twijfelen. "Ik heb tientallen jaren ervaring met de meest tenenkrommende, verbijsterend, tantrische seks in het universum. Als je advies nodig hebt, dan ben ik er altijd voor je."

"*Dat zijn we,*" corrigeert pap haar.

Waarom heb ik geen Fugu besteld - het Japanse gerecht dat van de dodelijke kogelvis gemaakt is? De zoete afgifte van tetrodotoxine heeft misschien de voorkeur boven dit gesprek.

"Bedankt, jongens," dwing ik mezelf te zeggen.

Papa krabt aan zijn baard. "Als je liefdevolle energie de wereld instuurt, zal het karmische evenwicht altijd in jouw voordeel zijn."

Heeft de serveerster hem een gelukskoekje gegeven?

Als ik niet zou doen alsof ik Gia was, dan zou ik ze eraan herinneren dat dit voor hen niet alleen om orgasmes gaat. Ik vermoed dat ze een schoonzoon willen en een kleinzoon als ze echt geluk hebben. Hun verlangen naar een mannelijk kind is algemeen bekend. Daarom hebben ze al die jaren geleden die vruchtbaarheidsbehandeling gedaan - degene die hen in plaats daarvan zes dochters had opgeleverd.

Dat is wat pap in karma deed geloven. Hij is ervan overtuigd dat hij in een vorig leven een seriemoordenaar moet zijn geweest.

"Dus we hebben nieuws," zegt mam.

Zeg alsjeblieft niet dat je een sekscommune begint. Of een nudistenkolonie. Of een open huwelijk.

"We blijven nog een paar weken in de stad," zegt ze.

Oef. "Dat is geweldig, mam. Je zou *Mary Poppins* op Broadway moeten gaan bekijken."

Mam en pap wisselen een blik met elkaar uit.

Drommels. Gia zou een goochelshow hebben aanbevolen. Of een mentalisten-show - alsof er een verschil is.

Nou, de aap is nu uit de mouw. Als ik er nu op terugkom, dan ziet het er nog verdachter uit, dus steek ik gewoon een stuk eten in mijn mond en kauw ik.

De deur van het restaurant rinkelt.

Ik werp een blik op de nieuwkomer en mijn hart springt in mijn keel.

Het is niemand minder dan Alex Chortsky, mijn misschien nep-date en absoluut niet nep-baas.

Hoofdstuk Achtentwintig

*I*k kijk snel weg.

Misschien heeft hij me niet gezien? Of hij heeft me gezien, maar heeft me in mijn Gia-vermomming niet herkend?

De kans is aanwezig, maar klein dat hij me zo op kantoor heeft gezien.

Mijn telefoon tingelt.

Ik controleer het instinctief.

Het is een tekst van Lucifer Satan: *Ben jij dat?*

Ik ben zo'n idioot. Ik heb net naar mijn telefoon gekeken en daarmee zijn vermoedens bevestigd.

Ik werp een paniekerige blik zijn kant op.

Yep. Hij komt deze kant op.

Hier zijn zoveel problemen mee, maar het bedrog van Gia is het grootste - en dat is, in tegenstelling tot mijn waardigheid, iets dat ik nog steeds kan beschermen.

Als een idioot grijnzend zwaai ik naar hem. "Alex! Ik ben het, Gia. Hier."

Met een frons versnelt hij zijn pas.

Ouders draaien zich om. Pap krabt aan zijn baard terwijl mama begint te kwijlen.

"Gia?" zegt Alex duidelijk in de war.

"Ik weet het." De gekke grijns nadert het niveau van een joker. "Ik ben meestal veel bleker, maar je weet hoe het gaat. Ik heb vandaag vijf minuten in de zon gezeten."

Iedereen grinnikt zenuwachtig.

"Mam, pap," zeg ik. "Dit is Alex."

Ze kijken me verwachtingsvol aan.

Juist. Op dit punt legt men meestal de relatie tussen zichzelf en de persoon die ze introduceren uit.

Wat ga ik zeggen?

Dan weet ik het. Ik kan Gia een groot plezier doen - en Alex terugpakken, omdat hij me laatst voor zijn ouders heeft laten paraderen.

"Alex is mijn vriend," zeg ik nonchalant. "Ik heb hem gevraagd om mee te lunchen. Verrassing!"

Alex knippert met zijn ogen, maar lijkt erin mee te gaan. Hij weerlegt mijn bewering tenminste niet, want hij sleept een stoel van een andere tafel naar de onze.

Mijn ouders gapen hem met geschokte blikken aan.

Wauw. Vinden ze Gia volledig niet te daten?

"Alex, dit zijn Crystal en Harry Hyman, mijn ouders."

Alex schudt paps hand en kust mama in Russische stijl op de wang.

Ze ziet eruit alsof ze een ei kan gaan leggen. Buiten adem stamelt ze, "Hoe hebben jullie elkaar ontmoet?"

"Alex werkt met mijn tweelingzus," zeg ik. "Het is duidelijk dat *zij* niet met hem op date kon gaan, zijn naam heeft geen priemgetal aan letters."

In werkelijkheid *kan* ik met het aantal letters in "Alex" leven, want ik hou echt van de manier waarop het klinkt. Ik kan mezelf ook kalmeren met de wetenschap dat zijn ouders hem Sasha noemen, wat vijf letters lang is.

Alex gaat zitten. "Ja. Daten met Holly zou niet gepast zijn, toch?"

Mam lijkt niet te luisteren. Te oordelen naar de blikken die ze naar "mijn vriend" richt, zal het vanavond haar beurt zijn om een beest te zijn.

"Je lijkt gespannen," zegt pap tegen Alex.

Alex haalt zijn schouders op. "Ik ontmoet niet elke dag de ouders van een vrouw met wie ik aan het daten ben. Bovendien is er een belangrijk project waar ik met Holly aan werk, dus..."

"Zeg maar niets meer." Pap springt overeind. "Dit zal je energie voor een week opladen."

Voordat ik zoiets als SOS kan roepen, graven papa's harige vingers in Alex zijn schouders.

Ik ben Gia. Gia zou vernederd moeten zijn, niet ik.

Paps massage is zo krachtig dat zijn paardenstaart Alex in zijn gezicht raakt. Pap maakt ook vreemde grommende geluiden. Wat is dat? Is hij zo uit vorm dat het zelfs moeilijk voor hem is om met zijn vingers te knijpen? Of probeert hij een vibratie-effect voor

Alex te creëren, zoals een chique massagestoel of een kat?

Mam kijkt jaloers toe, maar waarschijnlijk niet, omdat papa met zijn handen aan iemand zit die niet zij is. Ik denk dat ze Alex zelf aan wil raken... en misschien niet alleen zijn schouders.

Ik moet hem nageven dat Alex op zijn gezicht niet laat zien wat hij echt moet denken. Er danst slechts een vleugje van een glimlach in zijn hemelsblauwe ogen.

"Meneer," zegt de serveerster met overdreven beleefdheid tegen pap. "Zou u dat niet hier willen doen?"

Is ze homofoob? Onduidelijk, maar ze boekt wel resultaat. Pap geeft Alex een klap op zijn rug, ploft dan weer in zijn stoel en mompelt iets over de stomme gebondenheid aan maatschappelijke normen.

"Wat zou je willen?" vraagt de serveerster Alex op een toon die me laat denken dat ze mijn vader wegjoeg om van de concurrentie af te komen.

"Dat Holly's vader me nooit, nooit meer aan zal raken" is wat ik verwacht dat Alex zegt, maar hij vraagt gewoon om een sushi-lunchspecial.

"Je accent," zegt mama hees. "Waar kom je vandaan?"

Met een verrukkelijke glimlach legt Alex uit dat hij in Moermansk is geboren, een stad in het noordwesten van Rusland.

Mam en pap bestoken hem met vragen over zijn geboorteplaats en ik kom erachter dat het de laatste stad was die door het Russische rijk is gesticht. En dat het zelfs voor Rusland koud is, met bittere winters en korte, koele zomers.

"Wanneer zou je iemand aanbevelen om het te bezoeken?" vraagt mam, haar ogen nog steeds irritant zwijmelend.

"Ik zou het helemaal niet aanraden," zegt Alex. "Maar als je het echt wilt, dan zou ik zeggen dat je Rusland altijd in de zomer moet bezoeken. En bekijk Moskou voordat je je met Moermansk bezighoudt."

"Is je hele familie hier?" vraagt mam.

Hij knikt en vertelt ze over zijn ouders en broer en zus. "Mijn grootouders zijn achter gebleven," zegt hij tot besluit. "Dat was vóór videobellen, dus ik heb ze erg gemist." Hij ziet er weemoedig uit. "Ze zijn er nu niet meer."

Ik voel de drang om het verdriet van zijn gezicht te kussen. Drommels. Wat is er met me aan de hand? Hij is niet *echt* mijn vriend. Het is niet de bedoeling dat ik iets voel wanneer ik hem kwetsbaar zie.

"Ik weet zeker dat ze je liefde voelen, waar ze ook zijn," zegt pap geruststellend tegen Alex. "Liefde overstijgt tijd en ruimte."

Het is heel wat dat Alex niet met zijn ogen rolt. In plaats daarvan vraagt hij, "Hoe zit het met jullie ouders?"

"Florida," zeggen mam en pap tegelijkertijd.

Alex glimlacht. "Dat is vrijwel het tegenovergestelde van Rusland."

Voordat iemand iets anders kan zeggen, komt de serveerster met het eten van Alex terug en hij valt het met enthousiasme aan - paps massage moet zijn eetlust hebben gestimuleerd.

"Wat vind je van Gia's magie?" vraagt mama wanneer Alex zijn sushi-verslinden vertraagt om bij ieders tempo te passen.

Hij kijkt me vragend aan. "Ze is... geweldig."

"Hij is gewoon lief," zeg ik. "In werkelijkheid, wanneer ik voor hem optreed, smeekt hij me om hem te vertellen hoe ik het heb gedaan. Het niet weten maakt hem gek."

Mam en pap wisselen nog een blik.

Drommels. Klonk dat niet als Gia?

"Hoe is het om met Holly te werken?" vraagt mama, terwijl haar blauwe ogen tussen mij en Alex heen en weer bewegen.

"Ze is briljant," antwoordt Alex met een sexy grijns. "Mijn zus en ik hebben het geluk dat ze met ons samenwerkt."

Aww. Ik weet zeker dat hij gewoon meespeelt, maar het is nog steeds leuk om te horen.

Papa straalt van trots. "Ik vind het leuk om te denken dat ze de informatica in is gegaan vanwege wat ik doe voor de kost."

Alex pakt een stukje tonijn op. "En dat is?"

Ugh. Pap was duidelijk aan het vissen dat Alex die vraag zou stellen.

"Ik ben een penetratietester," zegt papa met de gebruikelijke smaak. "Maar het is niet zo vies als-"

"Oh, ik weet wat penetratietesten is," zegt Alex zonder met zijn ogen te knipperen. "En dat klinkt logisch. Holly heeft me pas geleden een aantal tools van je vak laten zien."

Bedankt pap. Laten we mijn baas aan mijn poging tot sabotage herinneren.

"Juist," zegt pap gretig. "Ze heeft wat van mijn spullen geleend. Blij dat het nuttig was."

"Is het vreemd om met de ene tweeling te daten terwijl je met de andere werkt?" vraagt mam.

Hmm. Ik vind deze manier van vragen stellen helemaal niet zo prettig.

Alex haalt zijn schouders op. "Ze zijn zo verschillend dat het niet uitmaakt."

Mam kijkt me zonder te knipperen aan. "En storen Holly's idiote synchronisaties je niet?"

"Het zijn eigenaardigheden," zeg ik streng. "En die heeft Holly niet."

"Niet?" Mama's ogen vernauwen zich. "Hoe zit het met de priemgetallenmanie?"

"Dat heb je zelf verzonnen," zeg ik.

"Priemgetallenmanie?" vraagt Alex geïntrigeerd.

"Mijn zus houdt gewoon van priemgetallen, dat is alles," zeg ik. "Iedereen die wiskundig ingesteld is, zal favoriete getallen hebben."

Alex knikt. "Ik ben een voorstander van de Fibonacci-reeks. Er zijn eigenlijk priemgetallen in die reeks, zoals 2, 3, 5, 13, 89, 233."

Mag ik hem hier en nu ten huwelijk vragen?

"Goed," zegt mama. "Als je beweert dat haar obsessie voor nummers normaal is, dan is het zeker niet normaal om steeds hetzelfde te dragen en te eten."

Ben ik klaar voor moedermoord?

Ik haal diep adem om kalm te worden. "Ze wil haar leven zo inrichten dat ze het aantal alledaagse beslissingen per dag beperkt. Op die manier kan ze zich concentreren op wat verdomd belangrijk is."

Mama's ogen vernauwen zich verder.

Drommels. Heb ik mezelf zojuist verraden?

"Ik denk dat Holly slim is om te doen wat ze doet," zegt Alex en ik wil hem kussen - meer dan normaal. "Droeg Albert Einstein niet altijd hetzelfde om dezelfde reden?"

Mam beweegt zich als een cobra, grijpt mijn pruik vast en rukt hem triomfantelijk af.

Verdomme.

"Hallo, *Holly*," zegt mama met een strenge nadruk op mijn naam. "Wil je dit uitleggen?"

Hoofdstuk Negenentwintig

*D*rommels.

Gia gaat me vermoorden.

Pap ziet er verraden uit. "Ding 1?"

Ik pak mijn onaangeroerde glas met water en drink onder ieders doordringende blikken de helft op. "Het spijt me. Ik was Gia een gunst verschuldigd."

Mam schudt met de pruik boven haar sushi. "Dat verklaart dit allemaal niet."

Mijn huid brandt van de hitte - en niet van de prettige, aan Alex verwante soort. "Gia dacht dat je over haar niet-bestaande liefdesleven zou gaan drammen, maar blijkbaar is het vandaag Maak Je Druk Om Holly-Dag. Wat als een feestdag klinkt. De ergste feestdag ooit. Als ik-"

Alex legt een geruststellende hand op mijn elleboog en laat een korf met geile bijen in mijn buik los.

Pap trekt aan zijn paardenstaart. "Sorry daarvoor, jongen. Het komt van een liefdevolle plek."

Mam kijkt naar de hand van Alex die op mijn elleboog rust. "Dus, met welke van onze dochters ben je aan het daten?"

Voordat ik met geen van beide kan zeggen, zegt hij, "Holly."

Mijn hand trilt als ik me uit zijn greep trek, mijn glas pak en gretig de rest van het water naar binnen slurp, terwijl ik tegelijkertijd op het ijs kauw.

Ik weet dat Alex liegt, maar de bijen in mijn maag geven toch honing af.

Of poepen ze honing?

Plassen?

Nee, ik herinner me vaag dat David Attenborough iets over oprispingen van nectar had gezegd, dus ik denk dat het meer op kotsen lijkt.

Ik zet het glas weer neer.

Is het niet raar dat we allemaal honing eten en nooit over de oorsprong van insecten nadenken? Spinnenwebben smaken misschien naar suikerspin, maar ik zal het nooit weten, want dat lijkt me een vies iets om te eten. Toch is bijenkots geweldig met thee.

Eigenlijk zijn spinnen geen insecten. Het zijn geleedpotigen, hoewel dat niet betekent dat hun-

Ik realiseer me dat iedereen verwachtingsvol naar me kijkt.

"Kun je de vraag herhalen?" vraag ik schaapachtig.

Mams frons wordt eindelijk zachter. "Ik heb niets gevraagd. Ik zei net dat jullie twee een heel leuk stel vormen."

Verdorie. De bijen beginnen weer te zoemen.

"Dank je," zegt Alex. "Mijn ouders zeiden hetzelfde."

En nu kotsen de bijen genoeg honing om een lange, koude, Russische winter te overleven.

Moeders glimlach is ondeugend - dit is van wie Gia de hare heeft geërfd. "Heb je zijn ouders ontmoet? Het moet inderdaad serieus zijn."

Hemeltje. We hebben elkaars ouders ontmoet - en ik heb altijd gedacht dat als een man de mijne ooit zou ontmoeten, dat het dan het einde van de relatie zou zijn.

Wacht. Wat zeg ik in vredesnaam? Alex en ik hebben geen relatie. Hij heeft me voor een werkproject nodig en dat moet de enige reden zijn waarom hij niet gillend wegrent. Toch neemt hij dit hele gebeuren goed op, dat moet ik hem nageven.

"We moeten terug." Ik kijk naar Alex. "Het coderen wacht." En we kunnen maar beter snel ontsnappen, want het is slechts een kwestie van tijd - seconden waarschijnlijk - voordat mama naar ons seksleven zal vragen en advies uit zal gaan delen.

"Voordat je gaat..." Mam knippert met haar ogen naar Alex. "Je hebt toch niet toevallig een broer ofwel?"

Alex grijnst. "Die heb ik toevallig wel."

Ik onderdruk een kreun. "Je bent getrouwd, mam, weet je nog?"

Mam grinnikt terwijl papa er niet jaloers uitziet, waardoor ik me afvraag of ze toch een open huwelijk hebben.

"Het is niet voor mij, lieverd," zegt mama met

vrolijkheid in haar stem. "Ik wilde het weer naar Gia terugbrengen."

Ah. Mijn tweelingzus koppelen. Hoe kan het ook anders.

Alex haalt zijn portemonnee tevoorschijn. "In dat geval spijt het me. Mijn broer is al bezet."

Yep. Gezien de manier waarop Vlad naar Fanny keek - haar gezicht, niet haar fanny, hoewel ik zeker weet dat hij daar ook naar kijkt - is hij helemaal gesetteld.

Ik rommel in mijn tas naar mijn eigen portemonnee en realiseer me dat ik Bella's dildo er nooit uit heb gehaald.

Ik bedoel, *mijn* dildo.

"Gia is te kieskeurig," zeg ik terwijl ik voorzichtig de portemonnee tevoorschijn haal zonder dat de dildo in mama's gezicht vliegt. "Ik had haar aangeboden om haar met de broer van de vriend van Alex zijn zus in contact te brengen, maar ze heeft geweigerd."

"Waarom?" vraagt mam.

Ik gooi eenenveertig dollar op tafel. "Ze zei dat hij een mannelijke hoer was."

"Oh alsjeblieft." Mam kijkt pap vol aanbidding aan. "Je vader was in zijn tijd een rokkenjager, maar ik-"

"Dat willen we echt niet horen," zeg ik, terwijl ik Alex aan zijn mouw trek.

Ik durfde er duizend pond op te wedden dat de rest van mama's zin "heb hem met mijn poesje getemd" zou zijn geweest.

"Het was leuk om je te ontmoeten, Crystal," zegt

Alex en geeft haar nog een kus op haar wang. "En jou ook, Harry." Hij schudt papa's hand.

Hoewel ze nog nooit in haar leven parels heeft gedragen, grijpt mama zich aan de plek vast waar ze zouden hangen, terwijl ze naar adem snakkend, "Het genoegen was helemaal van mij" zegt.

Pap schraapt zijn keel.

"Ik bedoel van ons," corrigeert mama zich haastig.

Juist. Alsof we het plezier zouden kunnen vergeten dat papa beleefde toen hij aan mijn net-alsof-date zat.

"Dag," zeggen beide ouders in koor.

"Do svidaniya," zeggen Alex en ik, ook in koor, voordat we ons het restaurant uit haasten.

———

"Bedankt," mompel ik zwakjes als we in de lift in ons gebouw stappen.

"Voor wat?" vraagt hij, terwijl zijn lippen zich op die duivelse manier buigen.

"Om te doen alsof je mijn vriend was."

Zijn grijns wordt kwaadaardiger. "Doen alsof?"

De deuren gaan open en hij gebaart me naar buiten te komen.

Ik doe dit op wankele benen, zo geschokt dat ik niet helder na kan denken.

Natuurlijk deed hij alsof. Hij kan mijn vriend niet zijn zonder dat ik me ervan bewust ben.

Toch?

Hoofdstuk Dertig

"*K*laar voor het testen?" vraagt hij terwijl hij me de lift uit volgt.

Met moeite trek ik mijn verstrooide verstand bij elkaar. "Ik moet eerst mijn zus bellen. Het is het beste dat ze van mij over de lunchramp hoort."

Hij knikt. "Kom naar mijn kantoor als je klaar bent."

Verdwaasd kijk ik hoe hij wegloopt. Dan stap ik de eerste lege vergaderruimte binnen en bel Gia.

"Hé," zegt ze. "Hoe was je lunch als mij? Voelde je je veel, veel sexyer?"

"Het spijt me," zeg ik en ik leg uit wat er is gebeurd.

Gia zucht. "Ik had het kunnen weten." Tot mijn opluchting klinkt ze niet overdreven pissig. "Je bent een slechte leugenaar."

"Nogmaals sorry."

"Je weet wat dit betekent, toch?"

"Wat?" Ik weet al dat ik het niet leuk zal vinden.

"Je bent me nog steeds iets verschuldigd. En deze

keer denk ik dat ik je in een van mijn aanstaande illusies zal gebruiken - tenzij op een podium staan zonder te praten al te veel bedrog is om mee om te gaan?"

"Ik zal je met je verdomde illusie helpen. Ik heb al gezegd dat het me spijt."

"Goed dan. Ik ga onze ouders bellen en kruipen."

"Veel succes," zeg ik en hang op.

"Vanwaar die outfit?" vraagt Alison wanneer ik de vergaderruimte verlaat.

Drommels. Helemaal mijn Gia-vermomming vergeten.

"Lang verhaal," antwoord ik en ren naar mijn bureau om de doos met andere kleding te pakken.

Na me van mijn vampieren-outfit te hebben ontdaan, loop ik naar het kantoor van Alex, mijn hart bonst en mijn benen wiebelen weer.

Als ik naar binnen stap, ligt er een pak van mijn maat languit op de bank. Ernaast ligt een groter pak dat voor hem moet zijn.

Wat voor de duivel? Gaan we tegelijkertijd testen?

Ik stel me voor dat hij in VR een replica van mij maakt en elke centimeter van mij vat vlam.

Alex kijkt weg van zijn scherm. "Klaar?"

Ik slik.

Ik neem aan dat er niets aan te doen is.

Mijn gezicht voelt als verse lava aan, ik reik met trillende vingers naar de knopen van mijn shirt.

Hij fronst. "Wat ga je doen?"

Ik knipper naar hem. "De laatste keer dat ik het pak

heb gebruikt, zeiden de instructies dat ik dit naakt moest doen."

Zijn ogen worden donkerder en gaan over mijn lichaam, alsof hij me precies zo voorstelt. Als zijn blik weer naar mijn gezicht terugkeert, branden er gekleurde vlekken op de randen van zijn hoge jukbeenderen. "We gaan niet de functies testen die dat vereisen." Zijn stem is een beetje hees. "Ik hou mijn kleren aan en ik raad je aan om hetzelfde te doen."

Oh. Oké dan. Ik weet niet of ik gekrenkt of opgelucht moet zijn. Er kan ook wat teleurstelling bij zitten.

Hij loopt naar het grotere pak.

"Wacht even," flap ik eruit. "Ga je het tegelijkertijd doen?"

"Waarom niet?" vraagt hij met glimmende ogen.

De man is een verdomd raadsel.

Zonder verder nog vragen te stellen, trek ik het pak aan.

Net als eerst is er een enkele app met het label Demo.

Klote. Zelfs met kleren aan, zal het raar zijn om Alex naakt te zien terwijl hij hier bij me is - ervan uitgaande dat hij het is die ik samen wil stellen. Om nog maar te zwijgen over het feit, dat ik nu al jaloers ben op welke VR-vrouw hij ook maar voor zichzelf zal maken.

Niets aan te doen.

Ik start de demo.

Ik bevind me weer in een witte kamer en in eerste

instantie lijkt het alsof de demo de rest heeft overgeslagen en direct naar de keuze van piemels is gegaan.

Behalve dat deze glinsterende, veelkleurige fallische objecten geen penissen, of peni, of penes zijn - ik heb nog steeds niet het juiste meervoud opgezocht. Het zijn ook geen dildo's, hoewel ik denk dat alles een dildo kan zijn als je dapper genoeg bent.

Het zijn zwaarden.

Laserzwaarden die me aan lichtzwaarden uit *Star Wars* doen denken en metalen zwaarden van verschillende soorten, alles van slagzwaarden tot katana's. De variëteit is niet zo uitputtend als bij de piemels, maar het komt in de buurt.

Is dit een demo van een rare fetisj?

Ik kies een blauw laserzwaard, omdat het het minst scherpe lijkt. Ook al betwijfel ik of ik ermee gepenetreerd kan worden terwijl ik mijn kleren aan heb - of dat penetratie überhaupt een onderdeel is van wat er gaat gebeuren - is voorkomen toch beter dan genezen.

Het zwaard voelt goed in mijn hand en als ik van links naar rechts snijd, dan zoemt het glinsterende mes.

Gaaf.

Opeens verschijnt Alex voor me.

Niet de echte, maar een goede benadering - en helaas in een tuniek en een zwarte mantel gekleed.

"Goede keuze," zegt hij en groet me met een rood laserzwaard.

"Ben je echt?" vraag ik.

"Yep."

"Hoe?" Ik kijk naar beneden en zie dat ik een outfit draag die identiek aan die van hem is.

"Dit is een demo voor meerdere spelers. Ik heb mijn team bij 1000 Devils het voor laten bereiden. Dit is een klein deel van een game die we op een ander VR-platform hebben uitgebracht, maar Roberts mensen hebben het volledig aan het pak aangepast."

"Wauw." Ik zwaai met het zwaard in een wijde boog. "Dit maakt het testen zoveel minder ongemakkelijk."

"Dat is het punt," zegt hij. "Wil je een beetje sparren?"

Zonder te antwoorden, steek ik hem neer.

Of dat probeer ik.

Hij weert mijn aanval af en snijdt me in mijn been - wat het pak in een ietwat onaangename druk op mijn dijbeen omzet.

Hij gooit zijn zwaard neer. "Vertel me eens, heeft onze codewijziging bij het probleem dat je zag geholpen?"

"Laten we eens kijken." Ik laat mijn zwaard ook los. "Kom hierheen en probeer mijn schouder vast te pakken terwijl ik zal proberen om je pols te pakken. Dat zou het onstabiele deel van de demo van je zus moeten benaderen."

Ik ben blij dat mijn VR-gezicht mijn echte emoties niet laat zien. In de vorige demo probeerde Alex iets te pakken dat veel meer privé was dan mijn schouder.

Hij slentert naar me toe en reikt naar me.

Ik pak zijn pols en houdt hem vast, genietend van

het solide gevoel.

Hoe kan ik hier in hemelsnaam opgewonden door raken?

Waarom gaat mijn echte hart als een gek tekeer als ik zijn avatar aanraak?

"Beter?" vraagt hij.

"Heel goed," mompel ik.

"Dus de aanpassing heeft geholpen?"

Oh. Juist. Werkdingen.

Ik laat zijn pols los en doe een stap achteruit. "Ja. Iets beter. Er is nog veel werk aan de winkel." Ik strek mijn hand uit en raak zijn borst aan en doe mijn best om bij de warme sensatie niet te gaan hyperventileren. "Er zijn veel kleine timingsproblemen."

Hij knikt. "Zullen we er nog een paar herstellen?"

"Tuurlijk." Ik laat met tegenzin mijn hand vallen. "Hoewel ik denk dat het er zo veel zijn, dat we ze misschien op moeten schrijven en er een aantal aan mijn team moeten delegeren."

"Natuurlijk." Hij reikt naar zijn hoofd en verdwijnt.

Met tegenzin zet ik ook mijn headset af en wurm me dan uit het pak.

"Klaar om opnieuw te paren?" vraagt hij.

Ik trek een stoel bij zijn bureau. "Mag ik de drive doen?"

Hij laat mij het doen en ik besteed wat tijd aan het beschrijven van de problemen die opgelost moeten worden en aan het toewijzen van een aantal taken aan de juiste ontwikkelaars.

Het opwindende - en angstaanjagende - is dat Alex

erop staat dat "we" er een hoop houden waar "wijzelf" aan kunnen werken.

"Heb je geen verantwoordelijkheden bij 1000 Devils?" vraag ik.

Hij haalt zijn schouders op. "Bella heeft me nodig. We moeten de pakken klaar maken voor productie."

Ik draai me van de monitor af en kijk naar zijn zeer afleidende hemelsblauwe ogen. "Dus wie gaat de games voor het ziekenhuisproject integreren?"

"Mijn mensen bij 1000 Devils. Daar is eigenlijk een speciaal team voor."

Een merkwaardig warm gevoel ontvouwt zich in mijn borst.

Er is nog hoop voor de VR-huisdierentherapie. Het kan geen lolletje zijn om in de nabije toekomst zij aan zij met Alex te werken. Want dat zou niet lukken. Helemaal niet.

"Dat herinnert me eraan," zegt hij. "Ik wil je VR-huisdierentherapie graag zelf zien."

Zou het er onprofessioneel uitzien als ik heel blij op en neer zou springen?

Ik vind het heerlijk om mijn werk aan iedereen te laten zien die ook maar enigszins nieuwsgierig is, maar het idee dat Alex het zal zien, prikkelt me op een ander niveau. Ik vraag me af of dit is wat een alleenstaande moeder zou kunnen voelen als een man met wie ze aan het daten is, eindelijk haar kind voor het eerst ontmoet. Behalve, natuurlijk, dat Euclid geen echt kind is en Alex en ik niet aan het daten zijn.

"Ik ben zo terug," zeg ik en ik haast me zijn kantoor

uit om een headset en handschoenen van mijn bureau te halen, die met mijn Euclid-instelling.

"Vind je het erg als ik wat je gaat doen naar je monitor stream?" vraag ik Alex als ik terug ben.

Hij vindt het niet erg, dus ik zet alles op.

"Klaar?" vraag ik.

Alex doet de uitrusting aan en ik laat hem zien welke app hij moet starten.

"Wauw," zegt hij wanneer het paarse otter-ontmoet-Teletubby-wezen voor hem verschijnt. "Ben jij even schattig."

"Hoi Holly," zingt Euclid. "Ik heb je gemisjt."

Ik lach. Alleen al het zien van mijn kleine VR-huisdier op de monitor van Alex geeft me een schok van vreugde.

"Hij denkt dat ik jou ben," zegt Alex met een grijns.

Met de headset op, kan hij me niet naar zijn lippen zien staren, dus ik sta mezelf toe van die sexy glimlach te genieten.

Op het scherm verandert de vacht van Euclid in een mix van kleuren die op verwarring duidt. "Waar heb je het over? Je kunt zo mal zijn."

Ik loop erheen en ga op mijn tenen staan om in Alex zijn oor te fluisteren. "Natuurlijk denkt hij dat jij mij bent. Het is niet alsof er een camera in de headset zit."

Hoe kon ik de neiging weerstaan om aan zijn oor te likken?

"Je hebt gelijk," zegt Alex.

"Ik heb altijd gelijk." Euclid verandert in een trotse

bruine tint. "Dat betekent dat je echt mal bent."

Wauw. Zeer goede respons. Het leuke van AI is dat het je soms kan verrassen.

Zijn grijns wordt groter, Alex buigt zich voorover en gaat over Euclid zijn vacht tot hij weer vrolijk paars is. "Je hebt gelijk, kleintje. Ik kan inderdaad heel mal zijn."

Hé daar. Was dat een steek onder water? Euclid denkt tenslotte dat hij tegen mij praat.

"Ik ben uitgehongerd," zegt Euclid en hij doet zijn hongerdansje.

"Wat moet ik doen?" fluistert Alex.

Ik geniet er weer van om de instructies in zijn oor te fluisteren. En adem ook zijn geur in.

Ik ben geen griezel. Helemaal niet.

Alex kijkt bijna vrolijk en steekt zijn hand uit om de digitale snacks op zijn handpalm te laten verschijnen. Dan voedt hij Euclid ze allemaal met een enthousiasme dat het mijne evenaart.

Drommels. Mijn eierstokken doen pijn als ik zie hoe Alex dit allemaal doet en ze gaan in een stroomversnelling als de twee apporteren en ik de vreugde op zijn gezicht zie.

Als deze kleine test iets is om vanuit te gaan, dan zou Alex een geweldige vader voor een gelukkig mensje zijn.

Misschien een klein mensje dat ik voor hem maak?

Wacht. Wat? Ik heb nog nooit eerder dit soort gedachten over een man gehad. Het is veel griezeliger dan aan hem te ruiken, als we eerlijk zijn.

"Ik kan maar beter gaan," zegt Alex met tegenzin tegen Euclid. "Er staat een vriendin op me te wachten."

De vacht van Euclid kleurt verschillende grijstinten voordat hij zich op een lichte blauwgroen settelt. "Zjie je later. Ik houw van jouw."

Alex omhelst hem. "Ik hou ook van jou, maatje."

Oké. Ik ben officieel een plas zwijmel.

Alex kijkt terughoudend terwijl hij de headset afzet.

Ik verberg zo snel als ik kan de ongepaste gevoelens.

"Geweldig gedaan," zegt hij als hij me weer kan zien. "Hij is de op één na beste manier om oxytocine te reguleren."

Ik voel me ineens helemaal zweverig, alsof ik zelf oxytocine heb gereguleerd. "Weinig bekend feit," zeg ik zonder na te denken. "Oxytocine kan bij vrouwen meer frequente en krachtigere orgasmes veroorzaken. De meeste mensen denken dat het alleen bedoeld is om gevoelens van verbondenheid te bevorderen, maar het doet zoveel meer."

Hemeltje. Waarom heb ik dat er allemaal uit gerateld? Ik moet mezelf klaar laten komen en snel. Ik denk te veel aan orgasmes, zo erg dat ik er als de engerd waar ik in verander zelfs met mijn baas over praat.

Of als mijn moeder.

Alex grinnikt. "Zeg dat maar niet tegen Bella. Haar kennende, zal ze zich af gaan vragen hoe ze Euclid in de plezierfuncties van het pak kan integreren."

Al het bloed trekt weg uit mijn gezicht. Met alles

wat er momenteel gebeurt, ben ik bijna het pornovormige zwaard van Damocles vergeten dat boven mijn VR-huisdierenproject hangt.

Hij fronst. "Ik maak een grapje. Dat zou ze niet echt doen."

"Dat is het niet," zeg ik. "Ik ben gewoon bang dat NYU Langone zal mislukken." Zo. Het is de waarheid... maar niet de hele waarheid.

Hij loopt naar me toe en stopt een losse lok haar achter mijn oor. "We gaan die vergadering morgen helemaal laten lukken. Ik beloof het."

Ik vecht tegen de tsunami van oxytocine om een vragende wenkbrauw op te trekken. "Morgen?"

"Nou, ja. Heb je geen uitnodiging van Dr. Piper ontvangen?"

"Nee." Ik pak de headset en handschoenen. "Ik ben zo terug."

Ik sprint naar mijn bureau, berg de spullen op en check mijn inbox.

En ja hoor, er zit een uitnodiging voor een vergadering morgenochtend op NYU Langone in.

De zenuwachtige opwinding die ik voel als ik terug ren, ruimt alles wat er van mijn kater over is op.

"Zal ik je door mijn strategie voor de vergadering leiden?" vraagt Alex als ik binnenkom.

"Ja. Alsjeblieft."

Hij zet een presentatie op zijn scherm en legt uit dat iemand van het team van Robert die voor hem heeft voorbereid.

Notitie voor jezelf: leer beter te delegeren. Ik zou

de presentatie helemaal zelf hebben gedaan door tot laat te blijven en dan zou ik me de volgende dag vreselijk beroerd hebben gevoeld.

Alex leidt me door de presentatie, die de games bevat die ze voor fase één willen pitchen - allemaal geschikt voor kinderen en het is zo ver als maar kan van porno verwijderd.

"Wanneer kan dit allemaal naar het pak worden geïntegreerd?" vraag ik. Het komt het dichtst in de buurt van, "Denk je dat dit kan worden afgemaakt voordat ze op de een of andere manier over de pornoconnectie te weten komen?"

Alex sluit de presentatie. "Robert voelt zich op zijn gemak bij een behoorlijk agressieve tijdlijn."

Als ik hem niet (weer) had willen kussen, dan zou ik hem nu willen kussen.

Maar nee.

Professioneel en correct is mijn nieuwe motto.

"Dus," zegt Alex. "Wat zijn je plannen voor de rest van vandaag?"

"Ik heb wel tijd om te paren," zeg ik.

Drommels. Dat klonk noch professioneel, noch gepast.

"Geweldig." Hij gaat zitten. "Mag ik de drive doen?"

We beginnen samen te programmeren en ik verlies de tijd uit het oog. Telkens wanneer hij de logica achter zijn codewijzigingen uitlegt, voel ik dat ik dieper in de problemen kom. Als mijn ongepaste aantrekkingskracht tot hem in het begin vooral fysiek was, dan word ik nu net zo aangetrokken door de manier waarop zijn geest werkt - en dat is niet goed. Op die manier komen er gevoelens die ik voor niemand wil hebben, laat staan voor mijn baas.

Als we overschakelen en ik de drive ga doen, gaat het niet veel beter. Alex heeft de gevaarlijke gewoonte om me te vertellen hoe slim hij denkt dat ik ben. Ik kan maar zoveel lof hebben voordat ik mijn kleren uit zal trekken en hem zal smeken om me op de bank te nemen.

Of op het bureau.

Misschien gewoon hier in deze stoel?

"Ik heb honger," zegt Alex, terwijl hij me uit mijn losbandige gedachten haalt.

Ik werp een blik op de klok in de hoek van zijn scherm.

Het is acht uur. Ver voorbij mijn gebruikelijke etenstijd.

Als om dat te bevestigen, rommelt mijn verraderlijke maag als een verdomde motorfiets.

"Dat is genoeg." Hij springt overeind. "Het minste wat ik kan doen, is je mee uit eten nemen."

Uit eten?

Het enige wat ik kan doen is geschokt met mijn wimpers naar hem knipperen.

"Laten we gaan." Hij houdt de deur voor me open.

Mijn geest gaat alle kanten op en ik stap het kantoor uit, de nu lege werkvloer op.

Bella steekt haar hoofd uit haar kantoor. "Hé, jongens!"

"*Privet*," zeg ik. "We gaan uit eten. Wil je mee?"

Boem. Door de zus van een man uit te nodigen, is het diner geen date.

"Bedankt, maar ik heb al gegeten." Ze knipoogt naar me. "Gaan jullie maar."

Klote. Ze is weer voor Emma aan het spelen.

Ik denk dat dit gaat gebeuren.

Terwijl hij me naar de lift dringt, vraagt Alex waar ik trek in heb.

"Sushi," zeg ik zonder na te denken.

Ugh. Kan ik nog saaier en voorspelbaarder zijn? Om dit nog erger te maken, hebben mijn ouders hem ronduit verteld dat ik altijd hetzelfde eet.

"Ik ben zo blij dat je dat hebt voorgesteld," zegt hij ernstig. "Ik wil hun kip teriyaki."

Oef. Het zal al stressvol genoeg zijn om de verleiding te weerstaan om van dit duidelijk professionele diner een date te maken.

We lopen Miso Hungry binnen.

De gebruikelijke gastvrouw is er niet, wat te begrijpen is. Het is laat.

"Welkom terug," zegt de serveerster van eerder, haar blik strak op Alex zijn gezicht gericht. "Je gebruikelijke tafel?"

Hij knikt, maar als we gaan zitten, fluistert hij, "Ik denk niet dat ik hier vaak genoeg ben geweest om een gebruikelijke tafel te hebben."

Dit *is* de tafel waar hij met Bella zat toen ik ze zag en ik denk dat alles wat met Alex te maken heeft, in het geheugen van deze serveerster gebrand staat.

Trut.

Ze komt terug en als ik om mijn gebruikelijke bestelling vraag, trekt ze een verward gezicht.

Ik durf te wedden dat ze het weet. Ze wil gewoon dat ik het voor mijn niet-een-date hardop zeg.

"Drie avocadorolletjes met een stuk achtergehouden," zeg ik knarsetandend. "Een misosoep met zevenenveertig blokjes tofu en zeventien stukjes lente-ui."

Ik verwacht dat Alex gaat grijnzen, maar zijn gezicht is volkomen in de plooi - alsof hij mensen altijd eten in priemgetallen hoort bestellen.

"In hoeveel stukjes is de teriyaki gesneden?" vraagt hij met schijnbare ernst wanneer het zijn beurt is.

"Acht?" De glimlach van de serveerster is naar mijn smaak een beetje te vriendelijk.

"Zeg alsjeblieft tegen de chef dat hij er zeven van moet maken," zegt hij, opnieuw met een volledig uitgestreken gezicht.

Ze trekt een wenkbrauw op. "Je bestelling wordt met soep geserveerd. Wil je ook-"

"Ja," zegt hij. "Hetzelfde aantal tofublokjes en lente-uitjes voor mij, alstublieft."

Dit is het. Ik ga hem een aanzoek doen en ontslagen worden.

Nee. Hou je hoofd erbij, Holly.

Ik excuseer mezelf om naar het toilet te gaan en als ik daar aankom, staar ik in de spiegel en reciteer ik een enkele mantra:

Ga niet voor hem vallen.

Ga. Niet. Voor. Hem. Vallen.

Hoofdstuk Eenendertig

*A*ls ik terugkom van het toilet, trekt Alex een stoel voor me bij - een galant gebaar dat mijn vastberadenheid om de zaken tussen ons professioneel te houden, verwoest.

De serveerster komt met een potje groene thee terug.

Hij schenkt eerst een kopje voor mij in, dan een voor zichzelf.

Serieus, hij moet snel iets grofs gaan doen. Anders houd ik mezelf niet verantwoordelijk voor enig griezelig gedrag dat ik kan gaan vertonen.

Zoals hem hier op deze tafel droogneuken.

"Wat heeft je op het idee voor VR-huisdierentherapie gebracht?" vraagt hij.

Ik blaas in mijn thee en doe net of ik hem niet hongerig naar mijn getuite lippen zie staren. "Hoe moeilijk het ook is om te geloven, ik ben op een boerderij opgegroeid, omringd door dieren en dan bedoel ik niet alleen mijn zussen."

Hij grinnikt.

"Het was krankzinnig," ga ik verder. "Rommelig, chaotisch... Maar nadat ik weg was gegaan, besefte ik dat een deel van mij het gezelschap van dieren miste - en iets met mijn tweelingzus doen hielp niet om dat weg te halen."

Hij lacht.

"Wat ik leuk vind aan VR in het algemeen, is dat alles erin weg is als je de headset afzet, zodat er geen rommel achterblijft. Toen ik aan een VR-huisdier dacht, hoopte ik dat het op die behoefte aan gezelschap in zou spelen, maar het zou mijn leefruimte netjes houden. En het is precies geworden zoals ik had gehoopt."

Hij knikt. "Hoe zit het met het ziekenhuis? Waarom heb je besloten om met hen samen te werken?"

Ik neem een slokje thee. "Ik heb mijn blindedarm laten verwijderen toen ik tien was. Het was de ergste tijd van mijn leven en het enige dat het semi-draaglijk maakte, was de Game Boy van mijn vader. VR lijkt een beetje op die Game Boy, maar veel, veel effectiever als afleiding - en studies bewijzen het."

Alex ziet er geïntrigeerd uit. "Welke games heb je gespeeld?"

"In die tijd?" Ik zoek in mijn geheugen. "Een met Mario en een met Kirby."

Hij ziet er teleurgesteld uit. "Ook nog wat puzzelspellen met vallende blokken?"

"Toen niet, maar sindsdien heb ik *Dr. Mario* gespeeld. Hoezo?"

"Ik had gehoopt dat je *Tetris* zou zeggen," zegt hij. "Ik ben misschien een beetje door dat spel geobsedeerd."

De serveerster komt terug met onze soep en blijft een paar seconden te lang naast Alex hangen.

"Je *Tetris*-obsessie is een beetje logisch," zeg ik als ze eindelijk vertrekt. "Je hebt een videogamebedrijf, dus je houdt duidelijk van games - en *Tetris* is in Rusland, je geboorteland gemaakt."

Hij pakt zijn lepel. "Je weet er veel van, gezien het feit dat je het nog nooit gespeeld hebt."

Ik blaas in de soep, vooral om te zien of hij weer naar mijn lippen staart - en dat doet hij. "Ik heb het gespeeld, alleen op de pc."

"Ah, goed. Wist je dat *Tetris* ruimtelijk redeneren kan verbeteren en bij angst kan helpen?"

Huh. Hij klinkt als mijn moeder als ze de voordelen van orgasmes prijst.

"*Dr. Mario* heeft toch zeker dezelfde voordelen?" vraag ik.

"Ik betwijfel het." Hij grijnst. "Wat is je favoriete tetrimino?"

Ik trek mijn neus op. "Ik hou niet van het idee van tetrimino's. Sorry."

Er hangt een hopelijk gekscherende blik van verontwaardiging op zijn gezicht. "Waarom niet?"

"Het zijn allemaal vierkanten," zeg ik

verontschuldigend. "Als ik dat spel had ontworpen, dan had ik er pentomino's van gemaakt."

Hij wrijft over de stoppels op zijn kin. "Denk je niet dat vijfkantige vormen het spel te moeilijk zouden hebben gemaakt?"

Ik haal mijn schouders op. "Moeilijk kan meer plezier betekenen."

Hij lijkt dit serieus te overwegen en schudt dan zijn hoofd. "Ik kan me gewoon niet voorstellen dat die versie van de game net zo populair als het origineel zou worden."

Ik slik een lepel soep door nadat ik heb gecontroleerd of er een priem aantal stukjes tofu en lente-uitjes in zit. "Wat is *jouw* favoriete tetrimino?"

"Het T-blok, zonder twijfel." Hij maakt met zijn wijsvingers een T in de lucht en het roept ongepaste beelden op van een van die vingers die in mij terechtkomen. "De T kan gaten overbruggen, randen vierkant maken en plaatsen creëren waar je Z- of S-blokken kunt plaatsen."

"Interessant." Wat echt interessant is, is dat ik zijn uitleg op de een of andere manier erotisch vind.

"Ja," zegt hij geanimeerd. "Je kunt een T met een T-Spin-manoeuvre ook in anders onmogelijke gaten steken."

Oké, nu voel ik me minder een gek, omdat ik opgewonden begin te raken. Ik bedoel, dingen in gaten steken?

Ik schraap mijn plotseling uitgedroogde keel. "Ik dacht dat iedereen de voorkeur aan het I-blok gaf. Het is lang en recht en helpt je vier regels tegelijk te wissen."

Is dit flirten? Ik heb zojuist over iets lang en recht gesproken. Voeg er hard aan toe en ik kan net zo goed over zijn lul praten.

"Ik ben het ermee eens dat het I-blok beter dan J en L is," zegt hij. "Maar het kan niet tegen de T op."

"Ik vertrouw je op je woord."

Hij lacht. "Als je een tetrimino zou moeten kiezen, waar zou je dan voor gaan?"

"Een vierkant. Het is symmetrisch, mooi en netjes."

Hij knikt goedkeurend. "Betrouwbare keuze, vooral in het begin van het spel."

De serveerster komt het hoofdgerecht brengen en hij schenkt sojasaus voor me in als ze weggaat.

"Hoe ben je bij *Tetris* terechtgekomen?" vraag ik voordat ik het eerste stuk avocado in mijn mond steek.

"Toen ik als kind in Rusland woonde, hadden we thuis geen computer, maar er was een bedrijf in de buurt dat computertijd per uur verhuurde. Ik denk dat mijn liefde voor games en programmeren tot die tijd teruggaat en van die games, was *Tetris* mijn favoriet." Hij lacht. "Ik denk dat het nu nostalgisch is. Doet me aan Rusland denken en zo."

Nu hij erover begonnen is, overlaad ik hem met vragen over in Rusland opgroeien, dat toen hij nog een kind was nog de Sovjet-Unie was. De verhalen die hij me over Perestrojka en de wilde corruptie van de jaren negentig vertelt, zijn even huiveringwekkend en fascinerend en hoe meer hij praat, hoe meer ik het gevoel krijg dat ik hem begrijp - wat verschrikkelijk voor mijn doel is om niet voor hem te vallen.

"Hoe zit het met jou?" vraagt hij. "Hoe was het om met zoveel zussen op te groeien?"

Natuurlijk. Veel mensen vragen dit uit dezelfde soort nieuwsgierigheid waardoor ze op een plaats van een auto-ongeluk langzamer gaan rijden.

"Voor iemand zoals ik die van orde houdt, was het een onvervalste hel," zeg ik eerlijk. "In het buitenland naar de universiteit gaan voelde als uit de gevangenis komen."

"De universiteit was Cambridge, toch? Heb je niet eerst een jaar of twee op een Amerikaanse school gezeten?"

"Nee. Het was vanaf het begin het VK. Zoals je aan mijn af en toe verbale fouten kunt merken, vond ik het daar geweldig."

"En toch ben je teruggekomen." Hij kijkt me met zoveel interesse aan dat ik me net zo duizelig als onrustig voel.

"Het is niet verrassend dat ik met VR wilde werken," zeg ik, terwijl ik mijn blik afwend om me voor de naakte intensiteit in de zijne te verbergen. "De beste baan die ik kon vinden, was toevallig in New York, dus die heb ik aangenomen. Mijn hele familie woont ook in dit land, dus dat was ook een variabele."

Hij bedekt mijn hand met de zijne. "Ik weet dat het egoïstisch is, maar ik ben blij dat je de baan hebt aangenomen."

Wauw. Zijn huid raakt mijn huid en de warmte

ervan vernietigt in een oogwenk wat voor mijn besluit door moet gaan.

Als we niet op een openbare plek waren, dan zou ik hem bespringen.

"Ik ben ook blij." Ik stop met het vermijden van zijn blik en verdwaal in de hemelsblauwe diepten.

"Willen jullie nog een dessert?" vraagt de serveerster, die me uit mijn tranceachtige toestand haalt.

"Nee." Met tegenzin trek ik mijn hand los.

"Alleen de rekening alsjeblieft," zegt Alex.

Ze kijkt me vernietigend aan en stampt weg.

Zich niet van haar woede en de oorzaak ervan bewust, vraagt Alex, "Ben je na je studie nog terug geweest naar het VK?"

"Helaas niet, nee. Maar ik heb alle niet-gewelddadige films en tv-programma's die zich daar afspelen gezien, van alle uitzendingen in Masterpiece Theatre tot *The Office*."

Hij houdt zijn hoofd schuin. "Wat is je favoriet?"

"*Downton Abbey* natuurlijk."

"Die heb ik niet gezien." Hij wrijft weer over zijn stoppels. Scheert hij zich daarom niet, om iets aan te kunnen raken? Ik krijg stoppels op een plek die hij binnenkort aan kan raken-

"- is het wat?"

De vraag werkt als een koude douche. "Is *Downton* verdomde *Abbey* goed?"

Was mijn stem daar een tikkeltje te schel?

Hij steekt zijn handen omhoog. "Hé, het was niet

beledigend bedoeld. Ik dacht gewoon dat het om een stel rijke mensen ging die in een chique kasteel thee dronken."

"Dat is hetzelfde als zeggen dat *The Lord of the Rings* gewoon over een stel sociale buitenbeentjes gaat die een wandeling maken."

Hij grinnikt. "Ik denk dat ik het nu moet gaan kijken."

En daarna met mij trouwen.

Nee. Ik moet hier serieus mee stoppen.

"Alsjeblieft." De serveerster slaat de rekening met een klap op tafel.

Terwijl ik in mijn tas duik voor mijn portemonnee, zie ik Alex met een frons zijn hand in zijn zak steken.

"Wat?" De vraag brengt een flinke dosis uitdaging met zich mee.

"Ik dacht dat het duidelijk was dat ik het eten zou betalen," zegt hij, terwijl hij zijn creditcard tevoorschijn haalt.

Ik beantwoord zijn frons met een van mijzelf. "Ik kan voor mezelf betalen, heel erg bedankt."

"Daar twijfel ik niet aan. Maar als je tot laat werkt en je bedrijf je te eten geeft, dan is dat op hun kosten." Hij duwt de creditcard naar me toe en ik zie dat het zijn zakelijke, niet zijn persoonlijke is.

"Goed dan." Ik sta op het punt mijn portemonnee terug te doen, als hij uit mijn handen glipt.

Verdomme.

De geopende tas raakt de grond - en natuurlijk rolt de dildo er zo uit.

Ik onderdruk een geschrokken kreet.

Laat hem die alsjeblieft niet zien.

Alsjeblieft, uit liefde voor virtual reality, laat hem die niet zien.

Ik leun voorover om de tas te pakken en mijn ogen volgen het pad van de ontsnappende dildo.

Wacht. Wat is dat voor schaduw die erover valt?

Drommels.

Het is de serveerster.

Ze komt terug naar onze tafel.

"Wacht!" schreeuw ik tegen haar, maar het is te laat.

Ze stapt op de dildo, struikelt en wappert wanhopig met haar armen.

Ik spring overeind om haar te vangen en in mijn ooghoek zie ik Alex hetzelfde doen.

Alleen zijn we te laat.

Ze belandt op haar gezicht.

We haasten ons naar haar toe om te kijken of ze in orde is.

Door een of ander wonder is ze dat - wat goed is, maar het geeft geen antwoord op de volgende vraag die nogal urgent voor me wordt.

Waar is verdomme mijn dildo?

*a*lex laat de sushichef voor de arme serveerster zorgen, ondertekent de rekening en sleurt me naar buiten.

Ik vertrek met tegenzin. De dildo was een cadeau van Bella, maar wat nog belangrijker is, ik zou graag op een dag terug willen komen naar Miso Hungry en dat gaat niet als ze die dildo vinden.

Er staat een limousine op ons te wachten.

Ik ben zo in de war dat ik Alex me mee laten leiden zonder ook maar een, "Waar gaan we heen?" uit te brengen.

Als ik net weer genoeg bij mijn verstand ben gekomen om hem de vraag te stellen, haalt Alex iets uit zijn zak en geeft het aan me. "Ik geloof dat dit van jou is."

Natuurlijk.

Het is Optimus Prime, de dildo.

Hij is niet verdwenen. Alex heeft hem gevonden en verborgen - alsof dat mijn schaamte zou verminderen.

Even verbaast het me dat ik niet door de vloer van de limousine zak en door de auto's achter ons overreden wordt.

Het zou een opluchting zijn als dat zou gebeuren.

"Bedankt," stamel ik en duw de dildo met geweld in mijn tas.

"Een cadeau van Bella, toch?"

Met een vuurrood gezicht, knik ik.

Hij grijnst. "Ze geeft dat soort dingen aan iedereen cadeau. Voor wat het waard is, het betekent dat ze je aardig vindt."

Ze vindt me aardig, omdat hij haar niet heeft verteld wat ik geprobeerd heb om te doen, anders had ze die dildo waarschijnlijk in mijn kont geduwd.

"Mag ik je om een gunst vragen?" vraagt hij met een plotseling ernstige uitdrukking.

Is de gunst seksueel?

Mijn wangen blozen nog heter en ik realiseer me dat we naast elkaar zitten precies zoals we dat deden toen we elkaar hadden gekust.

Mijn ademhaling versnelt in verwachting en instinctief maak ik mijn lippen vochtig. "Wat had je in gedachten?"

"Laat dokter Piper en de anderen tijdens de vergadering met het ziekenhuis morgen niet weten dat ik een onderdeel van de Morpheus Group ben."

Zijn woorden zijn als een ijskompres op mijn

gezicht. Mijn vlammende blos verdwijnt. "Weten ze dat niet?"

Hij schudt zijn hoofd. "Bella is zowel het officiële als het feitelijke hoofd van de onderneming. Ik was er oorspronkelijk om haar bij het verkrijgen van een financiering te helpen en nu steun ik haar alleen."

"Dus je bent wel bang dat ze 1000 Devils met porno associëren. Heb je niet gezegd dat het *geen* porno was?"

En als hij zich zorgen maakt, dan was ik dus ook terecht bezorgd.

Hij wrijft over zijn nek. "Dat is het niet. Ik denk niet dat Dr. Piper het hele 'porno'-gebeuren, zoals jij het noemt, wat interesseert. Maar hij is een zeer zuinige beheerder en hij zou een pleidooi houden om je VR-huisdierenproject in ons bestaande contract op te nemen. Voor hem ben ik 1000 Devils, dus als ik ook van de Morpheus Group ben, dan zal hij een kans zien om geld te besparen."

"Dus dit gaat over geld?"

"Precies."

Ik masseer mijn slapen. "Is dat niet losjes met je contract spelen?"

"Niet echt. Zelfs als hij gedurende de rest van ons huidige contract extra voor jouw project zou betalen, dan kan hij het inzetten wanneer er opnieuw onderhandeld wordt."

"Dus je denkt dat het hem niet kan schelen waarvoor het pak gebruikt zal worden?"

Alex haalt zijn schouders op. "Ik weet het natuurlijk niet zeker, maar het is sowieso een betwistbaar punt, want ik zie niet hoe hij erachter zou kunnen komen. Het pak is nog niet uit en dat zal pas gebeuren als je VR-proef voor huisdieren in volle gang is. Als de proef een succes is, dan kunnen we met Bella praten om jouw project als een aparte onderneming verder te laten draaien, dus er zou nooit een probleem mogen zijn."

Ik voel me zweverig, alsof ik een gewichtsvest van vijftien kilo heb uitgetrokken dat ik de hele dag heb gedragen.

Als wat hij zegt waar is, dan waren mijn zorgen ongegrond. Ik had niet in zijn kantoor in hoeven te breken om een poging tot sabotage te doen. Ik had niet bij mijn boze tweelingzus in de schuld hoeven staan. Ik had mijn relatie met Alex en Bella niet in gevaar hoeven brengen - niet dat ik op het moment dat ik inbrak wist dat er een relatie zou zijn.

Alex moet enkele van mijn gedachten op mijn gezicht lezen. "Het spijt me. Ik had je gerust moeten stellen toen we na je inbraak met elkaar spraken. Ik was toen van streek en later was er geen goed moment."

"Je verontschuldigt je bij mij?" Ik pak zijn hand. "Ik ben degene die spijt heeft. Ik had met jullie moeten praten in plaats van zo overhaast te handelen."

Hij knijpt in mijn handpalm, zijn vingers warm en sterk om de mijne. "Dat ligt achter ons."

Uh-oh.

Mijn ogen focussen zich op zijn lippen en een

bekende magnetische aantrekkingskracht trekt me naar hem toe.

Hij buigt zich ook naar mij toe, zijn lippen staan op het punt om zich met de mijne te versmelten.

De limousine stopt een beetje te schokkerig en trekt me uit de seksuele trance.

Knipperend trek ik me terug.

"We zijn bij je huis." Hij knikt naar het raam en beantwoordt de vraag die ik nooit heb kunnen stellen.

"Super goed," mompel ik.

Zijn ogen glinsteren. "Wil je nog wat langer bij me blijven?"

Ik slik hard. "Ja, dat wil ik. Maar dat zou ik niet moeten doen."

Zijn gezicht wordt plechtig. "Ik begrijp het."

Waarom is hij zo verdomd professioneel en meegaand? Als hij ook maar een klein beetje zou pushen, dan zou ik hem kussen en niet achterom kijken. In feite meer dan hem kussen.

Ik pak met tegenzin mijn tas. "Ik denk dat ik maar ga?"

"Als dat is wat je wil." Hij komt uit de limousine en houdt de deur voor me open.

Ik stap onhandig uit en sta daar, onzeker hoe ik onder de gegeven omstandigheden afscheid moet nemen.

Zou een kus op de wang ongepast zijn?

"Ik zie je morgen in het ziekenhuis," zegt hij met een zwaai.

Ik weet niet zeker wat ik aan het doen ben, ik gris zijn hand uit de lucht en schud hem ongemakkelijk.

Goed gedaan. Misschien moet ik voor hem buigen of zijn ring kussen als ik toch bezig ben?

Zijn ooghoeken krijgen lachrimpels - hij probeert duidelijk niet ten koste van mij te lachen.

"Do svidaniya" mompelend, loop ik naar mijn gebouw. Een deel van mij is dankbaar dat hij niet heeft aangedrongen. Dit is hoe de dingen tussen ons zouden moeten zijn. Professioneel.

Ik zou willen dat het niet zo stom was om een heilige te zijn.

———

Eenmaal thuis doorloop ik mijn gebruikelijke routine op de automatische piloot, mijn gedachten al bij de vergadering van morgen, behalve dat ik me meer zorgen maak om Alex weer te zien dan om het lot van mijn project.

Ugh. Wat is er mis met mij?

Terwijl ik in bed stap, besluit ik om eindelijk iets aan mijn razende hormonen te doen. Als ik vannacht niet slaap, dan zal ik morgen in gevaar brengen en dat mag niet gebeuren.

De grote vraag is dus: dildo of au naturel?

Voordat ik beslis, controleer ik de onderdelen van mijn vrouwelijke delen om er zeker van te zijn dat de irritatie van het harsen weg is.

Yep. Ik ben glad.

Sterker nog, ik ben echt blij met deze look. Het is als een gladgeschoren man versus een sjofele man. Ik denk dat ik in de toekomst alles op deze manier netjes en opgeruimd zal houden. Ik kan niet geloven dat ik er niet eerder aan heb gedacht, misschien moet ik Gia toch bedanken.

In ieder geval is het beste deel dat de bevrediging van de dame kan *beginnen*. En ik kan net zo goed Optimus Prime gebruiken, voor nieuwigheid en zo. En aangezien Alex vandaag de dildo heeft aangeraakt, zal het door transitieve overdracht zijn alsof *hij* me daar aanraakt.

En zo ben ik er zo klaar voor als maar kan.

Ik was en steriliseer de dildo, vanwege restaurantbacillen en zet hem aan.

Wauw. De vibratie is sterk. Tweemaal de kracht van mijn tandenborstel en dat ding heeft veel hertz.

Ik besluit het mijn clit aan te laten raken voordat ik enige vorm van penetratie probeer en breng het in positie.

Jemig.

Ik kom binnen een fractie van een milliseconde klaar.

De dingen moeten daarbinnen opgestapeld zijn.

Zal ik doorgaan?

Nee. Voel me nu slaperig, moet hiervan profiteren.

Ik zet de dildo uit en knuffel hem tegen mijn borst, zoals ik met de knuffel van Optimus Prime doe.

De slaap komt ogenblikkelijk, maar ik droom de hele nacht van hemelsblauwe ogen en ongepast gedrag.

Hoofdstuk Drieëndertig

*I*k ben zenuwachtig als ik de volgende dag de vergaderruimte van het ziekenhuis binnenstap.

Wauw.

Alex is weer gladgeschoren en draagt een pak - net als op de dag dat we elkaar kusten.

Focus. VR-huisdierenproject. Niet hier om te begeren.

Ik slaag erin om met mijn geile achterwerk te gaan zitten en op de eerste aardigheden te reageren.

Als het gepraat over het weer en zo voorbij is, begint Alex met zijn presentatie - en ik wil mezelf een schop geven, omdat ik de dag ervoor niet veel meer gemasturbeerd heb. Ik ben zo geil als ik ooit ben geweest en dat is niet de toestand waarin ik tijdens zo'n belangrijke bijeenkomst wil zijn.

"Dit is geweldig," zegt Dr. Piper als Alex klaar is. "Ik

ben blij dat we deze weg zijn ingeslagen. Nu zal VR-therapie nog uitgebreider zijn."

Ik wil op en neer springen. Mijn droom heeft een kleine omweg genomen, maar hij lijkt weer op het goede spoor te zijn.

De rest van de vergadering wordt aan Q&A besteed. Wanneer we schorsen, vraagt Dr. Piper Alex om nog even te blijven om wat zaken van 1000 Devils te bespreken.

Als ik de kamer verlaat, geeft Alex stiekem een knipoog naar me, dat is alsof ik een injectie met afrodisiacum rechtstreeks in mijn clitoris krijg.

Dit is belachelijk. En het ergste is dat ik geen idee heb of ik op hem moet wachten. We zijn niet samen gekomen, wat betekent dat ik dat niet zou moeten doen. We doen ook alsof we niet bij hetzelfde bedrijf werken, nog een reden waarom ik het niet zou moeten doen.

Maar het is wel een vriendelijk iets om te doen, toch? Of zijn dat mijn hormonen die praten?

Whatever. Aangezien ik hier toch ben, kan ik net zo goed Jacob bezoeken.

Ik koop een reep voor Jacob en thee voor mezelf en begeef me dan naar de kinderafdeling voor langdurige zorg.

Tot mijn opluchting liggen er nergens clowns op de loer. Wanneer ik echter in Jacobs kamer kom, heeft hij een VR-headset op. Hij zal op dit moment wel met VR-huisdierentherapie bezig zijn.

Ik kan hem maar beter met rust laten.

Net als ik me omdraai, zet hij zijn headset af, ziet me en straalt die jongensachtige grijns naar me. "Hoi, tante Holly."

"Hoi, jochie." Ik geef hem de reep. "Was je met Master Chief aan het spelen?"

"Zei je Master Chief?" zegt een bekende stem met een Russisch accent van achter me.

Ik draai me om.

Yep.

Het is Alex.

"Hoe wist je-"

"Dr. Piper heeft me verteld waar ik je kon vinden," zegt Alex. "En wie is dit?"

"Jacob, dit is Alex," zeg ik tegen de jongen.

"Hoi, Jacob," zegt Alex op de vriendelijke toon die hij laatst tegen Euclid gebruikte. "Het lijkt erop dat je net zo'n grote fan van *Halo* bent als ik."

Jacobs ogen lichten op. "*Halo* is geweldig."

Met bijpassende grijns beginnen de twee een geanimeerde discussie over wat gebrabbel. Ik herken maar een paar woorden, zoals *gegrom, jakhalzen* en *plasmastralen.*

Terwijl ze praten ruim ik rond Jacobs bed op, bundel zijn schone sokken weer in drie paar en vouw de deken naast zijn bed op voor wat als de honderdzevenendertigste keer aanvoelt. Hoe schattig kinderen ook zijn, ze richten overal waar ze gaan grote schade aan.

Als alles naar mijn zin is, ga ik in een stoel zitten om naar de twee te kijken en terwijl ik dat doe, komt het gevoel dat ik kreeg toen Alex contact met Euclid had volop terug.

Hij zou inderdaad een goede vader zijn. Een geweldige vader.

Verdorie. Mijn eierstokken gaan in een tonijnsmelting veranderen.

"Wil je clips van me zien terwijl ik aan het spelen ben?" Jacob tilt de tablet op.

Alex stemt er gretig mee in en een minuut later is er een vicieuze schietpartij op het scherm te zien. Ik drink een slokje van mijn thee en dwing mezelf om het ondanks het geweld ook te volgen.

Jacob is goed of hij blijft tenminste gedurende een apocalyptisch vuurgevecht vijf minuten in leven. Dan doodt een man in een blauw ruimtepak hem met een plasmazwaard.

Terwijl Jacobs personage daar verslagen ligt, begint de klootzak die hem heeft vermoord op en neer over zijn hoofd te hurken.

Alex fronst zijn wenkbrauwen. "Is hij-"

"Ja," zegt Jacob. "Hij is me aan het teabaggen."

Ik verslik me in mijn thee. "Hij is wat?"

"Het wordt ook wel lijk-neuken genoemd," zegt Alex. "Het is een soort overwinningsdans bedoeld om de persoon die je net hebt vermoord te beledigen en te irriteren."

Ik rol met mijn ogen. "Jongens."

"Weet je wie dat is?" vraagt Alex Jacob, fronsend naar het scherm kijkend.

"Ja. We zitten op dezelfde school."

Alex zijn frons wordt dreigend. "Zullen jij en ik een dezer dagen samen gaan spelen? Ik beloof je dat ik die gozer spijt van zijn onsportieve gedrag zal laten krijgen."

Huh. Ik kan me Alex plotseling als een handhaver voor de Russische maffia voorstellen.

"Voor het teabaggen van mijn vriend, sterf je," zou hij met een zwaarder accent zeggen en vervolgens zou hij met een knuppel naar de knie van de arme man zwaaien.

Jacob is enthousiast over deze kans om samen te werken en ze wisselen de vereiste informatie uit.

"Speel je nog iets anders?" vraagt Alex zodra ze geen *Halo*-gedoe meer hebben om over te praten.

Jacob ratelt gretig een lijst met games op die hij leuk vindt, maar Alex ziet er tegen het einde een beetje teleurgesteld uit - misschien omdat *Tetris* niet op de lijst staat?

"Hoe zit het met *Tetris*?" vraagt Alex, die mijn vermoedens bevestigt.

Jacob schudt zijn hoofd. "Oud."

"Wat denk je dan van *War of Sword*? Dat is nieuw."

"Ja," zegt Jacob. "Ik was van plan om die te proberen. Is het wat?"

Alex knikt. "*Tetris* is mijn spel om de verveling te doden, maar als ik gestrest ben, zet ik mijn telefoon graag uit en ga ik urenlang op missie in *War of Sword*."

"Oké dan." Jacob zoekt de naam van het spel op de tablet. "Misschien zal ik het proberen."

Misschien zal ik dat ook doen. Ik ben nieuwsgierig.

Een verpleegster komt met een dienblad met eten.

"Ah, lunch," zegt Jacob gretig.

We kijken toe hoe hij eet en praten over van alles onder de zon, maar vooral over zijn VR-huisdier, dat een beetje groter blijkt te zijn geworden.

Hij voert zijn vriend misschien een beetje te veel, maar in VR heeft obesitas bij huisdieren geen schadelijke bijwerkingen.

"We kunnen maar beter gaan," zeg ik als Jacob klaar is met zijn lunch en hij lijkt gretig te zijn om weer met zijn games verder te gaan.

"Het was leuk om je te ontmoeten." Alex strekt zijn hand uit naar de jongen.

Jacob schudt hem plechtig. "Jou ook."

"Dag," zeggen we allemaal tegelijk.

Als we naar buiten stappen, kijkt Alex me met een onleesbare uitdrukking aan.

"Wat?" vraag ik.

Hij knikt naar de limousine die net bij de stoep stopt. "Zou je met me willen lunchen?"

Zitten er bijen in mijn maag of heb ik gewoon honger? "Tuurlijk!"

Oeps, dat klonk misschien iets te gretig.

Hij doet de deur voor me open. "Ik ken een plek die gespecialiseerd is in pelmeni."

"Klinkt goed," zeg ik en klim naar binnen.

Tot mijn teleurstelling zit Alex dit keer tegenover me.

Nee, wacht, hij heeft gelijk om dat te doen. Het is de juiste manier, zelfs als de opstelling van de stoelen de enige juiste dingen zijn tijdens deze rit, want mijn gedachten zijn dat allesbehalve.

"Thee?" vraagt Alex.

Aangezien het mijn favoriete soort is, zeg ik 'ja, alsjeblieft' en word ik weer op een door samovar gebrouwen hemel in een kopje getrakteerd.

"Hoe hebben jij en Jacob elkaar leren kennen?" vraagt Alex terwijl hij aan zijn thee nipt.

Een glimlach vormt zich op mijn gezicht. "Zijn grootouders kennen mijn ouders en ze hadden hem terwijl ik op bezoek was meegenomen naar de boerderij van mijn ouders. Toen ik hem zag, was hij Spock aan het aaien, mijn favoriete Kirks dikdik."

Het is nu de beurt aan Alex om zich in zijn drankje te verslikken. "Wat was hij aan het aaien?"

"Kirks dikdik," zeg ik grijnzend. "Dikdiks zijn deze kleine antilopen. Mijn ouders hebben Spock en zijn familie uit een failliete dierentuin gered."

Ik pak mijn telefoon en zoek Spock op.

"Zie je?" Ik laat hem mijn scherm met een schattig wezen zien dat ongeveer dertig centimeter lang is ondanks dat het volgroeid is. Net als andere dikdiks heeft Spock mooie ogen en scherpe hoorntjes op zijn hoofd.

Alex leunt op kusafstand van me naar voren en tuurt naar het scherm. "Schattig. Is dit een mannetje of een vrouwtje?"

"Dat is Spock. Hij is een mannetje. In tegenstelling tot sommige andere dieren op de boerderij, zijn dikdiks behoorlijk volgzaam." Ik kijk in zijn hemelsblauwe ogen. "Ze staan erom bekend dat ze voor het leven paren."

Dat laatste beetje laadt de lucht tussen ons op totdat het voelt alsof elk haartje op mijn lichaam overeind is gaan staan.

Staat hij op het punt om me te kussen?

Kus me alsjeblieft.

Wacht, nee. Wat denk ik in vredesnaam? Fatsoen moet worden gehandhaafd.

"Je realiseert je waar we naar kijken," flap ik eruit. "Toch?"

"Wat?" mompelt hij, zijn blik op mijn lippen gericht.

"Een pic van een dik-dik," zeg ik en bedank Gia dat ze die specifieke parel een paar jaar geleden heeft bedacht.

Daardoor schiet hij in de lach. Met ogen met lachrimpels zegt hij, "Oh, ja. En deze ziet er horny uit."

Ik kreun. Dat is er nog een van Gia.

De limousine stopt.

Oef. Kus vermeden.

Ik zou blij moeten zijn, maar dat ben ik niet. Ik ben teleurgesteld.

Maar dat zou ik niet moeten zijn.

We stappen voor een gebouw met een tekening van een gigantische pelmeni aan de buitenkant. Het heet Pelmennaya, wat Alex als "de plek waar je pelmeni krijgt" vertaalt.

Hoe creatief.

Als we eenmaal zitten, bestelt Alex voor ons allebei, drieëntwintig stuks voor mij en eenendertig voor hem.

"Wil je hierna nog even langs 1000 Devils?" vraagt hij. "Je hebt via e-mail met Robert gesproken, maar het kan leuk zijn als jullie elkaar persoonlijk ontmoeten."

"Tuurlijk," zeg ik.

Wil hij me zijn levenswerk laten zien? Want ik wil het zien en om al de verkeerde redenen.

Drommels.

Ik kan niet geloven dat ik mezelf hier weer aan moet herinneren.

Hoe deze lunch ook aanvoelt, het is *geen* date.

Hoofdstuk Vierendertig

*H*et probleem is dat als ik mezelf eraan herinner dat het geen date is, het gevoel niet verdwijnt en Alex helpt er niet bij. Telkens wanneer ik het gesprek in de richting van mijn werk probeer te sturen, haalt hij willekeurige stukjes Russische wijsheid tevoorschijn, zoals, "Over zaken praten is niet goed voor de spijsvertering."

Dus praten we in plaats daarvan over elkaar en elk nieuw dingetje die ik over hem leer, is als een extra knoop die aan een touw wordt toegevoegd dat zich om mijn hart wikkelt.

"Ik hoop dat deze plek bezorgt," zeg ik als ik klaar ben met het opschrokken van mijn portie pelmeni.

"Ja," zegt hij en hij geeft me een stuk van zijn bord. "Dat is er maar één, dus nog steeds een priemgetal, toch?"

Ik eet het stuk. "Ja. Dank je."

Hij krabt aan zijn gladgeschoren kin, een

kwaadaardige beweging die duidelijk bedoeld is om mijn aandacht daarheen te leiden. "Als we het over prime, dus priem in het Engels, hebben, dan vroeg ik me af... Hou je van prime rib?"

"Niet elke dag, maar ja. Papa maakte op de boerderij altijd een geweldige."

"Hoe zit het met primetime-tv?"

Ik zie waar hij hiermee naar toe gaat, dus ik glimlach en knik.

Hij grijnst. "Gebruik je Amazon Prime?"

"Ja, ik heb me erop geabonneerd zodra het programma geïntroduceerd werd."

Hij haalt zijn portemonnee tevoorschijn. "Hoe diep gaat deze liefde voor priem?"

Ik haal mijn schouders op. "Ik geef de voorkeur aan de Britse regering boven de Amerikaanse, omdat ik denk dat de *prime minister* veel beter klinkt dan *president*. Is hiermee je vraag beantwoord?"

"Jazeker en daardoor vraag ik me af, gebruik je een prime broker?"

Ik schud mijn hoofd met een grijns.

"Ooit de film *Prime Cut* gezien of heb je Nintendo's *Metroid Prime* gespeeld?"

"Geen van beide."

"Heb je een Prius Prime?"

"Ik heb geen auto."

"Ooit een subprime-hypotheek afgesloten?"

"Nee."

Hij krabt aan die sexy kin. "Ben je in primeval geschiedenis geïnteresseerd?"

Ik grinnik. "Nu ga je een beetje ver."

Zijn grijns wordt breder. "Hoe zit het met primaries, de Engelse variant van voorverkiezingen?"

"Nee."

"Privates? Engels voor soldaten."

"Nee. Ik ben niet zo dol op soldaten, hoewel ik sommige privé-onderdelen misschien wel leuk zou vinden."

Ugh, stop met flirten, Holly.

Hij lacht. "Hoe zit het met primaten?"

Ik lik mijn lippen. "Ik hou natuurlijk van een aantal apen, maar niet vanwege het woord prime."

Serieus, stop met flirten - of wat dat ook was.

Hij pint me met een bijna roofzuchtige blik vast. "Ik weet zeker dat primaten ook dol zijn op jou."

Zegt hij dat-

De serveerster komt met de rekening en hij staat erop hem nog een keer te betalen.

"Klaar?" vraagt hij als we in de limousine stappen.

"Voor wat?

Hij grijnst. "Voor de 1000 Devils-kantoren natuurlijk."

Een drukke rit later stappen we uit de lift voor een plaquette waarop trots "1000 Devils" staat.

Het contrast met de kantoren van mijn bedrijf en deze is groot. Overal zijn felle kleuren en ik hoor gelach in de verte, zoals bij een kinderboerderij.

"We hebben hier leuke tradities," zegt Alex en hij leidt me naar een inloopkast aan de zijkant. "Laten we ons klaar maken."

Ik knipper met mijn ogen en kijk rond.

In plaats van kleding zijn er nerf-wapens.

Heel veel nerf-wapens.

Hé, gezien mijn recente ervaringen, hadden dit lullen of dildo's kunnen zijn.

"Neem deze maar." Alex geeft me een stevig uitziend pistool. "Het is goed voor een beginner."

Ik accepteer het pistool en kijk hoe hij een geweer kiest.

"Wat moet ik doen?" vraag ik als we uit de wapenkamer stappen.

Een donkere glimlach danst om zijn lippen. "Schiet op alles wat beweegt."

Daarna roept hij zoiets als *hoera* en rent naar voren.

Ik sprint achter hem aan. Als je in Rome bent, denk ik dat je je als Jacobs leeftijdgenoot moet gedragen.

De eerste kogel - of pijl - suist twee seconden later langs mijn oor.

Wauw.

Doen ze pijn?

Ik omzeil het volgende projectiel en schiet terug op de aanvaller, een veertiger, roodharige kerel met een buik die me aan die van papa doet denken.

Bam.

De man gromt en wrijft over zijn linkeroog.

Oeps.

Een nieuwe aanvaller springt uit de hoek tevoorschijn.

Alex springt voor me en vangt het projectiel met zijn borst. Als dat een kogel was geweest, dan zou ridderlijkheid de oorzaak van het vroegtijdig overlijden van mijn baas zijn geweest.

Aangezien er op dit moment niemand op me schiet, krijg ik een milliseconde de tijd om de kantoorruimte in me op te nemen en ik haat het met al mijn netheid-liefhebbende passie. De bureaus staan op een lukrake manier. Er ligt overal munitie voor nerf-geweren. En wat nog erger is, er staan naast veel van de bureaus vier stoelen.

Het netto-effect is overweldigend en dat is voordat er vanuit elke richting gewapende mensen op me af springen. Ik vermoed dat iemand de hele 1000 Devils merkpresentatie een beetje te ver heeft doorgevoerd en deze plek het gevoel van een satanisch ritueel heeft gegeven.

De volgende aanvaller voegt zich bij de strijd, een dame van ongeveer Alisons leeftijd.

Ik beschiet haar met pijl twee en drie.

Dubbel oeps. Een van mijn pijlen raakt haar kruis, een andere haar rechterborst.

Er komen meer aanvallers meedoen.

Een wolk van pijlen vliegt mijn kant uit.

Ik duik achter het dichtstbijzijnde bureau.

Boven me schraapt iemand één, twee keer een keel.

Wacht. Ik ken dat geluid.

Ik kijk op.

Yep. Ik sta oog in kruis met Buckley.

In het heetst van de strijd heb ik hem daar niet eens gezien.

"Hoi." Terwijl ik overeind spring, vang ik een glimp op van de code op zijn monitor. Het ziet er niet goed uitgelijnd uit en ik moet de neiging weerstaan om hem uit zijn stoel te duwen en op te ruimen en dan hetzelfde met de anarchie die zijn bureau is te doen.

Buckley schraapt nog twee keer zijn keel. "Hoi baas." Met een gekke grijns slaat hij zichzelf op het voorhoofd en schraapt nog twee keer zijn keel. "Sorry. Macht der gewoonte. Je bent geloof ik niet meer mijn baas."

"Juist. Sorry. Geen tijd om te praten," gooi ik eruit en ren het vuurgevecht weer in.

Dat bewijst het. Ik word liever beschoten dan dat ik naar het keel schrapen van Buckley luister.

Een andere vijandelijke pijl schiet langs mijn oor.

Ik reageer met dart nummer vier en schiet de volgende persoon met de vijfde neer.

Bij het volgende schot maakt mijn pistool een raar klikgeluid.

Ik heb waarschijnlijk geen munitie meer.

Hé, het was in ieder geval op het vijfde schot en niet op het vierde of zesde.

Ik laat het pistool vallen en steek mijn handen omhoog, in de hoop dat de aanval zal stoppen.

Nee.

Een regen van pijlen vliegt op me af.

Ik krimp ineen.

Er is een waas van beweging en Alex staat plotseling voor me en vangt de projectielen met zijn rug.

Wauw.

Mijn hart bonkt alsof ik in een echt vuurgevecht zit en de nabijheid van Alex helpt de zaken niet.

Hij is zo dichtbij dat ik zijn theegeur kan ruiken en de warmte van zijn grote lichaam kan voelen komen.

Hij kijkt naar beneden.

Ik kijk omhoog.

Langzaam buigt hij zijn hoofd en -

"Dat is genoeg geschiet," zegt iemand in de buurt en Alex rukt zich weg.

Ik draai me om naar de meest rommelige man die ik ooit in mijn leven heb gezien.

Zijn Hawaiiaanse overhemd is gekreukeld, zijn haar is verward en zijn bril staat krom, alsof hij hem per ongeluk in de magnetron heeft gedaan.

"Robert," zegt Alex met een grijns. "Dit is Holly. Ik geloof dat jullie elkaar via e-mail hebben gesproken."

Terwijl Robert langs Buckleys bureau loopt, stoot hij per ongeluk een pennenhouder om.

"Sorry," zegt Robert en hij bukt zich om de pennen op te rapen.

"Het geeft niet." Buckley schraapt een paar keer zijn keel. "Ik regel dit wel, baas."

Terwijl Robert mijn hand schudt, let ik erop dat Buckley de rommel echt opruimt - niet dat het zou helpen om deze plek op magische wijze te ordenen.

Alex moet een deel van mijn ontreddering voelen.

Hij staat erop dat we met Robert in een vergaderruimte gaan praten en hij kiest er een die heerlijk opgeruimd is. Het is ongetwijfeld een plek waar ze vergaderingen met klanten en dergelijke houden.

Terwijl we rond de tafel gaan zitten, geeft Alex Robert een overzicht van het gesprek in het ziekenhuis en een lijst met games die binnen het project vallen.

"Wat dacht je van *War of Sword*?" vraagt Robert. "Het zou goed bij de hardware-doelgroep passen."

Alex zucht. "Te gewelddadig voor de doelgroep. Misschien in een latere fase."

"Wacht," zeg ik. "*War of Sword,* het spel dat je zo leuk vindt - is er een van jou?"

Robert knikt zo heftig dat zijn kromgetrokken bril bijna van zijn neus valt. "Het is het kindje van Alex."

"Meer een project van passie," zegt Alex. "Het idee was om zelf een spel te maken en te kijken wat er zou gebeuren."

"Ja," zegt Robert met een zekere trots in zijn stem. "Financieel succes is wat er is gebeurd."

"Netjes," zeg ik. "Nu wil ik het echt zien."

Robert en Alex wisselen opgewonden blikken uit.

"Daar hebben we een kamer voor," zegt Alex. "Wil je het zien?"

"Natuurlijk," zeg ik, maar nu ben ik er niet meer zo zeker van.

De ruimte kan maar beter niet zo'n puinhoop als de rest van de verdieping zijn.

Robert, Alex en ik gaan erheen en als we de ruimte

binnenkomen, haal ik opgelucht adem. Hij is leeg, het enige meubilair is een dressoirachtig ding in de hoek.

Alex loopt naar het dressoir en haalt een paar VR-headsets tevoorschijn. "Vind je het goed om uitrusting te gebruiken die door je concurrentie is gemaakt?"

Ik knik. "Ik heb thuis dat merk headset. Het is een van de weinige naast de onze die op mijn hoofd past."

Hij geeft me de uitrusting en ik doe hem aan.

"Zijn al deze spellen door jullie gemaakt?" vraag ik terwijl ik het onoverzichtelijke dashboard bekijk.

"Yep," zegt Alex. "Je moet het pictogram met het zwaard hebben."

Ik start het spel en laat Alex me bij het maken van een personage helpen.

Minuten later ben ik een elfenvrouw met gelaatstrekken die niet zo veel van de mijne verschillen, alleen cartoonachtig. Als mijn wapens kies ik een boog met pijlen, plus een dun eenhandig zwaard.

Als ik het spel start, kom ik bij een middeleeuws dorp en Alex zegt dat ik naar de herberg moet gaan en een stoel moet pakken.

"Dit is een spel voor meerdere spelers," zegt hij terwijl ik zijn suggestie opvolg. "Ik sta op het punt om me bij je te voegen."

Opgewonden kijk ik naar de ingang van de herberg. Een minuut later komt hij binnen.

Zijn avatar is een minotaurus, hoorns, poten met hoeven en alles. Wat nog belangrijker is, het is een shirtloze, gespierde minotaurus - met een gezicht dat griezelig veel op dat van Alex lijkt.

Drommels. Nu word ik opgewonden door een half mens, half koe. Voor je het weet heb ik straks een fetisj voor mannen die borstvoeding geven.

"Hallo," zegt de minotaurus en zijn stem komt twee keer op me af - uit de speakers van de headset en van de echte Alex.

"Je ziet er horny uit," zeg ik en huiver. Hij heeft een paar uur geleden nog dezelfde grap over de dikdik gemaakt.

Hij is zo vriendelijk om te grinniken voordat hij me een bolletje garen geeft.

"Met dat in je inventaris, kun je me overal vinden, waar ter wereld ik ook ben."

Terwijl ik het garen in mijn reistas stop, realiseer ik me een gruwelijk feit dat ik tot nu toe niet had opgemerkt.

Het zijn mijn elfachtige handen.

Ze hebben elk maar vier vingers.

Waarom? Waarom, verdomme?

Het is niet dat elfen om hun niet-priemgetal van vingers bekend staan. Integendeel, ze zouden een lange levensverwachting moeten hebben, iets wat een viervingerige elf niet zou hebben, omdat hij suïcidaal is.

"Ik ga me bij een vriend voegen om in een strijd te helpen," zegt Alex. "Schud met het garen om me te volgen."

"Tuurlijk," zeg ik onzeker.

Normaal gesproken zou ik anti-gevecht zijn, maar misschien zal dit in mijn voordeel uitpakken - iemand zou in het komende gevecht zomaar een vinger van mijn hand af kunnen hakken.

Een meisje kan hopen.

Alex verdwijnt. Ik haal het garen tevoorschijn en schud ermee.

Whoosh.

De herberg om me heen is verdwenen... en is door een scène uit de hel vervangen.

Hoofdstuk Vijfendertig

*D*e bosweide is bezaaid met lichaamsdelen, de smerigheid wordt nog erger door het feit dat alle handen en voeten vier vingers en tenen hebben.

Ik huiver. Het zijn niet alleen de elfen die op die manier vervloekt zijn, zo blijkt.

Met een kakofonie van geluiden is een menagerie van wezens elkaar uit elkaar aan het scheuren. Ondanks het cartoonachtige uiterlijk voelt het geweld gemeen en bruut aan, te veel voor mij.

Iets springt achter een boom vandaan. Ik ruk mijn zwaard uit de schede en onthoofd wat een mede-elf blijkt te zijn.

Dit is dus een elf-eet-elf-wereld.

Ver in de verte valt Alex iemand met zijn minotaurushoorns aan.

Drommels. Mijn kokhalsreflex kan hier geen seconde langer meer tegen.

Ik zet de headset af en probeer mijn onregelmatige ademhaling gelijkmatig te maken.

Alex zet ook zijn headset af en kijkt me bezorgd aan. "Gaat het?"

"Ja," lieg ik. "Gewoon een beetje last van VR-ziekte. Het gaat wel weer over."

Hij haast zich naar het dressoir en komt met een fles water en een pil terug. "Neem dit."

"Wat is het?" vraag ik.

"Dramamine."

"Nee, dank je. Ik drink wel gewoon het water." Ik pak de fles en drink er gretig van tot de beelden van viervingerige ledematen slechts een vage herinnering zijn.

"Voel je je al wat beter?" vraagt hij.

Ik knik.

"Wil je de rest van de dag vrij nemen?"

Ik schud mijn hoofd.

"Zullen we weer aan het werk gaan?" stelt hij voor.

"Geweldig idee," zeg ik en dat is wat we doen.

———

"Wil je paren?" vraagt hij als we bij ons kantoor uit de lift stappen.

Ik werp een blik op mijn bureau. "Laat me eerst mijn e-mail checken, dan kom ik eraan."

"Deal." Hij gaat naar zijn kantoor.

Als ik klaar ben met mijn inbox, voel ik me nog niet klaar om Alex onder ogen te komen, dus verplaats ik enkele van de slecht uitgelijnde bureaus en verwijder wat voorwerpen om er zeker van te zijn dat er een priemtotaal is.

"Wil je mijn kantoor organiseren?" vraagt Bella terwijl ze me betrapt terwijl ik Alisons nietmachine in een la leg.

Ik probeer mijn gretigheid te verbergen. "Mag het? Nu?"

"Misschien een andere keer." grijnst ze. "Ik ben er vrij zeker van dat mijn broer op je zit te wachten."

Slik. Ze heeft gelijk.

"Ik zie je later," zeg ik dapper en loop naar het kantoor van Alex.

Als het hem irriteert dat hij heeft moeten wachten, dan laat hij dat niet zien.

"Wil je de drive doen?" is alles wat hij vraagt en als ik ja zeg, staat hij het me toe. Een paar uur later neemt hij de touwtjes in handen.

Net als de vorige dag is in paren coderen met Alex een soort sensuele marteling. Ik verlies de tijd uit het oog en om acht uur 's avonds sleept hij me weer naar Miso Hungry.

In déjà vu ontmoet natte droom, voelt deze niet-date net als een echte date en ik moet mezelf er constant aan herinneren om niets te doen of te zeggen dat tegenover mijn baas ongepast zou zijn.

De verleiding is enorm.

Ik verzet me er heldhaftig tegen en hij geeft me weer een lift met de limousine, waar het een wonder is dat we niet nog een keer kussen.

Thuis botvier ik al mijn seksuele frustratie op Optimus Prime - totdat de batterijen leeg zijn.

Dan en pas dan val ik in slaap.

———

De komende dagen volgen hetzelfde proces: ik ga aan het werk, controleer mijn berichten en codeer met Alex tot de lunch. Hij staat erop om me mee naar Pelmennaya te nemen. Daarna werken we nog wat samen en eten we bij Miso Hungry.

Elke dag krijg ik een lift naar huis en elke dag kussen we bijna - maar toch niet. En elke dag zit Optimus Prime met de brokken.

"De integratie van het pak verloopt zo goed," zegt Bella op een ochtend tegen me terwijl ik aan mijn bureau mijn e-mails aan het checken ben. "Jullie zijn geweldig." Ze vertelt me verder hoe ze het pak tot in het kleinste detail heeft getest.

"Hoe dan ook," zegt ze als haar TMI-lawine voorbij is. "Alex smacht ongetwijfeld naar je gezelschap."

Voordat ik kan reageren, is ze weg, dus ik voeg me weer bij Alex en de hele cyclus van coderen-lunch-coderen-diner-limo-masturberen begint weer van voren af aan. En dan weer. En weer.

Hoofdstuk Zesendertig

*N*aarmate de weken verstrijken, leer ik Bella beter kennen en leer ik hoe briljant ze is. Aan haar kant behandelt ze me steeds meer als een vriendin, wat mijn verliefdheid op haar naar een territorium brengt dat klaar is om te gaan stalken.

Ik vrees de dag dat ze van mijn oorspronkelijke bedoeling zal horen om haar droomproduct te schaden.

Ik bid zelfs dat ze daar nooit achter zal komen.

Het ergste is echter dat elke dag die voorbijgaat, mijn besluit om strikt professioneel bij Alex te blijven begint te verdwijnen, vooral omdat hij bij elke rit in de limousine op het punt staat om me te kussen, maar dat niet doet.

Het komt op het punt dat ik niet zeker weet of ik dankbaar voor of pissig om zijn terughoudendheid ben.

"Ik heb een gunst nodig," zegt Alex terwijl ik de volgende vrijdagavond de limousine verlaat.

Wauw. Is dit het? Gaan we het verdomde fatsoen uit het raam gooien?

Ik ben er klaar voor. Of niet?

Drommels. Moet antwoorden.

"Wat kan ik voor je doen?" vraag ik, maar het klinkt niet nonchalant.

"Weet je wat, laat maar," zegt hij. "Het is niet gepast."

Ja. Ja. Ja. Het lijkt erop dat hij eindelijk het fatsoen heeft om een onfatsoenlijk voorstel te doen.

Ik leun naar voren. "Alsjeblieft. Wat wilde je me vragen?"

Hij zucht en wrijft over zijn voorhoofd. "Oké, dus aankomende zondagochtend zal het restaurant van mijn ouders gesloten zijn, omdat het opnieuw geschilderd gaat worden en Bella wil een interventie voor mijn vader over zijn drankgebruik organiseren."

Allemachtig. Dat is helemaal niet wat ik had gedacht dat hij zou zeggen. In een oogwenk ga ik van hem willen droogwippen naar me vreselijk voelen voor hem. "Is het zo erg geworden?"

Hij fronst. "Hij is nog nooit buiten westen geraakt zoals op zijn verjaardag, maar mam zegt dat het sindsdien twee keer is gebeurd."

Ik wil mijn hand uitsteken en hem een geruststellende knuffel geven, maar slaag erin om me te verzetten. Ik ben er de laatste tijd redelijk goed in geworden om mijn driften te beheersen.

"Wil je dat ik er bij ben?" Hoe vreselijk het idee van deze gebeurtenis ook klinkt, als hij me nodig heeft, dan zal ik er zijn.

"Nee. Pap zal zoals het is al genoeg van streek raken. Als er iemand bij is die geen familie is, dan stormt hij gewoon naar buiten."

"Ik begrijp het," zeg ik en voel me meteen schuldig voor de opluchting die me overspoelt. "Wat is dan mijn rol?"

"Mijn gebruikelijke hondenoppas is een weekendje weg," zegt hij.

Ik knipper naar hem, niet zeker wat dat ermee te maken heeft.

Hij knijpt in de brug van zijn neus. "Het is te kort dag om iemand anders te zoeken, maar ik wil dat er iemand bij Beëlzebub is."

Mijn ogen worden groot. "Wil je dat ik op je hond pas?"

Beelden van tepel-ontsnappingen of erger flitsen door mijn hoofd. Zijn pup verdient die demonische naam.

"Weet je wat, laat maar," zegt hij. "Nu ik het hardop hoor, besef ik hoe raar het is om je dit te vragen."

Niet raar als hij me als een vriendin of meer ziet, maar dat zeg ik niet. In plaats daarvan antwoordt mijn mond met een eigen wil, "Ik wil je graag helpen. Je hebt me even verrast, dat is alles."

Hij kijkt me zo aandachtig aan dat ik vlinders in mijn buik krijg. "Weet je het zeker?"

"Vrij zeker." Ik zou willen dat ik zo zelfverzekerd was als dat ik klink.

"Geweldig." Hij laat me een grijns zien waardoor ik het gevoel krijg dat mijn aanstaande marteling de moeite waard is. "Je moet me als dank iets voor jou laten doen."

De beelden voor boven de achttien van mijn avonden met Optimus Prime komen plotseling in mijn gedachten op. "Zoals wat?"

Hij aarzelt even. "Zal ik voor je koken?"

Gaat *hij* een diner voor *mij* koken? Het spreekwoord zegt dat de weg naar het hart van een man door zijn maag gaat, maar ik ben misschien niet immuun voor het omgekeerde daarvan, wat dit een slecht idee maakt. "Dat hoef je niet te doen."

"Ik sta erop. Trouwens, het zou goed zijn als je de dag ervoor zou komen, zodat ik je kan laten zien waar al zijn spullen staan. Op deze manier kunnen we zondagochtend uitslapen. Ik weet dat ik de extra slaap wel kan gebruiken."

Dus een diner op zaterdagavond? Een diner dat hij zelf gaat bereiden? Waarom voelt dat zoveel meer als een date dan alle niet-dates die we hebben gehad?

"Hoe laat?" is alles wat ik mezelf vertrouw om te vragen.

"Hoe laat eet je gewoonlijk het avondeten?"

"19:09," flap ik eruit.

Hij lacht. "Natuurlijk. Dat is een uitstekende

priemtijd om te eten. Dan wordt het 19:09 - hoewel het misschien wat eerder klaar is, zodat we precies op dat moment kunnen beginnen."

"Chic," zeg ik een beetje licht in het hoofd. "Zal ik om 18:31 komen?"

"Perfect. Ik zal de limousine je om 18:13 uur op laten halen."

Ik hoop dat ik me morgen niet meer zo voel zoals ik me nu voel, anders kan ik niet eten.

"Ik zie je morgen," zeg ik en stap uit de limousine voordat ik iets doe waar ik spijt van krijg, zoals hem vragen of hij mee naar boven wil komen of hem een pentagramvormige liefdesbeet in zijn nek geven.

Of beide tegelijk.

Hoofdstuk Zevenendertig

Ik slaap die nacht nauwelijks, dus ik besteed het grootste deel van de zaterdag aan het opnieuw bekijken van *Downton Abbey*, het herlezen van *Pride and Prejudice* en wat interactie met Euclid.

Niets ervan kalmeert me.

Het maakt niet uit hoe vaak ik mezelf eraan herinner dat het diner van vanavond geen date is, mijn bloeddruk weigert om zich te normaliseren. Ik voel me uit balans en kan me niet op mijn gebruikelijke routine concentreren. Ik sla zelfs de lunch over, wat misschien een goede zaak kan zijn als Alex niet goed blijkt te kunnen koken, honger is de beste specerij en zo.

Misschien kalmeer ik als ik onderzoek wat bij een bezoek aan een Russisch huis gebruikelijk is?

Nee.

Weten dat je je schoenen uit moet doen en boven een deuropening geen handen moet schudden, helpt niet echt.

Aan de andere kant zie ik een handige tip over het meenemen van een cadeau - iets wat ik bijna vergeten was. Blijkbaar is een doos met snoep traditioneel.

Hmm. Ik heb geen doos, maar ik heb wel een voorraad individueel verpakte Fry's Turkish Delight die ik in het VK heb besteld. Hopelijk is het snoepgedeelte en niet de doos het belangrijkste. Ik stop er negentien in mijn tas.

Wanneer het dichter bij de prime time is, verzorg ik mijn vrouwelijke delen en zorg ik voor al het fijne haar dat sinds de waxbeurt weer tevoorschijn is gekomen. Niet omdat ik van plan ben dat Alex mijn vrouwelijke delen zal zien, maar omdat die pup deze keer misschien mijn slipje in plaats van mijn beha zou kunnen scheuren. Als dat gebeurt en als Alex dan toevallig kijkt, dan wil ik ervoor zorgen dat alles er daar beneden netjes uitziet.

Een andere vraag komt bij me op: wat draag je bij een diner dat je baas kookt?

Na lang wikken en wegen, besluit ik dat ik niet fout kan gaan met de outfit die Gia me voor het verjaardagsfeestje dwong te kopen. Make-up zou ook geen kwaad kunnen. En mooie schoenen. En omwille van de consistentie, laat ik mijn haar er ook mooi uitzien.

Als het alarm van mijn telefoon om 17:57 afgaat, bekijk ik mezelf in de spiegel en knik ik goedkeurend.

Ik ben zo klaar voor deze niet-een-date als ik maar kan zijn.

De forse limousine-chauffeur opent de deur voor me als ik dichterbij kom.

"Bedankt," zeg ik.

"Geen probleem," antwoordt hij met een zwaar Russisch accent.

In de auto staat een kopje thee op me te wachten - een leuke bijkomstigheid.

Ik zie de man iets naar iemand appen, waarschijnlijk laat hij Alex weten dat hij me heeft opgehaald. Dan sluit hij de scheiding tussen ons en ik hoop dat hij niet meer appt terwijl hij rijdt.

Tegen de tijd dat we naast het gebouw van Alex stoppen, voel ik me zo zenuwachtig dat het een week van *Downton Abbey* zou kosten om me te kalmeren.

De chauffeur opent de deur van de limousine voor me.

De wolkenkrabber voor ons is strak en glanzend. De man leidt me de lobby in en zwaait naar de bewaker voordat hij me de lift in begeleidt. Zonder een woord te zeggen drukt hij op de knop voor de 107e verdieping voordat hij zich omdraait om te vertrekken.

"Do svidanyia," zeg ik.

Eindelijk een glimlach van de zwijgzame man. "Do svidaniya."

De deuren gaan dicht.

Ik hou mijn adem helemaal in tot de deuren naar een appartement opengaan waar Alex al wacht. Op dat moment ontsnapt de adem in een luide snak en niet omdat het een chic penthouse is dat miljoenen gekost moet hebben.

Net als ik heeft Alex zich netjes aangekleed en draagt hij een pak dat op het pak lijkt dat hij in het restaurant droeg, maar dan nog stijlvoller. Op maat gemaakt misschien?

Er is zelfs een stropdas aanwezig. Een stropdas!

Ik dwing mezelf om mijn mond te sluiten voordat er kwijl lekt.

Hij is ook weer gladgeschoren, net als toen hij op de verjaardag van zijn vader was. Maar zelfs *dat* is niet de reden dat ik tegen de drang moet vechten om dat pak uit te trekken en hem gek te neuken.

Het probleem is zijn kapsel.

De zwarte lokken zijn netjes achterover gekamd, precies zoals ik het gefantaseerd had.

Hij is de belichaming van netjes.

Het slipjes laten zakkend, tepels-verhardend, verrukkelijke soort netjes.

Verdomde oestrogeenhel.

Hoe moet ik me nu op de juiste manier gedragen?

Hoofdstuk Achtendertig

"*J*e ziet er geweldig uit," zeggen we allebei tegelijk.

Hij grijnst. "Ivan heeft me verteld dat je netjes gekleed was. Dat had je echt niet hoeven doen." Ik kan bijna het ongezegde horen, "Maar ik ben blij dat je het hebt gedaan."

Dus daar ging die app over? Ik denk dat ik de chauffeur moet bedanken dat hij Alex heeft gevraagd om zich net zo goed te kleden als dat hij heeft gedaan.

Plotseling weerklinkt er een luide blaf in de grote gang, gevolgd door het klikgeluid van puppyklauwen op een hardhouten vloer en dan het geluid van iets dat crasht.

De koalabeer-ontmoet-hond snelt op me af, zijn staart kwispelt zo snel dat je hem amper kunt zien bewegen.

Met een Russische vloek springt Alex naar zijn huisdier, maar Beëlzebub ontwijkt hem en springt op me, rechtopstaand op zijn achterpoten, zodat we oog in oog komen te staan.

Instinctief bedekt mijn rechterhand mijn kruis en mijn linkerhand bedekt de bovenkant van mijn jurk.

Geen kledingverstoringen meer door zijn poten, heel erg bedankt.

Aangezien de pup me niet kan dwingen om mijn tepels of clitoris te laten zien, neemt hij er genoegen mee om met me te doen wat ik zo graag bij zijn baas zou willen doen - mijn gezicht likken alsof ik onder de pindakaas zit.

Als Bella hier zou zijn geweest, dan zou ze de enthousiaste pup waarschijnlijk een voice-over geven die zoiets zou zeggen als: "Je bent jammie. Zo jammie. Wil je spelen? Wil je vliegen achtervolgen? Ik ben Beëlzebub - dat is de Lord of the Flies, weet je. Houden vliegen van spek? Wil je wat spek? Ik leef voor spek. Heet je Kevin?"

"Stoute jongen," zegt Alex streng, terwijl hij Beëlzebub wegtrekt. "We likken geen gasten."

We? Alex mag me likken, geen probleem. Verdorie, ik laat de hond me weer likken als dat een vereiste is.

"Sorry daarvoor. Je kunt je gezicht daar wassen." Alex gebaart naar een deur verderop in de gang.

Ik begin volgens de Russische etiquette mijn schoenen uit te doen, maar Alex zegt dat dat niet nodig is. Als ik aandring, geeft hij me een paar pantoffels. "Deze zijn van Bella, maar ze vindt het niet erg als je ze gebruikt."

Ik ben blij dat ik erop heb gestaan. Het uittrekken

van schoenen is duidelijk belangrijk genoeg dat Bella hier pantoffels heeft staan.

Met de pantoffels aan haast ik me naar de wc, maak me schoon en breng mijn make-up opnieuw aan.

Als ik weer naar buiten kom, is Alex alleen.

"Ik heb iets lekkers in een speciaal speeltje gestopt," legt hij uit. "Hij zal wel even bezig zijn om te proberen het eruit te graven, dus we kunnen voorlopig even van de rust genieten."

Ik kijk rond.

De gang is met allerlei soorten hondenspeelgoed bezaaid.

De drang om op te ruimen is sterk, maar ik vecht ertegen en kijk naar de muren voor hulp.

Verrassing, verrassing. Alles is bedekt met posters met *Tetris Payout*, *Super Tetris*, *Tetris Plus*, *Tetris 4D*, *Tetris League*, de lijst gaat maar door.

"Ik wist niet dat er zoveel versies van het spel waren," zeg ik terwijl ik van de een naar de ander kijk.

Alex straalt van trots. "Kom, ik wil je iets laten zien."

Hij leidt me naar een grote kamer die alleen maar een mancave kan worden genoemd. Hoewel er in de vorm van halfgekauwde botten en speelgoed ook een serieuze aanwezigheid van de beste vriend van die man is.

Mag niet opruimen. Het zou net zo gek zijn als zijn nek kussen.

"Zie je dat?" Alex wijst naar de muur naast een gigantische tv.

Wauw. Elke videogameconsole waar ik ooit van heb

gehoord, is op die tv aangesloten en in de meeste ervan zit een *Tetris-spel*, een aantal met degene die ik op de posters heb gezien en andere niet.

Deze verzameling is niet onlogisch, videogames zijn tenslotte zijn passie.

Zijn telefoon piept.

"Het is 19:01," zegt hij. "Laten we naar de keuken gaan, zodat we op tijd met eten kunnen beginnen."

Terwijl ik hem van kamer naar kamer volg, realiseer ik me hoe groot dit penthouse eigenlijk is, vooral voor New York City.

Game-ontwikkelaars verdienen duidelijk veel geld.

De keuken blijkt de enige nette ruimte in het huis te zijn. Er staan bloemen en kaarsen op tafel - allemaal bij een date behorend, als je het mij vraagt.

Hij trekt een stoel voor me naar achteren en terwijl ik plaatsneem, kijk ik naar de twee borden voor me.

De ene bevat drieëntwintig stuks van een avocadorol, terwijl de andere hetzelfde aantal pelmeni bevat.

Ik ruk mijn ogen weg van het feestmaal en kijk hem verwonderd aan. "Heb jij dit gemaakt?"

"Nou, ja." Hij gaat tegenover me zitten naast een soortgelijke maaltijd. "Ik wist niet zeker welk eten je in het weekend het lekkerst vindt, dus heb ik maar voor allebei gekozen."

"Goede keus," zeg ik, kwijlend als een van Pavlovs honden. "Ik denk dat ik gek ga doen en ze allebei ga nemen."

Hij grijnst. "Ik denk dat ik hetzelfde ga doen. Gekkenstad."

Ik val eerst op de pelmeni aan.

Jammie. Ik hou meestal niet van variatie in recepten, maar deze batch is op een goede manier anders.

Dat vertel ik Alex.

"Ik heb een geheim ingrediënt aan het recept uit het restaurant van mijn ouders toegevoegd," zegt hij.

"Een geheim ingrediënt?" Ik proef de avocadorol en het smaakt ook beter dan normaal, maar subtieler. "Zit er ook een in de rol?"

"Yep. En ik denk dat ik je nu moet vertellen wat het is," zegt hij met onechte tegenzin.

Ik pas me bij zijn toon aan. "Het is alleen maar beleefd om te doen."

"Goed dan. Ik dacht, aangezien we Japans en Russisch eten, waarom zouden we die twee niet samenvoegen, dus heb ik een vleugje gember in de pelmeni en een beetje zure room in de rijst in de rollen gedaan. "

"Ah." Ik proef van elk nog een stuk. "Dat is inderdaad wat je hebt gedaan. Je hebt duidelijk een back-upcarrière als chef-kok. Ik ben meestal geen fan van gerechten die anders smaken. Ik haat het eerlijk gezegd. Maar ik ben dol op deze."

Hij bedekt mijn hand met de zijne en glimlacht. "Ik denk dat ik magische handen heb."

Oh ja. De magie van zijn aanraking schiet een

gevoel van bewustzijn door mijn hele lichaam en laat mijn adem in mijn keel haperen.

"Sorry." Hij trekt zijn hand weg.

"Het is oké," breng ik moeizaam uit en het kost al mijn wilskracht om er niet iets als, 'Ik heb er echt, echt, *echt* van genoten' aan toe te voegen.

"Ik ben blij dat je het lekker vindt," zegt hij.

De aanraking? Nee, hij bedoelt het avondeten. Verdorie, dat nette haar maakt het moeilijk om na te denken.

"Ik vind het eten echt lekker," zeg ik als ik mijn hersens heb ontward. "Maar nu heb ik een probleem: ik zal vanaf nu de normale versies van deze gerechten niet meer kunnen eten."

Net zoals wanneer een andere man me aan zou raken zoals Alex net deed, dan zou het ook ontoereikend aanvoelen.

Drommels.

Ik ben voor andere chef-koks *en* mannen verpest.

Hij haalt zijn telefoon tevoorschijn en typt een bericht. "Ik heb je zojuist het exacte recept voor de pelmeni gestuurd en ik kan met de mensen van Miso Hungry over de rollen praten."

"Dank je," zeg ik en stop mijn mond vol voordat ik iets ongepasts kan zeggen, zoals, "Kan ik je vriendelijkheid in natura terugbetalen?"

"Graag gedaan." Zijn blik is warm op mijn gezicht. "Ik moet toegeven dat ik het leuk vond om dit voor je te maken."

Mijn hartslag versnelt. "Heb je eerder voor andere vrouwen gekookt?"

Goed bezig. Zo subtiel als een olifant in een porseleinkast.

Zijn ogen glanzen rijk, donkerblauw. "Alleen voor degenen met wie ik op date ging."

"Oh." Dus ik ben de eerste waarvoor hij dit doet zonder te daten? Om eerlijk te zijn, ben ik niet dol op het idee dat hij met iemand op date gaat, maar dat moet hij natuurlijk wel hebben gedaan. Aangezien ik net zo goed door kan gaan met de ongepast persoonlijke vragen, vraag ik zo nonchalant mogelijk, "En hoeveel waren dat er?"

Hij bijt geconcentreerd op zijn lip.

Jakkes. Is het aantal astronomisch? Het zou kunnen. Bij zo'n man zullen de vrouwen wel gewoon voor zijn voeten vallen.

Die trutten.

Is hij nog steeds aan het denken?

Waarom, oh waarom heb ik dit überhaupt gevraagd? Waarom zou je iets vragen waarbij je misschien een hekel hebt aan het antwoord dat je krijgt?

"Zes," zegt hij ten slotte.

Oh.

Nou, zes is niet slecht. Ik bedoel, het is een vreselijk aantal op zich, maar wat voormalige exen betreft, het is lekker laag, wat goed is. Dit betekent ook dat als ik op de een of andere manier zijn vriendin zou worden, een prettige fantasie, ik zijn zevende zou worden.

Zoals in, een prime-vriendin en dus een voornaamste vriendin.

Dat klinkt goed.

Of is een voornaamste vriendin een andere term voor echtgenote? Als dat niet het geval is, dan zou het dat moeten zijn.

"Er waren wel enkele dates naast die zes," vervolgt hij. "Maar alleen die relaties zijn in de kookfase gekomen en op één na zijn ze niet veel verder dan dat gekomen. Die laatste heeft een paar jaar geduurd, maar is toen geëindigd. "

"Waarom?" vraag ik. Wat ik bedoel is: *waarom zou een verstandige, warmbloedige vrouw je uit haar klauwen laten ontsnappen?*

Hij haalt zijn schouders op. "Ze vond het niet leuk dat ik met videogames bezig was."

Ik staar hem aan.

Nee. Geen grapje.

"Maar dat is je passie," zeg ik, een beetje te heftig voor fatsoen. Op een rustigere toon voeg ik eraan toe, "Je bent er briljant in."

"Bedankt." Hij leunt voorover, zijn blik op mijn gezicht gericht. "Ik denk dat ze gewoon niet de ware was."

Mijn hart bonst in mijn oren. "Denk het niet."

Het is misschien geen aardige gedachte, maar ik ben super blij dat zij niet de ware was - wie ze ook was. Het kan me niet schelen of het egoïstisch is, maar als ik mijn baas niet kan hebben, dan zou niemand hem mogen hebben.

"Hoe zit het met jou?" vraagt hij.

Drommels. Ik denk dat ik ermee begonnen ben. "Ik heb voor niemand gekookt."

Ik prop mijn gezicht weer vol in de hoop dat hij het met rust laat.

Nee.

Hij maakt tsk-tsk-geluiden. "Je weet wat ik bedoel."

Het eten smaakt nu flauw. Ik haal diep adem en vertel hem over de puinhoop die mijn relatie met Beau was.

Terwijl ik spreek, zorgt iets in de sympathie en het begrip in zijn ogen ervoor dat ik meer met hem deel dan ik ooit met iemand heb gedeeld.

"Ik was een laatbloeier, dus ik ben op de middelbare school of universiteit niet veel op dates geweest. Ik had gewoon met veel jongens geen klik, snap je? Dus toen ik Beau een paar jaar na mijn afstuderen ontmoette, was ik zo opgelucht dat ik veel van de waarschuwingssignalen negeerde. Eigenlijk allemaal. We gingen al maanden uit voordat we elkaar een tongzoen hadden gegeven, maar het enige wat mij interesseerde, was dat hij een wiskundige was die ook van routine hield." Ik grimas, nog steeds boos op mezelf. "Ik wist natuurlijk niet dat hij homo was, dus ik voelde me gewoon niet gewenst. Ten eerste behandelde hij mijn maagdenvlies alsof het echt heilig was. Toen we eindelijk de daad hadden gedaan, wilde hij het eeuwenlang niet meer doen en hij wilde me daar beneden ook niet verwennen. Hij kuste me zelfs amper. We zijn uiteindelijk uit elkaar gegaan en toen hij het jaar daarop uit de kast kwam, was het een opluchting, want het verklaarde zoveel. Toch heb ik sindsdien niet echt zin meer gehad om te daten."

Alex spant zijn kaken aan. "Die klootzak. Ik kan niet geloven dat ik boos ben op een man, omdat hij *niets* met je wilde doen, maar toch ben ik dat. Niet om een zin van Rhett Butler te stelen, maar 'je zou gekust moeten worden en vaak en door iemand die weet hoe dat moet'."

Ik pak mijn glas met water en drink ervan. Dit begint nog meer als een date te voelen dan de keer dat hij me kuste.

Ach, aangezien ik degene was die met mijn zielige verhaal de professionaliteit uit het raam heeft gegooid, zou ik degene moeten zijn die het herstelt.

Maar hoe? Door om meer eten te vragen? Ik zit nogal vol en het lijkt erop dat hij klaar is. Misschien moet ik het over iets smerigs hebben, zoals snot of vierkanten van even getallen?

Aangezien er niets in me opkomt, vraag ik om iets dat interessant is, maar niet op een seksuele manier. "Kun je me je *Tetris*-vaardigheden laten zien?"

Hij grijnst. "Ik zou dat graag willen doen, maar wat dacht je ervan om je eerst alle hondenspullen te laten zien?"

Duh. Dat is veel minder sexy dan *Tetris*. Waarom heb ik daar niet aan gedacht?

We eten op wat er op ons bord ligt en ik wijs zijn aanbod van thee af. Een bewijs van hoe vol ik zit. Hij lijkt net zo vol te zitten, aangezien hij mijn geschenk van snoep aanneemt zonder er iets van te eten.

Vervolgens help ik hem met het opruimen van de keuken, een activiteit die voor mij veel te erotisch blijkt te zijn. Hem de borden te zien afdrogen die ik heb afgewassen windt me zeker op.

Als we klaar zijn, laat hij me zien waar het hondenvoer en de voerbakken zijn en hij leidt me vervolgens de keuken uit terwijl hij meer over de hondenspullen uitlegt, inclusief wanneer ik het harige beest uit moet laten.

"Over Beëlzebub gesproken," fluistert hij terwijl we zijn kantoor binnengaan.

De slapende pup ligt op de vloerbedekking om een of andere bal gekruld - moet het speeltje met het lekkers erin zijn.

Aww. Beëlzebub droomt er duidelijk van om ergens achteraan te jagen. Zijn poten bewegen in de lucht en hij maakt blafgeluidjes.

Oké, pups zijn misschien onvoorspelbaar en rommelig, maar ze zijn zeker schattig... vooral als ze slapen.

"Kom," fluistert Alex. "Ik ben je een *Tetris*-demonstratie verschuldigd."

We lopen op onze tenen de mancave in en sluiten de deur om de pup niet wakker te maken.

Alex start zijn Xbox.

Zijn versie van het spel heet *Tetris Effect: Connected*, en het is een werk van audiovisuele kunst dat meer een volwaardige psychedelische ervaring dan een blokpuzzelspel is.

Afgezien van de esthetiek van het spel, is naar Alex kijken een trip op zich.

Dit is hoe Mozart er op zijn hoogtepunt achter de piano uit moet hebben gezien.

Ik had het zo mis toen ik dacht dat dit een veilige, niet-seksuele ervaring zou zijn. Het is het tegenovergestelde. Dit is zelfs heter dan naar Alex kijken die codeert.

Elke keer dat hij vier regels tegelijk wist - wat een tetris wordt genoemd - toont het spel een feestelijke animatie van vuurwerk. Het doet me me voorstellen dat hij op dezelfde manier als het I-blok bij mij het gat binnengaat dat zijn bestemming is en het vuurwerk dat daaruit voort zal komen.

Drommels.

Tussen de nette look, het diner en dit, zou ik een medaille moeten krijgen, omdat ik hem niet heb aangevallen. Een roze ster voor het onderdrukken van het libido onder extreme verleiding.

Misschien kan ik naar de badkamer sluipen en mezelf snel even klaar laten komen?

"Kijk dat eens," zegt Alex, terwijl ik mijn bubbel van zelfbevrediging laat barsten. "Jacob zegt dat hij tegen die kerel speelt die nog een tik op de vingers verdient. Zal ik op *Halo* overstappen?"

"Tuurlijk," zeg ik.

Even later zijn er gewapende mensen in kleurrijke ruimtepakken op het scherm te zien.

"Daar," zegt Jacobs stem uit de luidspreker en zijn personage schiet op een man in de verte met een groot geweer.

Het personage van Alex snelt zich naar zijn prooi, ontwijkt op de een of andere manier alle kogels en slaat hem vervolgens met een pistool in het gezicht.

"Wauw," zegt Jacob opgewonden. "Dat was geweldig!"

En dat was het. Ik ben nu nog geiler. Dit moet net zo voelen als hoe holbewoners zich voelden wanneer hun mannen de stam beschermden of als ze voor hen tegen andere holbewoners zouden vechten.

Ik weet alleen dat ik hem wil bespringen, maar dat kan ik niet. Niet zolang Jacob het kan horen - om nog maar van alle gebruikelijke redenen te zwijgen.

Om niet gek te worden, pak ik een doos met hondenspeelgoed en raap een gekauwde eend van de vloer om die erin te laten vallen.

Alex kijkt op van het spel. "Ben je aan het opruimen?"

"Is het goed als ik dat doe?"

Hij grijnst. "Ga je gang."

Heel goed. Ik kanaliseer mijn seksuele frustratie in het opruimen.

Als al het hondenspeelgoed in de doos zit, sorteer ik de lukrake verzameling videogames van Alex op console, genre en jaar van uitgave.

Oh ja, dit is leuk. Eerlijk gezegd te leuk.

Opruimen brengt me altijd in een goed humeur, wat in deze context een afrodiserend effect heeft.

Drommels.

Ik zou naar huis moeten gaan, want anders heb ik een probleem.

"Wauw, bedankt," zegt Alex en ik realiseer me dat hij het spel heeft uitgeschakeld en vol ontzag naar mijn werk staart. "Ik was al eeuwen van plan om dat te doen, maar ik betwijfel of ik zo'n slim systeem zou hebben gebruikt."

Ik ben een vulkaan van lust die op ontploffen staat.

Hij meent wat hij zegt, dat kan ik zien - wat hem de zeldzaamste van eenhoorns maakt: een persoon die mijn opruimpogingen verwelkomt in plaats van ze irritant te vinden.

Nou, dat doet het hem.

Al die weken dat ik met hem heb gecodeerd, was ik sterk.

Toen hij zich netjes had aangekleed en zijn haar naar achteren had gekamd, ben ik erin geslaagd om mijn slipje aan te houden.

Toen ik hem *Tetris* zag spelen, stond ik al op het punt om toe te geven en het heeft niet geholpen dat hij die pestkop in *Halo* heeft verslagen, maar ik heb de verleiding weerstaan.

Dat hij het leuk vindt dat ik opruim, duwt me over het randje.

Als ik hem nu niet kus, dan zal ik er voor altijd spijt van hebben.

Ik sluit de afstand tussen ons, pak zijn stropdas en trek zijn mond naar de mijne.

Hoofdstuk Negenendertig

Onze lippen botsen.

Heilige priemgetallen.

Wie had gedacht dat zoenen zo verblindend kon zijn? Ik vroeg me af of de laatste kus misschien zo verbazingwekkend leek vanwege de alcohol die door mijn lichaam stroomde, maar nee. Deze keer is het zelfs beter en de lat lag al torenhoog.

Onze tongen dansen.

De kamer lijkt te draaien, dit keer zonder de hulp van wodka.

Hij bijt op mijn onderlip.

Mijn tepels zijn zo hard dat ze pijn doen en de hitte in mijn kern bereikt 1373 graden.

Hij trekt me dichterbij en ik voel zijn erectie tegen mijn buik, waardoor ik zijn broek naar beneden wil trekken zodat ik hem kan zien, proeven en diep in me kan stoppen.

Na wat als een uurtje van gelukzalig vrijen voelt, trekt hij zich terug en houdt hij mijn gezicht in zijn grote handen. "Weet je het zeker?"

"Jouw slaapkamer," hijg ik. "Nu."

Hij antwoordt met een bevestigend gegrom, pakt me dan als een bruid op en loopt de kamer uit.

"Ik ben aan de pil en ben schoon," fluister ik. Zo, als het woord *slaapkamer* mijn bedoelingen niet duidelijk had gemaakt, dan zou dat stukje de zaken glashelder moeten maken, nietwaar?

"Ik ook," zegt hij ruw. "Ik bedoel schoon, niet aan de pil."

Mijn bloed wordt zo heet als lava, mijn onderbroek is doorweekt. Dit is echt. Het gaat gebeuren. Zijn antwoord betekent: "Ja zeker, Holly, ik zal je platneuken, heel erg bedankt."

Hij nadert een gesloten deur, trapt deze open, loopt naar binnen en zet me dan zachtjes op het bed.

Terwijl ik verwoed mijn kleren uittrek, neem ik opgelucht mijn omgeving in me op. De slaapkamer is nog netter dan de keuken en dat duwt mijn toch al krankzinnige opwinding naar een beangstigend terrein.

Moet ik me zorgen maken? Ik heb gehoord dat mensen zich dood kunnen lachen, dus kun je zo geil worden dat je jezelf pijn doet?

Die vraag wordt de komende momenten op de proef gesteld. Alex werpt zijn hemelsblauwe ogen over mijn lichaam en gromt, "Je bent prachtig."

Ik kan niet praten terwijl ik toekijk hoe hij zijn pak en overhemd uittrekt.

Jeeeemig. Dit is als naar de zon staren. De heerlijke spieren die ik voor VR-Alex had gekozen verbleken in vergelijking met het echte werk. Ik denk dat mijn verbeeldingskracht - en digitale technologie - nog niet klaar waren voor dit niveau van mannelijke perfectie.

Hij stapt uit zijn broek.

Ook hier laten de krachtige spieren die aan mijn blik worden blootgesteld de VR-versie ver achter zich.

En dan trekt hij zijn boxershort uit.

Ik heb pijn in mijn kaak waardoor ik me realiseer dat mijn mond openstaat door de breedte van een python die op het punt staat om haar prooi op te slokken.

Over pythons gesproken, de pik van Alex is groter dan alle keuzes die in de VR-selectie beschikbaar waren. Ik denk dat hij zich in de andere app meer thuis zou voelen, die met al die zwaarden.

Waarom ben ik niet bang?

Zijn erectie valt in het niet bij Optimus Prime, wat betekent dat de eervolle titel overgedragen moet worden.

Yep. *Dat* is voortaan Optimus Prime.

Of kortweg Prime - het enige korte eraan.

Alex nadert het bed. "Ik ga je proeven." De honger in zijn blik benadrukt de hees gesproken woorden.

Ik slik hard. "Me proeven?"

Met spieren die zich spannen, klimt hij over me

heen en laat zijn eeltige handpalm langs mijn dij glijden. "Ik wil je als nooit tevoren laten branden."

Geen woorden. Sprakeloos.

Hij gaat met zijn tong over mijn kuit.

Ik kan nauwelijks een kreun inhouden.

Zijn tong zet de trip over mijn knie en mijn dij voort tot hij de top tussen mijn benen vindt.

De kreun ontsnapt nu aan mijn keel.

Dit is niet eerlijk. Hij kan deze sexcapade niet zomaar met mijn diepste, wildste fantasie beginnen.

Zijn tong gaat plat tegen mijn clit.

Terwijl ik in de lakens in mijn handen knijp, kom ik met een verstikte kreet klaar.

Hij kijkt met een boosaardige glimlach op, gaat dan weer naar beneden en likt me één keer, twee keer, drie keer - en dit orgasme geeft aan elk zenuwuiteinde energie.

Oef. Ik ben blij dat ik op nummer drie kwam en niet op vier.

Hij stopt echter niet en ik voel die sensuele glimlach van hem tegen mijn geslacht.

Nog een lik. Twee. Drie. Vier.

Hij heeft een verdomd slimme tong.

Voordat hij me lik nummer vijf geeft, laat hij plagend de clit achter en gaat voor mijn plooien - die ik niet in mijn telling meetel.

Ik knars op mijn tanden en stoot me tegen hem aan, wanhopig op zoek naar een bevrijding. Hij begrijpt de hint en keert terug naar de clit voor lik nummer vijf, maar ik ben er nog niet.

Lik zes.

Dichterbij, maar nog steeds geen sigaar, wat prima is. Ik wil niet op een niet-priemgetal komen.

Oké. Nu hangt er veel van deze volgende lik af. Als ik dan niet kom, dan moet ik de volgende vier keer likken overleven tot we bij de elfde zijn.

Hij moet weten wat ik nodig heb, want hij maakt lik nummer zeven langzaam en loom.

Ja! Eindelijk. Mijn tenen krommen zich en mijn gekreun klinkt meer als een schreeuw.

Voordat hij zijn bediening kan hervatten, wurm ik me onder hem vandaan.

Hij kijkt op, een vraag in zijn ogen.

"Mijn beurt om te proeven," hijg ik. "Ga achteroverliggen."

Dat doet hij.

Ik kus en lik zijn gezicht zoals ik altijd heb gedroomd om te doen en druk dan kleine, plagende kusjes in zijn nek voordat ik mijn tong over de heuvels van zijn borstspieren laat glijden en langs het wasbord van zijn buikspieren tot ik bij de basis van Prime ben.

Opkijkend om zijn hongerige blik te ontmoeten, lik ik hem alsof ik aan een ijsje lik langs zijn hele harde, enorme lengte.

Als een kater die van het aaien geniet, sluit hij zijn ogen van genot.

Is dat een druppel voorvocht aan het uiteinde?

Nieuwsgierig, lik ik het eraf. Het is lekker en een opmaat naar hoe het zou zijn als hij in mijn mond klaar zou komen, wat ook een fantasie van me is.

Als reactie op mijn aandacht wordt Prime, hoe onmogelijk ook, nog harder.

Ik vouw mijn lippen om de kop en laat het dieper in mijn mond glijden.

Het is als zijde over staal.

"Fuck," kreunt Alex.

Aangemoedigd draai ik mijn tong rond de kop, drie keer met de klok mee, dan drie keer tegen de klok in.

Hij grijpt mijn schouders, zijn sterke vingers graven in mijn vlees.

Ik draai zeven keer met de klok mee terwijl hij in mijn schouders knijpt tot het bijna pijn doet en dan zeven keer in de andere richting.

Hij ademt zwaar en trekt me weg. "Ik wil in je zijn," zegt hij hees, zijn accent zwaarder dan het ooit is geweest.

"Ik ook," hijg ik. "Ik bedoel, jij in mij, niet ik in jou."

Met een vleugje van die duivelse grijns, herovert hij mijn mond in een kus en zonder dat onze lippen elkaar loslaten, legt hij me op mijn rug.

Mijn hart bonkt in mijn ribbenkast, mijn zintuigen worden volkomen door hem verteerd, door zijn geur, zijn gevoel, zijn warmte. Het is alsof ik op de golf van onze kus door een oceaanstorm surf, zijn lichaam op de mijne de enige haven van de sensuele onrust, zijn lippen het enige anker dat me veilig houdt.

Hij komt bij me binnen en ik heb zin om in vuurwerk uit elkaar te springen, zoals het spel dat daarstraks deed, toen hij met een lang, hard I-blok een tetris maakte.

Zijn eerste stoot is te zacht, dus ik pak zijn staalharde bilspieren en trek hem tegen me aan.

Zijn pupillen verwijden zich en de tweede stoot is sneller en dieper.

Mijn lichaam kromt en buigt en vormt zich tegen het zijne.

"Dat is het," gromt hij en de derde stoot is nog beter. De vierde is ook redelijk goed, gezien het aantal.

Bij de vijfde stoot kreun ik van genot. Een orgasme vormt zich in mijn kern, maar het is ver weg, wat beangstigend is, want wat als het op het verkeerde aantal komt?

Ik kreun op dertien en negentien en bij drieëntwintig, hij beweegt zich in me - maar ik wil het nog sneller, dus ik knijp in zijn gespierde kont en trek hem dieper.

Ja. Fuck, ja. Gekreun ontsnapt bij negenentwintig en eenendertig aan mijn lippen en als door het lot, gromt hij op zevenendertig iets in de trant van "je voelt zo verdomd goed".

Op eenenveertig worden de stoten bestraffend hard en zijn ze bijna te snel om te tellen en ik hou van ze allemaal.

Bij drieënvijftig tel ik het geluid van vlees dat tegen het vlees slaat in plaats van de stoten zelf, want alles is een waas van genot zonder een duidelijk begin of einde.

Drieëntachtig. Ik ben in de buurt, maar ik kan nog niet klaar komen. Noch bij de niet-priem vierentachtig, vijfentachtig, zesentachtig, zevenentachtig of achtentachtig.

Hier komt nummer negenentachtig en het is een priemgetal, maar ik ben er nog niet, hoewel ik er zo dichtbij ben dat ik het kan proeven.

Kan ik wachten tot zevenennegentig?

Klap, klap, klap, klap, klap, klap, klap, klap.

Mijn nagels graven zich op zevenennegentig in zijn billen als ik met een gil klaarkom.

Een tevreden, puur mannelijke glimlach vormt zich op zijn lippen terwijl hij blijft stoten.

En stoten.

Tellen is nu moeilijker.

Was dat honderd negenenveertig?

Er begint zich weer een orgasme op te bouwen, deze is van tsunami-kracht.

Tegen de honderdzevenennegentig kan het me niet schelen of ik wel of niet op een priemgetal kom. Ik wil gewoon de zoete ontlading.

Tegen tweehonderddrieëntwintig is mijn keel hees van het schreeuwen van genot.

Driehonderdzeven. Ik ben er *zo* verdomd dichtbij.

"Ik ook," gromt hij.

Fuck. Heb ik dat net hardop gezegd?

Maakt niet uit.

We zijn nu bij driehonderdzeventien en het zwart van zijn pupillen heeft bijna het hemelsblauw vervangen en ik sta op het punt om te ontploffen.

Moet nog heel even wachten.

Nog een paar.

De ontlading bouwt zich op en op.

En dan, op driehonderdeenendertig, een priemgetal, gromt Alex van genot, zijn ogen sluiten terwijl Optimus Prime in me beweegt.

Fuck, ja. Mijn eigen orgasmestorm is aan land gekomen. Al mijn spieren trekken zich samen terwijl ik schreeuw van extase.

Ik ben me er vaag van bewust dat Alex me knuffelt en kust, maar ik berijd nog steeds de golf van genot - een die oneindig veel intenser is dan al mijn dildosessies bij elkaar.

Tegen de tijd dat ik voldoende hersteld ben om weer na te kunnen denken, maakt hij me met een warme, natte handdoek schoon.

"Dat is fijn," mompel ik en gaap.

Hij beweegt me totdat we in een lepelpositie liggen, met mij als de kleine lepel.

Terwijl ik daar lig, omringd door zijn warmte, voel ik me ongelooflijk tevreden en in dat wazige land tussen waken en slapen komt er een gedachte bij me op.

Wat dit ook tussen ons is, het zou echt kunnen werken. Hij is niet de duivel die ik dacht dat hij was toen we elkaar voor het eerst ontmoetten. Ik vind hem leuk. Ik vind hem echt leuk. Veel leuker dan ik Beau ooit heb gevonden.

Het grootste obstakel is onze gezamenlijke werkplek. Maar misschien zal niemand me veroordelen, omdat ik met de baas naar bed ga. Misschien zal bij hem zijn niet zo'n grote puinhoop zijn als ik had gevreesd en misschien kan ik met de rommelige aspecten van zijn leven omgaan.

Op die prettige gedachte zweef ik weg naar het land van dromen.

Hoofdstuk Veertig

*I*k word wakker van een natte tong die aan mijn gezicht likt.

Herinneringen aan gisteravond komen binnen.

Is dit de manier van Alex om meer te initiëren?

Als dat zo is dan ja, alsjeblieft.

Hmm. Zijn tong voelt lang aan. Ik kan me niet herinneren dat hij gisteravond zo lang was. Alleen zijn pik was buitengewoon lang. En dik en-

Ik doe mijn ogen open.

Gouden ogen staren me vanuit een koala-achtig gezicht aan.

Ieew.

De tong is niet van Alex.

Met een hondachtige grijns geeft Beëlzebub mijn gezicht nog een lik.

"Wegwezen." Ik duw hem giechelend weg.

Als je met een pup naar het eerste honk zou gaan, zou het dan meer pedofilie of bestialiteit zijn?

Zijn waanzinnige enthousiasme, ondanks mijn afwijzing onverminderd, verplaatst Beëlzebub zijn likkende aandacht gewoon naar het gezicht van Alex en wie kan het hem kwalijk nemen.

"Holly?" mompelt Alex slaperig.

"Nee."

Hij opent zijn ogen, grinnikt en duwt de pup weg terwijl hij hem vertelt dat ons op die manier wakker maken een "stouts iets voor een hond is om te doen".

"Hoi," zeg ik als hij klaar is met zijn preek.

Zelfs met de kwijl van de hond op zijn gezicht, ziet Alex er heerlijk uit. Hij grijnst naar me. "Hoi terug."

"Hoe laat is het?" Ik kijk naar de zon die door het raam naar binnen schijnt.

"Fuck. Tijd." Alex springt overeind, glorieus naakt.

Hij pakt zijn telefoon en blaft een paar woorden in het Russisch.

"Ik kom te laat," legt hij bij het zien van mijn vragende blik uit. "Vergeten een wekker te zetten. Hier." Hij geeft me een badjas die vijf maten te groot is en begint zich aan te kleden.

Als zijn glorieuze naaktheid jammer genoeg is bedekt, trek ik de badjas aan en volg hem op zijn aansporing naar de badkamer. Beëlzebub trippelt achter ons aan en begint water uit de toiletpot te slurpen.

"Nee!" zegt Alex streng en doet het deksel dicht. "Dat is ook een stouts iets voor een hond om te doen."

Beëlzebub kijkt hem berouwvol aan, verontschuldigend kwispelend.

Ooh. Ik ben dol op bazige Alex. Misschien kunnen we een dezer dagen pup en baasje spelen?

Alex geeft me een nog verzegelde tandenborstel met een tandartsadvertentie erop en dan voeren we zij aan zij onze ochtendroutines uit, terwijl de huiselijkheid van alles aan iets in mijn borst trekt.

Ondertussen is de pup over zijn berouw heen. Hij rent rondjes om ons heen, sluipt tussen onze benen als een kat en doet over het geheel alsof hij een overdosis cocaïne en amfetamine heeft ingenomen.

"Ik moet gaan." Alex haalt zijn telefoon tevoorschijn. "Wat wil je voor het ontbijt hebben?"

"Havermoutpap."

Hij doet een paar keer vegen en klikken. "Er zou er zo een moeten arriveren." Hij grijnst naar Beëlzebub, die net in de badkuip is gesprongen en op shampoo probeert te kauwen. Hij stuurt hem weg van de fles en kijkt me aan. "Vind je het erg om met hem te gaan wandelen?"

Ik kijk de kleine duivel bedenkelijk aan, maar zeg dapper, "Geen probleem. Mag ik daarna je computer gebruiken? Ik had mijn laptop mee willen nemen om wat werk in te halen, maar zoals je je misschien herinnert, ben ik gisteravond niet naar huis gegaan."

Zijn grijns is nu op mij gericht. "Je herinnert je wel dat het zondag is, toch?"

Ik haal mijn schouders op. "Sommige mensen in mijn team hebben gezegd dat ze dit weekend zullen werken, dus ik voel me verplicht om hetzelfde te doen - solidariteit en zo."

"Wat jij wil." Hij leidt me naar zijn kantoor, waar hij me toegang als gastgebruiker geeft. "Je kunt op afstand op je werkcomputer inloggen. Op die manier zal alles ingesteld zijn zoals jij dat wilt."

"Ga naar je ding," zeg ik met een glimlach. "Ik zoek het wel uit."

Alex lijkt niet weg te willen gaan. Hij doet Beëlzebub zijn riem om, ook al had ik dat ook kunnen doen en zet een snack klaar in het speeltje, waarbij hij uitlegt dat ik het moet gebruiken als ik een pauze van mijn harige pupil wil.

"Je bent laat," zeg ik gemaakt gepijnigd.

"Geef me een kus en dan ga ik."

Ik gehoorzaam graag. Deze afscheidskus is net zo heet als die van gisteravond en opeens wil ik niet dat hij weggaat. En als zijn verlangende blik iets is om op af te gaan, dan zou hij ook liever blijven en mij neuken.

Zullen we allebei in seksduivels veranderen zoals mijn ouders?

"Ik zie je later," zegt hij met tegenzin.

"Later," zeg ik, terwijl ik probeer niet te kwijlen terwijl ik hem naar de lift zie lopen.

Beëlzebub houdt zijn hoofd schuin en jankt als de deuren achter zijn baasje dichtschuiven.

Ik aai zijn grote, donzige hoofd. "Ik weet hoe je je voelt, maatje. Laat me me nu aankleden, zodat ik je mee uit wandelen kan nemen."

Hoofdstuk Eenenveertig

*H*et is bevestigd.

De beste manier om halsoverkop voor een pup te vallen, is door er met een te gaan wandelen.

Gevoed door schijnbaar eindeloze energie, besnuffelt Beëlzebub elke centimeter van onze weg naar het park en blaft naar dingen waarvan ik niet wist dat iemand er tegen zou willen blaffen, zoals bloeiende paardenbloemen en een lege kartonnen doos.

Als we eenmaal in het gebied in het park zijn waar hij kan worden losgelaten, rent hij op volle snelheid op een illusie af die alleen hij kan zien en springt dan op alles wat hij zich maar inbeeldt. Daarna zoekt hij een stok en brengt die met duidelijke bedoeling naar me toe van "Laten we gaan apporteren."

Ik gooi met de stok tot mijn arm moe is, maar hij lijkt niet eens een beetje buiten adem te zijn.

Nou, er is niet aan te doen. Ik doe hem weer aan de

riem en we gaan verder met lopen totdat hij op een nabijgelegen gazon eindelijk zijn ding doet. Op dat moment leer ik dat als het om het opruimen van hondenpoep in een zak gaat - Gia's ergste nachtmerrie - het niet zo vies is als je zou denken, hoewel dit op dit moment een "liefde is blind"-situatie zou kunnen zijn.

Als we thuiskomen, rent Beëlzebub achter me aan door het appartement als een eendje dat op zijn moeder gefocust is, zelfs als ik het toilet moet gebruiken.

Het is zo schattig dat ik vergeet om geïrriteerd te zijn.

Maar zodra ik naar buiten kom, zet ik zijn eten en drinken klaar in de hoop dat een voedselcoma hem een beetje zal kalmeren en hij duikt er vol enthousiasme op af.

Terwijl ik kijk hoe hij eet, gaat de deurzoemer af.

Het is een bezorger met mijn pap.

Eindelijk. Ik stond al op het punt om zelf hondenvoer te proberen.

Terwijl ik de pap in een kom giet, voel ik me op mijn gemak in de keuken en verslind mijn maaltijd terwijl ik het nieuws op mijn telefoon bekijk. Pas als ik klaar ben met eten, realiseer ik me dat er iets mis is.

Beëlzebub is niet meer bij mij in de keuken.

Met een zinkend gevoel ga ik het kleine beest zoeken.

Verdomme.

Al het speelgoed dat ik netjes in de mand had verzameld, ligt weer overal op de vloer.

Ik pak de doos en begin ze op te bergen, dat wil zeggen, totdat Beëlzebub boven op me springt en ervoor zorgt dat ik de doos laat vallen. Hij blaft opgewonden en begint het speelgoed opnieuw door het appartement te gooien.

Misschien moet ik deze puinhoop gewoon laten voor wat het is.

Dat kan ik wel.

Soms.

Ik bedoel, ik kan Gia's huis overleven terwijl ik mijn gezond verstand behoud.

Ik houd het dertig seconden vol. Dan, gedreven door een onweerstaanbare dwang, verzamel ik het speelgoed weer.

Beëlzebub begint onmiddellijk weer een puinhoop te maken. Hij moet dit als een leuk spelletje zien.

Ik begin me overweldigd te voelen en in tegenstelling tot Euclid, kan ik niet zomaar een VR-headset afzetten als ik er genoeg van heb om met dit soort huisdieren om te gaan.

Dan herinner ik me het speeltje met de verborgen traktatie dat Alex klaar had gezet.

Aha.

Ik kan de rotzooi weer opruimen en het kan Beëlzebub niet schelen. Al zijn aandacht gaat naar het speelgoed waar snoepjes in verstopt zitten.

Heel goed. Misschien kan ik wat werken nu ik toch bezig ben.

Ik ga het kantoor van Alex binnen en terwijl ik inlog, dwalen mijn gedachten naar de gebeurtenissen van gisteravond af. Er komen meteen vragen als, "Wat betekende het?" en "Wat zouden mijn collega's denken als ze erachter zouden komen?" Hun onwelkome hoofden zouden ontkiemen.

Misschien heeft Beëlzebub me wel een gunst gedaan toen hij me achter hem aan liet jagen.

Ik besluit mezelf met werk af te leiden, log op afstand in op mijn kantoorcomputer en werk aan de code van Euclid. Iets dat ik al een tijdje niet meer heb kunnen doen. Als ik klaar ben, open ik mijn inbox zodat ik Alison kan vragen om mijn werk te testen, maar daar staat al een e-mail van haar te wachten, een bericht dat ze afgelopen vrijdag heeft gestuurd.

Het onderwerp is onheilspellend: "Ik heb een gerucht over jou gehoord."

Ik open de e-mail en mijn maag bevriest.

Volgens Alison gaat het gefluister bij de waterkoeler allemaal over één ding: Alex en ik gaan met elkaar naar bed.

Ik staar wezenloos naar het scherm en antwoord dan met:

Wie is er met dit onzingerucht begonnen?

Nadat ik op verzenden heb geklikt, komt het echt bij me binnen.

Hoe kan iemand van het kantoor dat weten? Zit er een spionagecamera in de slaapkamer van Alex?

Nee, dat is bespottelijk. En zelfs als dat zo was, dan is Alisons e-mail van vrijdag, dat was *voordat* we met elkaar naar bed waren geweest.

Iemand was aan het liegen toen ze dit gerucht begonnen, maar nu is het geen leugen meer.

Ik pak mijn plotseling pijnlijke hoofd vast.

Wat dacht ik gisteravond in vredesnaam?

Ik dacht niet. Ik heb gewoon mijn hormonen losgelaten. Dat hebben we allebei gedaan en nu zal mijn werk een even grote puinhoop als dit appartement worden en het is te veel voor me om mee om te kunnen gaan.

Mijn telefoon gaat.

Het is Alex.

Weet hij het al? Staat hij op het punt om te zeggen hoeveel spijt hij heeft van wat we hebben gedaan?

Ik adem diep in en neem op. *"Privet."*

"Privet." Er klinkt een glimlach in zijn stem. "Ik wilde gewoon even weten hoe de dag tot nu toe verloopt en ik wil je een update geven."

Dus hij weet het niet.

Moet ik het hem vertellen?

Nee. Hij heeft zijn vader om zich zorgen over te maken.

"De dag is goed verlopen en Beëlzebub doet het geweldig," zeg ik. "Hoe is de interventie verlopen?"

Hij zucht. "Zo goed als zoiets kan gaan. Pap bood ons een compromis aan. Hij zal bier in plaats van wodka gaan drinken."

Ik staar naar mijn telefoon. Heeft stress me van het vermogen beroofd om dingen te begrijpen of is dit vermeende compromis nogal vreemd?

"Voor zover ik weet, bevat bier alcohol," zeg ik

voorzichtig. "Is dat niet wat je wilde dat hij op zou geven?"

"Ja, maar dit is een stap in de juiste richting. Als hij het bij bier houdt, dan heeft hij niet genoeg ruimte in zijn maag om het alcoholpeil van wodka in zijn bloed te bereiken."

"Misschien..."

"Het is een goed resultaat, geloof me. Paps generatie van Russen spot met dingen als het twaalfstappenprogramma."

Oké, zal ik hem nu over het gerucht vertellen?

"Oké," zegt hij voordat ik de moed kan verzamelen. "Ik ga weer terug. Zie je later."

Hij hangt op voordat ik iets kan zeggen.

Prima. Het zal het lot zijn

Ik haast me terug naar mijn inbox om te zien of Alison heeft geantwoord.

Nee en waarom zou ze? Het is nog steeds zondag.

Net als ik op het punt sta om het e-maildashboard te verlaten, komt er toch een e-mail van Alison binnen.

Het begint met: *Ik had al gehoopt dat je dit weekend aanwezig zou zijn.* Alleen in plaats van namen te noemen, gaat Alison verder met te zeggen dat ze voorzichtig zal moeten rondvragen om erachter te komen wie het gerucht is begonnen.

Drommels. Wat veelzeggender is, is dat ze me niet vraagt of het gerucht waar is. Betekent dat dat ze het niet gelooft of dat ze denkt dat *ik met onze baas naar bed ga?*

Naar bed gaan met de verdomde baas.

Hoe ben ik zo'n rommelig, ongepast cliché geworden?

Ik loop door de kamer en sorteer alle pennen van Alex op volgorde van lengte.

Als ik geen fysieke rommel meer heb om op te lossen, zoek ik wat meer code om aan te werken en los ik uit de integratiewachtrijlijst een eenvoudige bug op.

Zodra ik begin, besef ik dat ik Alex aan mijn zijde mis.

Serieus? Heeft ons programmeren in paren mijn vermogen om onafhankelijk te coderen verpest?

Wat een verdomde ramp.

Al snel merk ik dat ik me niet op het oplossen van de bug kan concentreren, dus typ ik een commando om alle wijzigingen die ik zojuist heb aangebracht ongedaan te maken.

Wacht, heb ik dat correct ingevoerd?

Voordat ik het kan controleren, gaat mijn telefoon over.

Het is Dr. Piper.

Ik pak mijn telefoon. "Hallo!"

"Hallo," zegt dr. Piper en hij klinkt niet als zijn gebruikelijke opgewekte zelf. "Ik ben bang dat ik slecht nieuws heb."

Hoofdstuk Tweeënveertig

$\mathcal{M}$ijn hartslag schiet naar de honderdzevenendertig slagen per minuut. "Is er iets met Jacob gebeurd?"

"Sorry, nee. Niet dat soort slecht nieuws."

Ik adem luid uit. "Goddank. Wat bedoelde je dan?"

Hij zucht. "Herinner je je die adviseur nog die ik heb genoemd?"

Ik vraag bijna: "De kwaadaardige?" maar ga in plaats daarvan voor een simpel "ja".

Met alles wat er gaande was, was ik eigenlijk de kwaadaardige adviseur helemaal vergeten.

"Nou, hij heeft me een e-mail gestuurd," zegt dr. Piper. "Hij heeft me verteld wat voor soort producten de Morpheus Group op het punt staat om te lanceren."

Wat?

Oh nee.

Nee. Nee. Nee.

Hoe is de kwaadaardige adviseur überhaupt achter

de porno gekomen? En waarom heeft hij het ze verdomme verteld?

Dit valt niet onder de bevoegdheid van een adviseur.

Dr. Piper zucht weer. "Ik had gehoopt dat je zou zeggen dat het een hoop leugens waren."

Ik schud mijn hoofd en realiseer me dan dat hij me niet kan zien. "Ik kan het niet ontkennen," zeg ik met tegenzin.

Een luidere zucht. "Het spijt me, lieverd, maar dit is dan een probleem. Ik bedoel, niet voor mij persoonlijk, maar voor de rest van mijn team. Ze zullen als ik het ze morgen vertel de banden willen verbreken - en ik moet het ze vertellen. Het spijt me."

Ik schud nogmaals dom mijn hoofd aan de telefoon.

"Ik ga de mensen bij 1000 Devils een heads-up geven," zegt hij. "Nogmaals, sorry hiervoor, maar mijn handen zijn gebonden."

"Ik begrijp het," slaag ik erin om uit mijn mond te persen en hang op.

Tranen prikken achter mijn ogen en het voelt alsof de muren van het kantoor op me afkomen.

Dit is niet goed. Zo, zo niet goed. Wat moet ik doen? Hoe ga ik deze enorme puinhoop oplossen? Hoe kan ik-

Er klinkt het geluid van de liftdeuren die openschuiven, gevolgd door enthousiast geblaf.

Ik strompel de kamer uit in de richting van de commotie en struikel bijna twee keer over het hondenspeelgoed.

Beëlzebub moet een pauze van de traktatie hebben genomen om er weer een zooitje van te maken - een metafoor voor mijn verdomde leven creërend.

"Stoute hond," zegt Alex streng als ik ze bereik.

Beëlzebubs oren gaan hangen.

Ik volg de blik van Alex.

Natuurlijk. Mijn neuk-me-hakken zijn in kleine stukjes gescheurd - net als mijn dromen.

"Het spijt me heel erg," zegt Alex terwijl hij naar me kijkt. "Je kunt de pantoffels van mijn zus aantrekken als je naar huis gaat. En ik zal nieuwe schoenen voor je kopen."

Mijn handen ballen zich langs mijn lichaam. "Die verdomde schoenen interesseren me niet."

Hij krimpt ineen. "Je hebt met dr. Piper gesproken, nietwaar?"

Alex is dus de "mensen van 1000 Devils" met wie dr. Piper had gezegd dat hij contact op zou nemen.

Ik knik, mezelf niet vertrouwend om te spreken.

"Het is een verrotte situatie," zegt Alex, terwijl hij met zijn hand over zijn gezicht wrijft.

Ik voel de drang om hier weg te gaan voordat ik ga schreeuwen of iets anders doe om hem te laten denken dat ik gek ben of waar de arme pup bang van zou worden.

Ik loop naar de deur, maar Alex blokkeert de weg.

"Waar ga je heen?"

"Naar huis." Ik probeer me langs hem heen te wurmen, maar hij is als een betonnen muur.

"Er is nog iets waar ik met je over wilde praten,"

zegt hij terwijl ik een stap achteruit doe en ik zou kunnen zweren dat er teleurstelling op zijn gezicht staat.

Hij durft boos op me te zijn?

Ik vernauw mijn ogen tot spleetjes naar hem. "Wat is er? Ben jij ook je contract met het ziekenhuis kwijtgeraakt vanwege de dingen waarvan je beweert dat het geen porno is?"

Hij zucht. "De Morpheus Group is een ander bedrijf dan 1000 Devils. We hebben hierover gesproken."

Ja. Ik weet het nog. Het was toen hij zei dat wat er net is gebeurd niet zou gebeuren.

Mijn woede neemt met de seconde toe.

Ik begrijp dat het leven oneerlijk kan zijn, maar dit is belachelijk. Hij gaat met me naar bed, maar alleen *mijn* reputatie is aan flarden. We worden allebei op het werken aan porno betrapt, maar alleen *mijn* project is aan de kant gezet.

Hij fronst. "Ik heb de e-mails gezien van de mensen die vandaag code hebben geschreven."

Mijn mond valt open. "Wil je te midden van dit alles over werk praten? Is de integratie van het pak het enige waar je om geeft?"

Zijn gezicht is nu stormachtig en het herinnert me aan de dag dat hij me op het inbreken in zijn kantoor had betrapt. "Ik heb toch gezegd dat het belangrijk is voor Bella, weet je nog? Je hebt toen gezegd dat je het niet nog een keer zou saboteren. Weet je dat deel nog?"

Ik deins door de woede in *zijn* stem achteruit. "Waar heb je het over?"

Hij komt op me af. "Kijk, ik begrijp dat dit een stressvolle dag voor je was, maar dat betekent niet dat je-"

"Stressvol?" Mijn emoties stromen over, alle opgekropte stress en frustratie komen tegelijkertijd naar buiten. Ik weet dat ik schreeuw, maar het kan me niet schelen. "Stressvol omschrijft het niet eens een beetje. Dit is de ergste dag van mijn leven!"

"En ik sympathiseer, maar-"

"Ga je nu verdomme aan de kant?" Ik klink op dit punt zo hysterisch dat Beëlzebub begint te jammeren en dat is precies wat ik wilde vermijden.

Alex verstrakt zijn kaken en gaat opzij. "Ga, als je moet."

Ik ren de lift in en druk met mijn vinger op elke verdieping met een priemgetal. Terwijl de lift naar beneden schiet, schreeuw ik tussen elk van de stops mijn longen uit mijn lijf.

Ik negeer de limousine van Alex en neem een taxi.

De rit naar huis verloopt in een waas van tumultueuze emoties en als ik daar eenmaal ben, zet ik *Downton Abbey* aan en huil ik tot ik op de bank buiten bewustzijn raak.

Hoofdstuk Drieënveertig

Ik word wakker met een stijve rug en een bonkend hoofd. Ik duw me omhoog naar een zittende positie en wrijf in mijn zanderige ogen en terwijl de wereld in beeld komt, haasten de gebeurtenissen van zondagochtend zich terug in mijn hoofd. Mijn maag draait zich om, een bankschroef knijpt zich om mijn borst als ik me alles herinner.

Ik ben het ziekenhuiscontract waarvoor ik zo hard heb gewerkt kwijtgeraakt.

Mijn VR-huisdierenproject is zo goed als dood.

En om roomkaas als toetje boven op deze sandwich met komkommerstront toe te voegen, al mijn collega's weten dat ik met de baas naar bed ben geweest.

Nu we het er toch over hebben, waarom deed Alex gisteravond zo raar?

Ik ben degene die van streek had moeten zijn, niet hij.

En wat was dat met een aantal e-mailtjes? Waarom had hij het over sabotage?

Ik spring overeind en zoek mijn telefoon, maar zonder succes.

Drommels. Nu ik erover nadenk, heb ik het misschien op de tafel in het kantoor van Alex laten liggen.

Ik open mijn laptop om de tijd te controleren.

Wauw. Het is maandagmorgen. Geen wonder dat mijn rug stijf is. Ik heb de hele nacht op een kleine bank geslapen.

Oké, terug naar het e-mailmysterie.

Ik log op afstand in op mijn werkcomputer en zoek in mijn inbox naar berichten van zondag.

Verdomme. Mensen zijn in paniek, omdat er een jaar werk in de code repository lijkt te ontbreken.

Heb ik dat weer gedaan?

Ik trek verwoed het venster op waar ik mijn codeer inspanningen van gisteren ongedaan probeerde te maken en ja hoor, ik heb dat commando echt verprutst. Ik had al het gevoel gehad dat ik het misschien verprutst had en ik was van plan om het nog eens te controleren, maar het telefoontje van Dr. Piper had me afgeleid.

Geen wonder dat mijn collega's in paniek zijn geraakt.

Het goede nieuws is dat ik weet hoe ik het moet repareren, aangezien ik dit soort fouten al eens eerder heb gemaakt.

Het kost me een paar minuten, maar als ik klaar ben is alles weer koek en ei.

Oef.

Ik beantwoord een van de paniekmails en leg uit dat het probleem nu is verholpen. Terwijl ik op "verzenden" klik, zie ik de naam van Alex in het adresveld en herinner ik me zijn beschuldiging.

Oh, fuck.

Nu begrijp ik waarom hij er teleurgesteld uitzag.

Hij moet gedacht hebben dat het slechte nieuws van dr. Piper me ertoe had aangezet om met opzet de code te verknoeien en ik heb het niet ontkend en heb niet uitgelegd uit wat er werkelijk was gebeurd.

Ik stuur een e-mail met de vraag of we kunnen praten en ren dan naar de badkamer om mijn gezicht te wassen en mijn tanden te poetsen.

Als ik klaar ben met mijn ochtendroutine, kijk ik of Alex heeft geantwoord.

Nee.

Ik eet mijn havermoutpap en controleer het opnieuw.

Nada.

Het is duidelijk.

Alex haat me nu. Voor zover ik weet, heeft hij mijn e-mailadres geblokkeerd, zodat ik regelrecht in zijn spam terechtkom of misschien ben ik ontslagen en bereiken mijn e-mails niemand in het bedrijf meer.

Ik zet mijn lege kom met zo'n kracht in de gootsteen dat hij in stukjes uiteen spat.

Mijn hart bonkt ziekelijk en de knoop in mijn maag groeit tot de havermout naar boven dreigt te komen.

Ik heb het verpest.

Alex en ik zijn misschien voorbij.

Als ik rationeel zou zijn, dan zou ik daar blij mee zijn. Ervan uitgaande dat ik nog steeds een baan heb, betekent het als het voorbij is, dat we terug kunnen gaan naar de relatie als werkgever en werknemer, wat de juiste gang van zaken is. Degene die minder rommelig is. Degene waar mensen niet achter mijn rug over kunnen praten dat ik de baas neuk.

Ik zou blij moeten zijn, maar in plaats daarvan lijkt mijn hart op die arme, verbrijzelde kom.

Mijn interacties met Alex spelen zich in mijn gedachten af. Het in paren coderen... wij die op de verjaardag van zijn vader dansen... de kus... De orgasmes van zondag... Al de tijd die we samen hebben doorgebracht, heeft Alex in mijn hart gegrift en wetende dat ik hem kwijt ben, doet me dat feit beseffen of liever gezegd, het toegeven.

Wanhopig controleer ik mijn e-mail nog een keer.

Er zijn bedankberichten van de ontwikkelaars die bevestigen dat de code terug is, dus ik zit nog steeds in het e-mailsysteem van het bedrijf.

Maar niets van Alex.

Mijn borstkas wordt nog steviger samengedrukt, de tranen dreigen weer in mijn ogen te stromen, maar ik duw ze terug en recht mijn schouders.

Fuck mopperen en huilen.

Ik weiger om onze relatie uit elkaar te laten vallen.

Ik moet dit oplossen en als Alex me verdomme wil negeren, dan zal hij het in mijn verdomde gezicht moeten doen.

Ik trek mijn kleren aan, pak Gia's lockpicks en haast me naar kantoor.

Het is tijd dat mijn duivel en ik had wat woorden wisselen.

———

In mijn haast om bij het kantoor van Alex te komen, stoot ik Alison bijna omver.

"Hé," zegt ze. "Ik ga de bron van het gerucht tot op de bodem uitzoeken. Geef me nog een paar uur."

"Cheers," hijg ik. "E-mail me wat je weet. Ik heb mijn telefoon vandaag niet bij me."

Ze knikt en ik hervat mijn sprint. Als ik bij het kantoor van Alex aankom, zie ik dat hij op slot zit.

Ik klop.

Hij doet niet open.

Negeert hij me?

Wacht, nee, dat slaat nergens op. Dit kan iemand anders zijn die aanklopt.

Tenzij hij me door een beveiligingscamera kan zien?

Het idee maakt me woedend. Maar aan de andere kant, ik moet het vermoed hebben dat dit op een bepaald niveau kon gebeuren, aangezien ik die lockpicks mee had genomen.

Ik kijk rond.

Niemand die op me let, maar het is nog steeds krankzinnig dat ik dit op klaarlichte dag ga doen.

Nou, als Alex kijkt, dan kan hij me tegenhouden door de deur te openen.

Ik klop voor de laatste keer.

Stilte.

Ik maak met de lockpicks korte metten met het slot.

Met mijn hart in mijn keel, duw ik de deur open.

Leeg.

Waar is hij verdomme?

Aan de andere kant, als hij niet aan het werk is, negeert hij mijn e-mails misschien toch niet. Misschien heeft hij gewoon een vrije dag genomen.

Ik doe de deur dicht en haast me naar Bella's kantoor.

Zij is er ook niet.

Ik haast me naar mijn bureau en controleer mijn e-mail op berichten van een van de Chortsky-broer of -zus.

Niets.

Omdat Alex niet bereikbaar is, schrijf ik naar Bella:

Ik wilde even praten. Ik heb mijn telefoon niet bij me. Kunnen we skypen? Mijn gebruikersnaam is PalindromicPrime1035301.

Ik wacht een paar minuten, maar Bella geeft geen antwoord en ze belt me ook niet voor een videoconferentie.

Prima. Omdat ik weet waar Alex woont, ga ik hem gewoon een bezoekje brengen.

Ik ren het gebouw van Alex binnen en ram tegen de borst van een bewaker aan.

"Kan ik je helpen?" gromt hij en hij zet me recht als ik terug struikel.

Drommels. Hij is niet degene die ik zondag heb gezien, dus ik moet er voor hem als een volslagen vreemde uitzien.

"Ik ben hier om Alex Chortsky te bezoeken," zeg ik ademloos en doe een stap achteruit. "Op de 107e verdieping."

De bewaker loopt naar zijn bureau en kijkt naar iets in zijn computer terwijl ik nadenk over hoe toevallig het is dat Alex op een verdieping met priemgetallen woont.

Als dat geen teken is dat hij bij me hoort, dan weet ik niet wat het wel is.

"Sorry," zegt de bewaker, niet in het minst verontschuldigend. "Dhr. Chortsky is vertrokken."

Verdomme. "Wanneer?"

Hij kijkt op van het scherm. "Dat staat er niet, maar het moet nadat ik met mijn dienst begon zijn geweest."

Is dit waar of is het een excuus dat Alex heeft gegeven voor het geval ik op zou komen dagen?

Maar aan de andere kant, de bewaker heeft niet eens naar mijn naam gevraagd.

Ik zou Bella kunnen zijn. Nee, hij kent Bella waarschijnlijk.

Ik werp een blik op de lift.

Zou de bewaker me tackelen als ik er gewoon voor ging?

Zelfs als hij dat zou doen, dan denk ik dat ik het zou kunnen redden.

Ik maak een gekke sprint.

De bewaker zit me niet achterna. Ik kan hem dat tenminste niet horen doen.

Hijgend bereik ik mijn bestemming en druk verwoed op de knop.

Er lijkt een jaar lang niets te gebeuren.

"Je hebt de kaart nodig om de lift te openen," zegt de bewaker op geërgerde toon vanuit zijn stoel. "Ik neem aan dat je er niet een hebt?"

Zachtjes vloekend draai ik me om en kijk hem aan. "Kun je aan jouw kant niet ergens op drukken om me binnen te laten?"

"Tuurlijk kan ik dat. Maar dat ga ik absoluut niet doen."

Wel, die verdomde... Ik stop met die gedachtegang, want je vangt met honing meer vervelende vliegen. Ik ga terug naar de receptie en kijk de man met puppyogen aan. "Alsjeblieft. Alex heeft gezegd dat ik hem kan bezoeken, zelfs als hij er niet is."

"Mag ik je identiteitsbewijs zien?" De bewaker steekt zijn hand uit.

Als ik het hem geef, typt hij iets in zijn computer en schudt zijn hoofd. "Je staat niet op de gastenlijst."

"Hij heeft niet de kans gekregen om me daar neer te zetten," zeg ik.

De uitdrukking van de bewaker verhardt. "Luister,

dame, je hebt geluk dat ik de politie niet bel. En ik doe dat alleen uit beleefdheid voor het geval dat je meneer Chortsky *echt* kent."

"Ik zweer dat het zo is."

"Laat hem je dan op de lijst zetten of kom samen met hem terug of laat hem je zijn kaart geven."

Ik haat het als mensen de juiste logica tegen me gebruiken.

Met een gnuif draai ik me om en stap naar buiten om een taxi te nemen.

Er is nog één plek waar Alex zou kunnen zijn.

Een plek die ik niet graag nog een keer wil bezoeken, als ik eerlijk ben.

Een plek die me aan een cirkel van de hel doet denken, wat passend is, omdat het 1000 Devils heet.

Maar aan de andere kant, Alex is het waard.

Ik ratel het adres op naar de chauffeur en bereid me mentaal op de komende beproeving voor.

Een verdomde aanval met nerf-wapens.

Hoofdstuk Vierenveertig

*A*ls de bewaker in *dit* gebouw me vraagt voor wie ik ben gekomen, geef ik de naam van Robert Jellyheim in plaats van die van Alex.

Ze bellen Robert en hij zegt dat ze me binnen moeten laten. Een korte rit in de lift later stap ik op de verdieping van de 1000 Devils uit en duik ik de arsenaalkast in.

Het is letterlijk tijd voor de grote wapens.

Ik zoek naar het grootste wapen en kies uiteindelijk een ding dat er als een jachtgeweer uitziet.

Ik voel me als een badass, dus ik haal mijn oordopjes tevoorschijn, stop ze in mijn oren en zet de soundtrack van *Downton Abbey* op volle toeren aan.

Ja. De lichamen staan op het punt om op de grond te vallen.

Ik sprint naar buiten en zodra mijn vijanden me zien, vliegt er een pijl op mijn gezicht af.

Ik omzeil hem.

Boem.

Dat is het geluid waarvan ik aanneem dat mijn geweer het maakt als ik het ontlaad en een wolk pijlen op de veertigjarige roodharige kerel af laat vliegen die ik me van het laatste vuurgevecht herinner.

Dat zal hem leren.

Een nieuwe aanvaller springt van haar bureau op.

Ik laat nog een wolk met pijlen op haar borst los.

Hoe kunnen deze mensen hier werken? De bureaus staan nog steeds lukraak, de vloer ligt bezaait met geweermunitie en het ergste is dat niemand de situatie van "vier stoelen naast een aantal bureaus" heeft opgelost.

Een dame die ik eerder in haar kruis en tegen haar borsten aan heb geschoten, voegt zich gretig op zoek naar wraak bij de strijd.

Ik knijp in de trekker van mijn geweer.

Er gebeurt niets.

Waarom niet?

Oh, tuurlijk. Ik had het kunnen weten. Geweren staan niet bepaald om hun grote munitiecapaciteit bekend.

De dame schiet.

Ik ontwijk haar pijl.

Er komen meer aanvallers meedoen.

Een zwerm pijltjes staat op het punt me in een oranje stekelvarken te veranderen.

Ik duik achter een bekend bureau.

Boven me schraapt iemand één, twee keer zijn keel.

Yep. Ik heb deze exacte fout de laatste keer ook al gemaakt.

Ik kijk op.

Inderdaad. Ik sta weer oog in kruis met Buckley.

Het is de tweede keer dat ik hem in het heetst van de strijd niet heb opgemerkt.

"Sorry daarvoor." Terwijl ik de oordopjes uit mijn oren haal en opsta, vang ik een glimp op van zijn monitor - hij leest een e-mail.

Het "Aan"-veld ziet er bekend uit, maar voordat ik het volledig kan verwerken, minimaliseert Buckley het venster.

"Hallo," zegt hij en schraapt dan drie keer zijn keel.

Wacht. Die e-mail. Was het-

Een pijl knalt tegen mijn slaap en een andere raakt me in mijn kont.

Huh. Deze doen niet zoveel pijn als ik had gevreesd. Of helemaal niet eigenlijk.

"Dat is genoeg geschiet, jongens," roept Robert vanaf zijn bureau in de buurt.

Ik draai me naar hem toe.

Hij is niet minder rommelig dan de laatste keer dat ik hem zag.

"Bedankt dat je me binnen hebt gelaten," zeg ik, terwijl ik het zweet van mijn voorhoofd veeg. "Ik ben hier eigenlijk voor Alex."

Robert fronst zijn wenkbrauwen. "Hij is er vandaag niet."

Heeft Alex hem gezegd om dat te zeggen?

Nee. Als dat zo was, dan hadden ze me niet binnen laten komen.

Ik loop naar zijn bureau. "Weet je waar hij is?"

Robert schudt zijn hoofd.

Verdomme. "Mag ik je computer gebruiken om mijn e-mails te controleren?" vraag ik, terwijl ik me verslagen begin te voelen.

"Tuurlijk, maar doe het alsjeblieft snel."

Hij geeft me toegang en ik log op afstand in op mijn werkcomputer en controleer mijn e-mails.

Nog niets van Alex, maar er is een antwoord van Bella:

Hé, schat. Ik heb net geprobeerd met je te videobellen, maar je nam niet op.

Drommels. Ik wil haar terugbellen, maar dit is Roberts computer en ik moest snel zijn.

Ik sta op het punt om uit te loggen als ik een e-mail van Alison zie.

Nog een tel zal geen kwaad kunnen.

Ik klik er op.

Alison zegt dat ze de oorsprong van het gerucht heeft getrianguleerd en een naam voor me heeft.

Ik lees de naam, wrijf in mijn ogen en lees hem opnieuw.

Yep.

Nog steeds Buckley.

Dan weet ik het.

De "Aan" in het bericht dat ik net op zijn scherm zag staan - ik ben er vrij zeker van dat het de e-mail van Dr. Piper was. En zo niet, dan was het zeker iemand met een @nyulangone.org-adres.

Maar waarom zou hij ze e-mailen? Tenzij…

Ik storm naar Buckleys bureau.

"Jij bent de kwaadaardige adviseur?" De vraag komt er veel luider uit dan ik had gepland.

Buckley schraapt zijn keel. "Wat?"

"Geen spelletjes meer," grom ik. "Je hebt op kantoor leugens over me verspreid *en* je hebt mijn project getorpedeerd?"

De volgende twee keer schrapen van zijn keel klinken boos. "Welke leugens?"

"Dat ik met Alex naar bed ben geweest," sis ik zachtjes.

Hij rolt met zijn ogen. "En dat ben je niet? Ik heb gezien hoe hij naar je keek toen je hier de laatste keer was. Er stond op zijn voorhoofd bijna 'seksuele intimidatie' geschreven."

Ik ben de meest anti-gewelddadige persoon die ik ken, maar ik moet de neiging om hem een klap te geven, onderdrukken. Hard.

"Waarom zou je me zoiets aandoen?" vraag ik in plaats daarvan, hoewel ik het antwoord al vermoed.

"Waarom?" Hij schraapt nog twee keer zijn keel. "Romances op kantoor zijn niet gepast," zegt hij met een Brits accent waarvan ik denk dat het een parodie op mijn manier van praten moet zijn. "Ik denk dat dat alleen het geval is als het je carrière niet helpt, toch?"

Eikel. Hij is wel boos over mijn afwijzing van zijn avances.

Aangezien ik het te druk heb met mijn kokende woede om te antwoorden, schraapt hij nog vier verdomde keren zijn keel - alsof hij weet hoe pijnlijk dat voor me is om te horen. "*Ik* had Hoofd Technologie moeten zijn," zegt hij, op een toon die druipt van bitterheid. "Niet jij."

Het is dus niet alleen de afwijzing. Hij is verbitterd dat ik boven hem tot Hoofd Technologie ben gepromoveerd.

"Dat project in het ziekenhuis was buitengewoon belangrijk," zeg ik. "Niet alleen voor mij, maar ook voor kleine kinderen."

Hij haalt zijn schouders op, een akelige uitdrukking op zijn gezicht. "Je bent mijn baas niet meer, dus je kunt er niet veel aan doen."

"Nee," zegt Robert. "Maar *ik* kan dat wel."

Buckley knippert met zijn ogen en kijkt zijn nieuwe baas aan - van wie ik me nu realiseer dat hij er de hele discussie bij moet zijn geweest.

Buckley ziet eruit alsof hij zojuist in zijn eigen keel verstikt is. "Ik heb niets verkeerds gedaan."

Robert slaat zijn armen over zijn borst. "Heb je net niet toegegeven dat je lasterlijke beweringen over de eigenaar van dit bedrijf hebt gedaan?"

De volgende keren dat Buckley zijn keel schraapt klinken angstig. "Je kunt me niet over zoiets ontslaan."

Roberts ogen vernauwen zich. "Oh, dat kan ik wel. Ik zou je zelfs kunnen ontslaan als je geen proeftijd had. Maar aangezien je dat wel hebt, is er niet eens zoveel papierwerk voor nodig."

Buckley kijkt me boos aan. "Ik hoop dat je blij bent."

"Negeer hem," zegt Robert.

Ik geef Buckley een blik die ontworpen is om zijn mannelijkheid voor minstens een jaar te verschrompelen. "Oh maak je geen zorgen. Hij bestaat wat mij betreft niet."

Ik draai me om en haast me terug naar de lift.

———

Zodra ik thuis ben, pak ik mijn laptop en probeer ik Bella via een video-oproep te bellen.

De kiestoon blijft overgaan en overgaan.

"Neem alsjeblieft op," zeg ik tegen het lege scherm.

De app blijft rinkelen. Net als ik op het punt sta om op te hangen, verschijnt Bella's gezicht en ze grijnst naar me. "Hoi, Holly. Sorry, ik ben vandaag overal en nergens. Mijn andere bedrijf heeft met een noodgeval te maken: Woody Harrelson heeft ons aangeklaagd voor het gebruik van zijn gelijkenis voor onze reeks buttplugs."

"Hoi," zeg ik ademloos. "Weet je waar Alex is?"

Alsof in antwoordt, klinkt er een geblaf op de achtergrond.

Het is een vreemd bekende blaf, een waarvan ik pijn op de borst krijg.

"Beëlzebub," zegt Bella streng.

Wacht, waarom is hij daar?

De pup blaft weer.

Bella staart naar iemand buiten de camera -

vermoedelijk de schattige koala-hondhybride. "Ik wed dat dit de reden is waarom Alex met je naar de hondenschool wil."

Hondenschool?

"Waar is Alex?" vraag ik opnieuw.

Ze kijkt weer naar de camera. "Dat heeft hij me niet verteld. Hij heeft de kleine demon gewoon afgezet en hij heeft naar de school gevraagd waar Boner heeft geleerd om zo welgemanierd te zijn." Ze fronst. "Nu je het zegt, leek hij wel erg gestrest. Is alles oké?"

"Verdomme," mompel ik. "Ik heb bij ons op kantoor naar hem gezocht, bij hem thuis en toen zelfs bij 1000 Devils. Waar is hij?"

Haar frons wordt dieper. "Wat is er gebeurd?"

Wat zal ik zeggen? Er is geen manier om alles uit te leggen zonder eerlijk te zijn over de sabotage en als ik dat doe, dan verlies ik haar, net zoals ik Alex ben kwijtgeraakt.

Maar ik kan het haar niet *niet* vertellen. Ze heeft het recht om het te weten.

"Het is een lang verhaal," zeg ik, ik haal diep adem en begin bij het begin te vertellen.

Tot mijn grote schrik, als ik bij het gedeelte over de sabotage kom, zit ze daar gewoon kalm, bijna verveeld te zitten.

"Je bent niet van streek?" vraag ik haar als ik klaar ben.

Ze houdt haar hoofd schuin. "Over welk deel? Als het aan mij was om te beslissen met wie mijn broer naar bed gaat, dan zou ik zonder twijfel voor jou kiezen."

Ik leun dichter naar het scherm. "Maar ik heb je onderneming bijna gesaboteerd."

Ze schudt haar hoofd. "Alex heeft me over je inbraak verteld toen we op die dag met de honden zijn gaan wandelen. Hij heeft me ook verteld waarom je het hebt gedaan en daardoor ging ik nog meer van je houden. In mijn ervaring zijn gedreven mensen zeldzaam."

Ik tik op het scherm zodat het op haar gezicht inzoomt. "Dus je wist het?"

Ze knikt.

Ik adem duizelig in. "En je wilt nog steeds vriendinnen zijn?"

Ze grijnst. "Echt wel. En voordat je het vraagt - ik zal je vriendin zijn, zelfs als mijn broer zo stom is om je door zijn vingers te laten glippen."

Dat brengt me weer terug op aarde. Ik trek me terug van het scherm. "Dus je hebt echt geen idee waar hij is?"

Ze schudt haar hoofd. "Laat me hem een app sturen."

Ik kijk hoe ze het doet en wacht. En wacht.

"Hmm. Laat me proberen te bellen." Na een minuut zegt ze "voicemail" tegen me en zegt ze iets in het Russisch. Dan hangt ze op en zegt, "Waarom ga je voor nu niet even chillen? Als ik iets van hem hoor, laat ik het je weten."

"Dank je. Zeg hem alsjeblieft dat de puinhoop met

de code van zondag niet weer een poging tot sabotage was. Het was een oprechte fout die ik al heb verholpen."

"Zal ik doen."

"Oké," zeg ik neerslachtig. "Ik spreek je later."

"Ja, dan regelen we ook een brunch."

Ik knik en hang op.

Zelfs het vooruitzicht van een brunch met Bella kan me nu niet opvrolijken.

Ik sta op en begin te ijsberen.

Er gaat een uur voorbij.

Dan twee.

Geen videogesprekken meer van Bella.

Heeft Alex haar niet gebeld of terug geappt? Of misschien heeft hij dat wel gedaan, maar heeft hij haar gevraagd om het niet aan mij te vertellen?

Zou het kunnen dat hij het verhaal van de fout niet gelooft? Of is hij gewoon boos dat ik zijn appartement uit ben gestormd zoals ik dat heb gedaan?

Wat nog belangrijker is, waar is hij?

Een totaal ongefundeerd idee sluipt mijn hoofd binnen en maakt mijn knieën slap.

Wat als Alex op weg naar zijn werk gewond is geraakt?

Hij is tenslotte al een tijdje vermist.

Maar nee. Dan zou zijn familie zeker op de hoogte worden gebracht en Bella zou het me vertellen als dat het geval was.

Wacht. Iets wat Bella eerder heeft gezegd, roept een herinnering op.

Hij leek gestrest, zei ze. En ik herinner me dat Alex tegen Jacob had gezegd dat als hij gestrest is, hij zijn telefoon uitzet en *War of Sword* gaat spelen... urenlang.

Ik adem opgelucht uit.

Zou het antwoord zo simpel kunnen zijn?

Als ik niet zo'n onaangename ontmoeting met die bewaker had gehad, dan zou ik snel naar het appartement van Alex teruggaan en eisen dat ik weer naar boven kon. Voor nu pak ik een VR-headset.

Terwijl ik *War of Sword* download, doe ik mijn best om de herinneringen aan de laatste keer dat ik deze game heb gespeeld, uit te bannen. Tussen het geweld en de viervingerige ledematen zal dit net zo leuk zijn als een stomp in de maag krijgen... een keer of vier of zes.

Maar aangezien dit de snelste manier is om het spook van Alex bij een ongeval uit mijn hoofd te bannen, is dit wat ik zal doen.

Ja.

Vol vastberadenheid klik ik op het spelpictogram.

Wezens met vier vingers, ik zal je ondergang zijn.

Hoofdstuk Vijfenveertig

*A*ls ik in het middeleeuwse dorp verschijn doe ik mijn best om mijn elfachtige handen met hun afschuwelijke aantal vingers te negeren.

Als Alex speelt, dan zou ik hem moeten kunnen bereiken zoals ik de vorige keer heb gedaan.

Ik haal het speciale garen tevoorschijn dat hij me voor dit doel heeft gegeven en schud ermee.

Whoosh.

Ik verschijn in een vochtige ondergrondse hal bezaaid met lichaamsdelen.

Ik trek mijn zwaard uit de schede, scan de strijd die overal om me heen woedt en vecht tegen mijn kokhalsreflex.

Allerlei soorten wezens vechten hier tot de dood en het geweld voelt weer misselijkmakend echt aan.

Toch zal ik deze keer niet opgeven. Pas als ik heb gevonden waarvoor ik ben gekomen.

Ik verstevig mijn greep op mijn zwaard en zoek te midden van de chaos naar de avatar van Alex.

Met een plotselinge strijdkreet springt er een dwerg op me af met een bijl in zijn laten-we-niet-tellen-hoeveel-vingers handen die groter is dan zijn hoofd.

Ik ontwijk de zwaai van de bijl en onthoofd de dwerg, terwijl ik de drang om bij het zien van het digitale bloed over te geven moet bestrijden.

Dan maakt mijn hart een sprongetje van vreugde.

Een paar meter verderop staat een minotaurus met de kenmerken van Alex.

Hij ligt niet in het ziekenhuis of op een ergere plek. Zoals ik had gehoopt, speelt hij gewoon zijn spel om te ontstressen.

Ik vraag me af of ik de oorzaak van die stress ben en waar hij in de echte wereld is. Was hij thuis toen ik langs zijn gebouw kwam, maar heeft hij ervoor gekozen om me te ontwijken? Of wist hij niet eens dat ik er was?

Voordat ik nog meer vragen kan bedenken, zie ik een ork op volle snelheid op de minotaurus af rennen.

Drommels. Alex vecht momenteel tegen een vrouwelijke elf. Hij zal afgeslacht worden.

Nou, niet als ik er iets over te zeggen heb.

Ik trek mijn boog en schiet een pijl in het hoofd van de ork.

Bestreden.

De pijl doorboort het oog van de ork en doodt hem onmiddellijk.

Tegelijkertijd doorboort Alex de elf met zijn rechterhoorn.

Hmm. Moet ik jaloers zijn?

"Holly?" zegt Alex als hij mijn avatar ziet.

Ik grijns in de echte wereld. *"Privet."* Hier verwissel ik de boog voor het zwaard en rijt halverwege een sprong een roze kobold open.

"Achter je!" schreeuwt Alex.

Ik duik weg terwijl ik me omdraai en de speer van een cycloop mist mijn schouder op een centimeter.

Ik zwaai met mijn zwaard in een wijde boog en splijt de cycloop doormidden.

Ik draai me om en ik zie Alex zich een weg naar me toe vechten.

Goed idee. Vechtend als een berserker, dood ik een golem met mijn zwaard en schiet ik met mijn pijlen op een boeman terwijl Alex zijn hoorns en drietand gebruikt om een groep kabouters en leprechauns af te slachten.

Al snel vechten we rug aan rug.

"Niet eerlijk," buldert een kerel die op bigfoot lijkt. "Samenwerking is in een gratis versie niet toegestaan."

Alex legt hem met zijn drietand het zwijgen op.

"Hij had gelijk," sist een hydra, maar ik snij haar slangenlijf doormidden.

Was het winnen van argumenten in de echte wereld maar zo gemakkelijk.

We blijven vechten totdat we alleen nog met ons tweeën over zijn.

"Wat doe je hier?" vraagt Alex.

Ik draai me naar hem toe, mijn echte hart hamert in mijn borst. "Ik heb de code niet gesaboteerd. Het was een vergissing en ik heb het opgelost."

Het gezicht van de gehoornde avatar verandert niet - het spel mist die technologie.

Voordat ik verdere uitleg kan geven, spreekt de minotaurus. "Dat weet ik. Ik heb je e-mail gezien toen ik een paar uur geleden thuiskwam. Heb er ook op gereageerd. Toen heb ik je gebeld, maar je nam niet op."

Er valt een enorm gewicht van mijn schouders. Is hij een paar uur geleden thuisgekomen? Dat betekent dat hij me niet heeft genegeerd toen ik bij zijn gebouw kwam.

En hij heeft geantwoord? Drommels. Ik had het zo druk met wachten tot Bella me zou videobellen, dat ik ben vergeten om mijn werk-e-mail te checken.

"Het spijt me dat ik je telefoontje niet heb aangenomen," zeg ik. "Ik denk dat ik mijn telefoon in je thuiskantoor heb laten liggen."

"Oh. Ik heb het niet over horen gaan - dan moet hij op trillen staan."

Ik realiseer me dat ik er met mijn zwaard uitgestoken misschien confronterend uitzie, dus laat ik het vallen. "Het spijt me dat ik weggelopen ben. Ik was overweldigd door het slechte nieuws."

Hij gooit ook zijn drietand weg. "Nee. Het spijt *mij*. Ik had niet mogen denken dat je de code opzettelijk zou verknoeien. In mijn verdediging had ik dat in eerste instantie ook niet gedaan, maar toen ik zag hoe je je gedroeg- "

Ik steek mijn viervingerige hand op. "Maak je daar maar geen zorgen over. Ik ben gewoon zo blij dat je in orde bent."

Hij houdt zijn hoofd schuin, een gebaar dat er vanwege zijn hoorns onstabiel uitziet. "Waarom zou ik niet oké zijn?"

Het kan me niet schelen dat ik als een gekke stalker klink, ik vertel hem hoe ik hem niet kon bereiken en dat ik hem zowel in zijn beide kantoren als bij zijn huis heb gezocht.

Hij schudt met zijn hoorns. "Sorry daarvoor. Ik heb de e-mails van de Morpheus Group pas gecontroleerd toen ik thuiskwam uit het ziekenhuis."

"Het ziekenhuis?" Door zorgen wordt mijn borst weer strakker. "Gaat het met je?"

"Oh, het was geen doktersbezoek. Ik heb Dr. Piper gesproken."

Mijn kaak gaat in de echte wereld openstaan, maar ik denk dat hij dat in VR niet kan zien. "Waarom?"

"Ik heb je VR-huisdierenproject gered," zegt hij.

"Wat?" Mijn hart gaat als een gek tekeer. "Hoe?"

Hij krabt zijn hoofd, zijn hand gaat door zijn linkerhoorn onrealistisch heen en weer. "Weet je nog het gesprek dat we hadden de dag voordat we de mensen in het ziekenhuis zouden ontmoeten?"

"Het gesprek waarin je me vroeg om niet te vermelden dat je een onderdeel van de Morpheus Group was?"

Drommels. Dat kwam er verbitterd uit.

"Precies," zegt hij. "Ik heb je gerust gesteld, maar

later die dag heb ik er met Bella over gesproken en hebben we besloten om een voorzorgsmaatregel te nemen voor het geval ik het mis had en ik ben blij dat we dat hebben gedaan."

Ik zet mijn headset goed. "Bella heeft hier niets van gezegd toen we elkaar spraken."

De minotaurus haalt zijn schouders op. "Misschien is het onderwerp niet ter sprake gekomen?"

Ik weersta de neiging om de informatie uit hem te schudden. "Dus wat was de voorzorgsmaatregel?"

"We zijn een nieuwe naamloze vennootschap begonnen. Door alle administratieve rompslomp ging de registratie pas dit weekend door en net op tijd. Het nieuwe bedrijf heet Pet VR LLC en jij bent de CEO, terwijl Bella slechts de stille investeerder is en het gaat via Dragomirs bedrijf, gewoon voor het geval dat. Op deze manier zou er nooit een connectie met porno mogen zijn."

Ik sta op het punt om hem uit vreugde te tackelen, maar dat doe ik nog niet. Als ik iets verkeerd begrepen heb, dan zal ik verpletterd worden. "Maar Dr. Piper weet al van de porno af."

Het hoofd van de minotaurus beweegt. "Daarom ben ik vanmorgen eerst met hem gaan praten, voordat hij het de anderen heeft verteld. Ik heb hem ervan overtuigd om het onder ons te houden. Wat hen betreft hebben ze een wisseling van leverancier gehad, meer niet."

Ik wil dit zo graag geloven. "En hij was het daar zomaar mee eens?"

De minotaurus haalt zijn brede, harige schouders op. "Ik moest hem wel enkele gunstige voorwaarden beloven voor als er opnieuw over het contract van 1000 Devils wordt onderhandeld. Hij is een praktische man en het kan hem niet echt schelen wat de Morpheus Group doet, alleen zijn collega's zouden daar een probleem mee hebben gehad."

Ik loop naar de minotaurus en probeer hem te kussen, maar het spel ondersteunt zoiets niet, dus mijn bedoeling wordt in een kopstoot vertaald.

"Ik weet niet hoe ik je moet bedanken," zeg ik, ineenkrimpend bij de aanblik van het bloed dat uit de wond stroomt die ik net heb toegebracht.

"Zie me in het echte leven," zegt Alex met een ruwere stem. "Ik zal een manier bedenken waarop je me dan kunt bedanken."

Mijn polsslag maakt een sprongetje en mijn eierstokken voeren een reeks radslagen uit. "Ja, graag. Bij mij thuis?"

"Ik ben op weg," zegt hij en verdwijnt.

Vol spanning doe ik de VR-uitrusting uit.

Er is zoveel te verwerken.

Mijn project is gered en Alex heeft me vandaag niet genegeerd. Hij was druk bezig om me te helpen, ook al dacht hij dat ik zijn bedrijf voor de tweede keer had gesaboteerd.

Ik kan niet geloven dat ik hem zelfs maar gekscherend de duivel heb genoemd.

Hij is meer als een beschermengel en een heilige ineen.

Ik haast me de slaapkamer in en zet een paar kaarsen neer terwijl de implicaties van wat er is gebeurd door mijn hoofd razen.

Alex is mijn baas niet meer. Niet met de manier waarop de nieuwe onderneming is opgezet.

Dat betekent dat ik vrij ben om hem te daten en hem daten is precies wat ik ga doen.

Eigenlijk denk ik dat ik dat toch wel zou hebben gedaan, zelfs als hij mijn baas was gebleven, puinhoop of geen puinhoop. Over het algemeen denk ik dat ik me de laatste tijd meer op mijn gemak voel met chaos. Ik ben erin geslaagd om tot het einde in dat gewelddadige spel te blijven zitten, ik heb het bloedbad van nerf overleefd en ik heb zelfs met Beëlzebub mijn mannetje gestaan.

Wat dat betreft, Bella had gezegd dat Alex voor de pup naar de hondenschool had geïnformeerd. Is dat om *mijn* leven gemakkelijker te maken?

Waarschijnlijk wel, zijn bedachtzaamheid kennende.

Ik strijk alle kreukels in de kussens glad, vouw de deken in een pentagram en tel de kaarsen rond het bed om er zeker van te zijn dat er negentien staan als ik in de verte het deuntje van videobellen hoor.

En daar is Bella die naar me grijnst. "Alex heeft net gebeld."

"Ik weet het," zeg ik. "Hij heeft me alles verteld."

Haar grijns wordt wulps. "Laat me raden. Jullie staan op het punt de nieuwe onderneming in te wijden."

"Wanneer een dame van plan is om te gaan kussen, dan zal ze dat niet vertellen."

Ze lacht. "Ik ben er vrij zeker van dat die uitdrukking niet zo gaat."

Mijn deurbel gaat.

"Sorry, ik moet gaan."

Ze beweegt wulps met haar wenkbrauwen. "Succes."

Ik verbreek de verbinding en haast me naar de deur.

Het is Alex en hij ziet er zonder de koeiendelen zo, zoveel lekkerder uit.

Opnieuw in een maatpak gekleed, heeft hij zijn haar naar achteren gekamd en is gladgeschoren. Ik vermoed dat hij erachter is gekomen dat dit de snelste manier is om me geil te maken en hij gebruikt het meedogenloos in zijn voordeel.

Zonder een woord te zeggen, neemt hij me in een hongerige kus en ik heb het gevoel dat de grond onder mijn voeten is opgelost.

We strompelen naar mijn slaapkamer, lippen op elkaar en handen die gretig over elkaars lichamen zwerven terwijl onze kleren er als bij toverslag vanaf vliegen. Hij verdiept de kus en voor ik het weet, zijn we zeven orgasmes verder - zes voor mij en één voor hem.

Gecombineerd, een perfect priemgetal.

"Bedankt dat je bent gekomen," zeg ik, terwijl ik uren later zalig in zijn armen lig.

"Nee." Hij glimlacht teder. "*Jij* bedankt."

Ik ga dichter bij hem liggen. "Ik heb besloten om je iets te vertellen."

Hij leunt op zijn elleboog en stopt een lok haar achter mijn oor. Zijn aanraking laat een aangename rilling over mijn ruggengraat lopen, zelfs na alle orgasmes. "Ik ook."

"Wat?"

Zijn glimlach wordt duivels. "Dames eerst."

Prima.

Ik haal diep adem om de bijen die in mijn maag rondfladderen te onderdrukken. "Ik denk dat we heel goed bij elkaar passen. Zoals L en J Tetris-blokken."

Hij grinnikt. "Zou dat van ons niet twee vierkanten maken?"

"Precies. Netjes en opgeruimd."

Hij kijkt naar me. "Jij bent meer een T-blok."

Zoals in zijn favoriet? De bijen in mijn maag hebben een wilde orgie.

"Terug naar mijn punt," zeg ik, al mijn moed oproepend. "Vanaf het moment dat ik heb geleerd dat een hart vier kamers heeft, dacht ik dat het mijn minst favoriete orgaan was, maar dankzij jou denk ik dat niet meer."

Hij gaat helemaal rechtop zitten. "Zoals een wijze vrouw in een geweldige show heeft gezegd, 'Ik ben geen romanticus, maar zelfs ik geef toe dat het hart niet alleen bestaat om bloed te pompen.'"

Heeft hij net Violet uit *Downton Abbey* geciteerd?

Hij moet ernaar gekeken hebben. Voor mij.

Plotseling kristalliseert wat ik wil zeggen zich perfect in mijn hoofd.

Ik ga ook rechtop zitten en omklem zijn hand met mijn beide handpalmen. "Ik hou van je," zeg ik met de grootste oprechtheid. "Ik hou van je met alle vier de kamers van mijn hart."

Een langzame, ondeugende sensuele glimlach bloeit over zijn gezicht. "Ik hou ook van jou, kroshka. Met alle vijf vitale organen in mijn lichaam."

Hij neemt mijn gezicht tussen zijn handpalmen, kust me weer en we tuimelen terug op het matras in een wirwar van ledematen, onze harten bonzen synchroon terwijl de kus tot zoveel meer orgasmes leidt dat ik de tel kwijtraak.

Hopelijk drieëntwintig.

Terwijl ik daarna in zijn armen lig, heb ik het gevoel dat ik de hemel heb bereikt - en het enige wat ik heb hoeven doen om daar te komen was een deal met mijn eigen, persoonlijke, liefdevolle duivel sluiten.

Epiloog

ALEX

"*We* zijn er bijna," fluistert de limousine-chauffeur tegen me.

Ik trek mijn livrei aan en strijk mijn haar glad met een naar thee geurende gel die ik voor deze gelegenheid heb gehaald.

Mijn lieve kroshka zal dit geweldig vinden, maar voor alle anderen lijk ik wel een butler, wat alles bij elkaar genomen volgens mij werkt.

De limousine stopt en ik tik op haar schouder. "We zijn er. Je kunt dat eraf halen."

Ze draait zich om en haar zachte, volle borst strijkt tegen mijn hand.

Fuck mij.

Mijn lul - of Optimus Prime voor goede vrienden en familie - wordt onmiddellijk zo hard als een diamant, net als elke keer dat ik haar aanraak.

"*Doe svidaniya*, Euclid," zegt ze en ik kan me voorstellen dat haar schattige kleine vriend in het

Russisch antwoordt. De VR-huisdierenonderneming is zo'n succes geweest dat ze op het punt staat om het in mijn moederland te lanceren. Dat is iets geweldigs, omdat veel van de ziekenhuizen uit het Sovjettijdperk daar somberder zijn dan wat dan ook in de VS.

Als gevolg hiervan en natuurlijk door met mij te daten, verbetert haar Russisch snel. Zoals ik al voorspelde, maakt haar Britsisme plaats voor Russisme, wat geen woord is, maar het wel zou moeten zijn.

Zodra ze de VR-headset verwijdert, zoomen haar intelligente blauwe ogen in op de mijne. "Kan ik eindelijk de *yobaniy* verrassing zien?" Dan worden haar ogen groot als ze mijn outfit ziet. "'Ik vind het geweldig. Doe het nu uit."

"De outfit is niet de hele verrassing," zeg ik met schijn wanhoop.

Ze werpt een betekenisvolle blik op de bult in mijn broek. "Hij zou zeggen van wel."

Ik lach. "Hij is ook niet de verrassing. Nog niet in ieder geval."

Ze vouwt haar lippen in de meest kusbare pruillip ooit. "Nou, jij en hij in die outfit kunnen maar beter ergens op de agenda staan."

"Absoluut. Maar na de echte verrassing." Iemand zou me een medaille moeten geven voor zelfbeheersing.

"Goed dan." Ze probeert door de verduisteringsramen van de limousine te kijken. "Onthul nou eens wat het is."

Ik stel Prime bij, stap dan uit de auto en houd het portier voor haar vast.

Zodra ze naar buiten komt en onze omgeving ziet, grijpt ze naar haar borst en neemt ze het gretig, maar sprakeloos in zich op.

Mijn glimlach is sluw. Ik moest haar illusionistische tweelingzus vragen om me met plannen en misleiden te helpen, zodat ik deze verrassing kon regelen. Ik heb zelfs de chauffeur van de limousine omgekocht om de snelheidslimiet te overtreden om de reisduur kort te maken en het zou eerlijk zijn om te zeggen dat ik als onderdeel van datzelfde plan heb voorgesteld om Bella en Dragomir op deze reis naar Engeland mee te nemen. Het enige wat ze graag doen is Londen verkennen en daarom verwachtte mijn kroshka op dit moment zoiets als Hyde Park of Hampstead Heath te zien.

Maar nee. Bella en Dragomir zijn er niet. Alleen wij zijn er... en een enorme groep butlers, dienstmeisjes en tuinmannen.

"Is dat wat ik denk dat het is?" zegt ze eindelijk.

"Inderdaad, Lady Hyman," zeg ik met mijn beste Britse accent. "Highclere Castle, tot uw dienst."

De glimlach die ze me geeft, is net zo stralend als haar helderblauwe ogen. Eerbiedig fluistert ze, "Dit is de echte Downton Abbey."

Ik knik en houd mijn uitdrukking zo onbewogen als haar favoriete butler zou doen.

"Hoe zit het met hen?" Ze gebaart naar de netjes geklede mensen die op ons wachten.

"Acteurs die ik heb ingehuurd," zeg ik. "Een paar zijn zelfs van de show."

Ze gilt als een kind en ik vertel haar wat we vandaag nog meer op de planning hebben staan. Dragomir heeft zijn connecties gebruikt om ons een koninklijke behandeling te bezorgen, inclusief meerdere bedieningen met thee, een verblijf in de beste kamers en - vooral voor Holly - de kans om elke kamer die ze op wil ruimen op te ruimen terwijl ze een dienstmeisjesuniform draagt.

Ze kijkt weer om zich heen, alsof ze haar ogen niet gelooft. "Dit is de beste verrassing ooit."

"Er is meer," zeg ik en overhandig haar plechtig een dik pak, op maat gemaakt in de vorm van een pentagram. "Dit is de laatste verrassing van de dag, dat beloof ik."

Er is verwarring op haar gezicht te zien, terwijl ze ermee aan het rommelen is - het probleem met die vorm is weten welke kant naar boven of naar beneden is.

Ik ben een beetje nerveus over dit volgende stukje, dus ik herinner mezelf aan alle redenen waarom het prima zou moeten werken. Ze is net zoveel van Beëlzebub gaan houden als ik en de harige verrader houdt waarschijnlijk meer van haar dan van mij. Sterker nog, hij heeft zijn opleiding op de hondenschool afgemaakt, dus hij maakt niet zoveel rotzooi meer als toen ze hem voor het eerst ontmoette - en ik volg zijn voorbeeld door mijn huis netjes en georganiseerd te houden... met priemgetallen wanneer mogelijk.

Oh en het spreekt voor zich dat we van elkaar houden en ze brengt het grootste deel van haar tijd bij mij thuis door zonder te klagen. Toch kan ik haar niet als vanzelfsprekend beschouwen. Voor zover ik weet, is ze misschien niet in mijn voorstel geïnteresseerd.

"Wat is dit?" Ze heeft een metalen sleutel in een van haar delicate handen en een plastic kaart in de andere.

Moet niet aan die handen op Prime denken - maakt het zwaar om te lopen. Ik bedoel, *moeilijk* om te lopen.

Ze kijkt me verwachtingsvol aan.

Ik wijs naar de metalen sleutel. "Dat is voor de deur naar onze kamer in het kasteel. En *dat*" - ik wijs naar de plastic kaart - "is de tweede verrassing." Ik wacht even om de spanning op te bouwen - nog een tip van haar tweelingzus. "Dat is een sleutel van mijn appartement. Je permanente sleutel."

Haar ogen worden groot.

Ik geef haar mijn beste buiging en vraag dan op de meest formele manier: "Lady Hyman, zou je me de eer willen bewijzen om bij mij in te trekken?"

Met een gil omhelst ze me, een geweldig teken, net als de gepassioneerde, meeslepende kus die erop volgt.

"Ja," zegt ze als we eindelijk van elkaar los komen. "Het zou mij een genoegen zijn om bij u in te trekken, Lord Chortsky."

Het zou ongepast zijn om in deze outfit met mijn vuist in de lucht te pompen, dus ik neem genoegen met nog een kus.

Nu dit uit de weg is, heb ik veel meer hoop op het succes van mijn volgende voorstel. De uitdaging zal er zijn om op de een of andere manier de verrassing van vandaag te overtreffen.

Misschien ontdek ik een nieuw priemgetal voor haar?

Of ik kan wat eersteklas onroerend goed kopen en een replica van dit kasteel bouwen?

Nee, dat is niet goed genoeg. Maar ik kom er wel achter als de tijd daar is. Voor nu hoef ik alleen maar te weten dat zij mijn toekomst is - en dat betekent dat de toekomst alles zal zijn wat ik wil.

Voorproefjes

Bedankt voor je deelname aan de reis van Holly en Alex!

Kan je geen genoeg eigenzinnige heldinnen, hete alfaman helden, en momenten om hardop te lachen? Check dan:

- *Moeilijke code* – het verhaal van Fanny en Vlad
- *Hardware* – het verhaal van Bella en Dragomir
- *Koninklijk bedrogen* – het verhaal van Gia en Tiger

Meld je aan voor mijn nieuwsbrief op www.mishabell.com/nl/ om van mijn toekomstige boeken op de hoogte te blijven.

Misha Bell is een samenwerking tussen het schrijfteam van man en zijn echtgenote, Dima Zales en Anna Zaires. Als ze niet bezig zijn om je als Misha te laten lachen, dan schrijft Dima sci-fi en fantasy en Anna schrijft duistere en eigentijdse romantiek.

Sla de pagina om om een preview van *Hardware* te lezen!

Fragment uit Hardware van
Misha Bell

Dus mijn Chihuahua heeft een beer bereden. Neem me niet kwalijk, een gigantische, beerachtige hond.

Nu zit de zinderend lekkere eigenaar van die beer achter me aan en eist een SOA-test... voor mijn huisdier.

Een ander probleem met deze aanranding van hond-op-hond? De mysterieuze eigenaar van de beer kan de sleutel zijn om mijn nieuwe onderneming te financieren en mijn bedrijf in speeltjes naar een hoger niveau te tillen. En met "speeltjes" bedoel ik het leuke soort, het soort dat elke vrouw (en man) nodig heeft.

Als ik er alleen maar achter kon komen wat hij verbergt - of mijn libido ertoe brengen om zich te gedragen. Omdat het combineren van zaken en plezier een slecht idee is en Dragomir Lamian is misschien niet wie hij lijkt te zijn.

———

Is dat een *beer*?

Ik heb het gevoel dat de kegelballen op het punt staan om uit mijn vagina te ontsnappen. Ik knijp in mijn goedgetrainde spieren om het speeltje erin te houden. De ballen zijn een ontwerp van mijzelf, dus ik weet dat als ik er nog een keer in knijp, de trilfunctie geactiveerd zal worden en dit is daar niet het goede moment voor.

De riem schokt in mijn hand.

"Bonaparte, gedraag je." De strengheid in mijn stem is zinloos. Mijn chihuahua blijft maar trekken, zijn blik is strak op de beer gericht en zijn staart kwispelt zo snel dat ik bijna verwacht dat hij als een helikopter de lucht in zal vliegen.

Tot mijn opluchting snuffelt de beer alleen maar aan de brandkraan, zich niet bewust van het heerlijke voorgerecht van twee kilo dat slechts een sprong verderop staat.

Ik zet mijn hakken in de grond en trek de riem terug. "Serieus, Boner. *wil* je opgegeten worden?"

Het trekken stopt en mijn hond kijkt naar me op, met in zijn groene ogen een mengeling van verdriet en verontwaardiging. Zoals gewoonlijk kan ik me voorstellen wat hij zou zeggen als ik een hondenfluisteraar was geweest:

"*Ma chérie*, die hond negeert me. *Moi!* Ondenkbaar."

Ik gooi een koekje naar hem toe. "Die beer heeft duidelijk geen manieren. Maar ter zijn verdediging, zou *jij* het hebben kunnen weerstaan om aan die brandkraan te snuffelen? We bevinden ons naast Central Park. Er hebben daar miljoenen honden geplast. De geur moet hemels zijn."

Met een sprong vangt Boner het lekkers op, slikt het zonder te kauwen door en richt zijn aandacht dan weer op zijn gigantische prooi.

Mijn eigen blik verschuift naar de man die de riem van het beest vasthoudt en mijn mond valt open als mijn interne spieren onwillekeurig in de kegelballen knijpen.

De trilling wordt geactiveerd, maar ik negeer het, mijn ogen dwalen hongerig over het lange, atletisch gebouwde mannelijke exemplaar dat voor me staat.

De eigenaar van de beer is lekker.

Verzengend, slipjes smeltend, baarmoeder-exploderend lekker.

Het soort lekker waar ik uiteindelijk op ga masturberen.

Wacht. Strikt genomen *ben* ik op hem aan het masturberen - de vibratie in mijn vagina bouwt met elke seconde mijn climax op. Gelukkig kijkt hij niet naar me, dus ik kan hem zonder schaamte met mijn ogen opeten.

De man vinkt al mijn vakjes af, zelfs de vakjes waarvan ik niet eens wist dat ik ze had.

Dik, zijdeachtig uitziend haar met de kleur van de

vacht van een nerts. Korte, keurig getrimde donkere baard die zijn koninklijke neus en gebeeldhouwde gelaatstrekken benadrukt. Brede schouders met precies de juiste hoeveelheid spieren opgevuld en een borst om voor te sterven, allemaal taps toelopend naar een slanke taille en smalle heupen. Hij draagt zelfs een coltrui, in godsnaam - iedereen weet dat dat het equivalent van een sexy zwarte jurk is.

Oh en zijn lippen. Ik wil een mal van die lippen maken en die mal in een seksspeeltje omzetten.

Over seksspeeltjes gesproken, de ballen brengen me steeds dichter bij het randje. Hoewel ik ervan beschuldigd word dat ik wat dat soort dingen betreft ongeïnteresseerd over kan komen, erken ik zelfs dat hier, voor de neus van een vreemdeling, klaarkomen, niet de meest sociaal aanvaardbare zet van mijn kant is.

Ik moet de ballen uitschakelen, wat kan worden gedaan als ik nog drie keer in ze knijp. Het probleem is dat elke keer dat ik knijp ook de vibratiesnelheid zal veranderen, dus mijn situatie zal eerst erger worden voordat het beter wordt.

Daar is dan niets aan te doen.

Ik knijp.

De trilling wordt intenser.

Nog twee keer te gaan en-

Boner blaft.

De enorme snuit van de beer trekt zich los van de brandkraan en gigantische bruine ogen richten zich op het hondvormige hors-d'oeuvre dat aan mijn voeten staat.

Boner krijgt eindelijk de aandacht waar hij naar hunkert, hij kwispelt snel met zijn staart en probeert naar zijn ondergang te sprinten.

Ik knijp ongewild nog een keer in de ballen. Nog een keer en dan zijn ze uitgeschakeld. Het punt is alleen dat de vibratie nu op volle snelheid gaat en het voelt geweldig. Zo ontzettend geweldig...

Shit. Wat ben ik aan het doen?

Moet nog een laatste keer knijpen.

Het probleem is alleen dat de vereiste spieren in gelei zijn veranderd en ik moeite heb om te knijpen.

Is dit het?

Ga ik een orgasme krijgen op het moment dat mijn hond op wordt gegeten - en dat allemaal in het bijzijn van de waanzinnig lekkere vreemdeling?

Heel even vraag ik me af of ik de beer mijn beste vriend op moet laten eten om als afleiding voor mijn op handen zijnde implosie te dienen - en zodat de eigenaar van de beer later als compensatie voor mijn verlies met me naar bed zal gaan.

Nee, dat is waanzin.

Ik trek aan de riem en hou Boner in zijn nobele offer tegen.

De beer heeft hem alleen nu wel op zijn radar staan.

Het beest valt uit - en de snelle ruk van zijn riem overrompeld de lekkere vreemdeling. Tegen de tijd dat hij zich realiseert wat er aan de hand is en hij zijn hakken in de grond zet, is de muil van de beer slechts enkele centimeters van Boners kop verwijdert, die maar de grootte van een tennisbal heeft.

Ik hou mijn handtas stevig vast, loop achteruit en trek mijn opgewonden vriend met me mee. Niet dat ik zelf niet overdreven opgewonden ben. Mijn hart bonst en ik zweet van de inspanning om het orgasme tegen te houden terwijl de ballen op het maximale niveau blijven trillen.

Het knijpen werkt niet. Misschien moet ik het gewoon met een pokerface uitzingen?

De vreemdeling zegt iets tegen de beer in een taal die ik niet herken, hoewel het door de keelklank als een verre verwant van het Russisch klinkt. Dan vernauwt hij zijn ogen tot spleetjes naar Boner en nog steeds zonder me aan te kijken, gromt hij in volmaakt niet-geaccentueerd Engels, "Houd die rat uit de buurt van mijn hond."

Zijn stem is diep en net zo belachelijk sexy als de rest van hem, maar gelukkig maken zijn woorden me zo boos dat het naderende orgasme afneemt.

Zo jammer. Al deze geschenken verspilt aan een man die duidelijk een klootzak is.

Ik verstevig mijn greep op Boners riem en knijp mijn eigen ogen tot spleetjes naar de vreemdeling. "Ik zal mijn *hond* uit de buurt van jouw *beer* houden."

Zo. Gezien mijn situatie geen slecht weerwoord.

Eindelijk verwaardigt hij zich om me aan te kijken - en ik ben weer met stomheid geslagen.

Die ogen, gelegen onder een paar dikke, donkere wenkbrauwen, zijn de mooiste kleur die ik ooit heb gezien, een kwikachtige soort lichtbruin die tussen donkergroen en amberkleurig bruin lijkt te wisselen.

Diezelfde ogen worden groter terwijl ze over mijn lichaam gaan en even op mijn korte rokje en blote benen blijven hangen, maar dan krijgt zijn prachtige gezicht een dominante uitdrukking. "Oh alsjeblieft. Ze is meer hond dan de jouwe ooit zal zijn."

Zijn rijke, diepe stem zweert samen met de ballen die in me zitten om me nog dichter bij een plek te brengen waar ik niet wil zijn.

Misschien kan ik doen wat mannen in deze situatie doen - aan onsexy dingen denken.

Prut uit de ogen. Oorsmeer. Een pukkel uitknijpen. Stinkende oksels. Schilferende hoofdhuid. Grijs spul wat uit een navel afkomstig is. Nagelschimmel.

Nee. Het werkt allemaal niet.

Moeder?

Dat lijkt te werken.

Over haar gesproken, ik kanaliseer wat ze spottend mijn "Sneeuwkoningin-gedrag" noemt en vind eindelijk de woorden om de vreemdeling te antwoorden. "Hond zijn gaat niet over kwantiteit; het gaat om kwaliteit."

Zijn dikke wenkbrauwen komen een klein beetje omhoog. Er is duidelijk nog nooit iemand geweest die hem tegen heeft gesproken. "Waarom zit dat keffertje überhaupt niet in je tas?"

Ugh. Absoluut een klootzak. De ergernis houdt in ieder geval het orgasme op afstand. Ik haat dat stereotype van chihuahua's. Ondanks dat hij naar Napoleon is vernoemd, heeft Boner niet echt het complex dat zoveel van zijn broeders hebben en is hij helemaal geen keffertje. Hij is naar de hondenschool geweest, dus hij gedraagt zich goed. Meestal. Hij *is* een hond.

Prima. Ik ben nu officieel klaar met aardig doen.

Ik werp een koude blik naar het kruis van de spijkerbroek van de vreemdeling en kijk dan weer naar zijn gezicht, met één wenkbrauw boosaardig opgetrokken. "Laat me raden. Je hebt de grote hond om iets te compenseren?"

Wauw. Waar is mijn Oscar? Ik betwijfel of Angelina Jolie iemand op zijn plek kan zetten terwijl ze een orgasme tegenhoudt.

De rotzak grijnst alleen maar. Die kwikachtige ogen glanzen en hij zegt, "Wil je wedden?"

Oh nee.

Met het beeld van een gigantische piemel in mijn hoofd, verlies ik eindelijk het gevecht tegen mijn ballen en kom ik klaar.

———

Hardware is nu verkrijgbaar. Ga naar mijn website www.mishabell.com/nl/ voor meer informatie en om je in te schrijven voor mijn releasemailing.

Over de auteur

Ik ben dol op het schrijven van humor (vaak de ongepaste soort), happy endings (beide soorten) en personages die eigenzinnig genoeg zijn om rare snuiters te worden genoemd (omdat... rare ballen). Als je van romance houdt die veel komedie en feel-good vibes bevat, ga dan naar www.mishabell.com/nl/ en meld je voor mijn nieuwsbrief aan.